Ayrıntı Yayınları

Yeraltı Edebiyatı

Kurgudan da Garip

Chuck Palahniuk

AYRINTI

Ayrıntı: 697
Yeraltı Edebiyatı Dizisi: 67

Kurgudan da Garip
Chuck Palahniuk

Kitabın Özgün Adı
Stranger Than Fiction

İngilizce'den Çeviren
Ahmet Ergenç

Yayıma Hazırlayan
Gökçe Çiçek Çetin

Kapak İllüstrasyonu
Sevinç Altan

Kapak Düzeni
Gökçe Alper

Dizgi
Hediye Gümen

Baskı
Kayhan Matbaacılık San. ve Tic. Ltd. Şti
Davutpaşa Cad. Güven San. Sit. C Blok No.: 244
Topkapı/İst. Tel.: (0212) 612 31 85
Sertifika No.: 12156

Birinci Basım 2013

İkinci Basım 2013

Baskı Adedi 2000

ISBN 978-975-539-724-5
Sertifika No.: 10704

AYRINTI YAYINLARI
Hobyar Mah. Cemal Nadir Sok. No: 3 Cağaloğlu - İstanbul
Tel.: (0212) 512 15 00 Fax: (0212) 512 15 11
www.ayrintiyayinlari.com.tr & info@ayrintiyayinlari.com.tr

Kurgudan da Garip

Chuck Palahniuk

Ayrıntı Yayınları

Yeraltı Edebiyatı

Mick, Chick ve Chimp İçin

Gerçek ve Kurmaca: Giriş

Eğer fark etmediyseniz, söyleyeyim; bütün kitaplarım diğer insanlarla bağlantı kurmanın yolunu arayan yalnız bir insanla ilgili.

Bu bir bakıma Amerikan rüyasının tersidir: Yükselip, bütün ayaktakımının, otobanlardaki ya da daha kötüsü, *otobüslerdeki* bütün o insanların üzerinde bir yerde konumlanabilecek kadar zengin olmanın tersidir. Amerikan rüyası ücra bir köşede yalnız duran büyük bir evdir. Howard Hudges'unki gibi bir çatı katıdır. Ya da William Randolph Hearst'ünki gibi dağ başında bir şatodur. Sadece sevdiğiniz güruhu davet edebileceğiniz güzel, yalıtılmış bir yuvadır. Kontrol edebileceğiniz, çatışma ve acıdan uzak bir çevredir. Hâkim olduğunuz yerdir.

Bu ister Montana'da büyük bir çiftlik ister binlerce DVD'nin ve en hızlı internet bağlantısının bulunduğu bir bodrum katı olsun, sonuç değişmez. Oraya gideriz ve artık yalnızızdır. Yapayalnız.

Yeterince dibe vurduktan sonra –*Dövüş Kulübü*'nün, apartman dairesine tıkılmış ya da *Görünmez Canavarlar*'ın, kendi güzel yüzünden ötürü yalıtılmış anlatıcısı gibi– o güzel yuvamızı yok eder ve kendimizi tekrar, daha büyük dünyanın parçası olmaya zorlarız. Aslında birçok açıdan roman yazmak da böyledir. Plan ve araştırmalar yaparsınız. Yalnız vakit geçirip, her şeyi ama her şeyi kontrol ettiğiniz bu güzel dünyayı kurarsınız. Telefonları açmazsınız. E-postalar birikir. Ta ki onu yok edene kadar kendi hikâye-dünyanızda kalırsınız. Sonra, diğer insanların arasına karışmak için geri dönersiniz.

Eğer hikâye-dünyanız yeterince iyi satarsa, kitap turnesine çıkarsınız. Röportajlar verirsiniz. *Gerçekten* insanlarla birlikte olursunuz. Çok sayıda insanla. İnsanla, insanla, ta ki insanlardan mideniz bulanana kadar. Ta ki kaçmaya, uzaklaşıp....

...başka bir güzel hikâye-dünyasına gitmeye can atana kadar.

Bu böylece sürer gider. Yalnız. Beraber. Yalnız. Beraber.

Bunları okuduğunuza göre muhtemelen bu döngüyü biliyorsunuzdur. Kitap okumak bir grup aktivitesi değildir. Filme ya da konsere gitmeye benzemez. "Yalnız" olma halidir bu.

Bu kitaptaki bütün hikâyeler diğer insanlarla birlikte olmakla ilgili. Benim diğer insanlarla olmamla ya da insanların beraber olmasıyla ilgili.

Şato inşa edenler için, aynı rüyaları paylaşan insanları cezp edecek kadar büyük bir yer mozaiği sallamak demektir bu.

Biçerdöver parçalama yarışlarına katılanlar için, bir araya gelmenin bir yolunu; çiftlik malzemelerini parçalayarak topluluklarını yeniden inşa ederken kuralları, amaçları ve insanların yerine getireceği rolleri olan bir toplumsal yapı bulmak demektir.

Marilyn Manson için ise yüzmeyi bilmeyen Ortabatılı bir çocuğun, toplumsal yaşamın okyanusta cereyan ettiği Florida'ya taşınması demektir. Burada, o çocuk halen diğer insanlarla bağlantı kurmaya çalışmaktadır.

Bu kitapta, romanlar arasında yazdığım, kurgusal olmayan hikâyeleri ve denemeleri bulacaksınız. Benim döngüm şöyle işliyor: Gerçek. Kurmaca. Gerçek. Kurmaca.

Yazmanın dezavantajlarından biri de yalnız olmaktır. Yazma kısmıdır. Yalnız-çatı-katı kısmıdır. İnsanlara göre, yazar ile gazeteci arasındaki fark budur. Gazeteci, muhabir, hep koşuşturur, avlanır, insanlarla tanışır, gerçekleri bulup çıkarır. Hikâyeyi pişirir. Gazeteciler hep insanlar arasında ve kısıtlanmış bir zamanda yazarlar. Kalabalık ve telaşlı. Heyecan verici ve eğlenceli.

Gazeteciler dış dünyayla bağlantı kurmanız için yazarlar. Bir iletişim kanalıdırlar.

Ama *yazar* olan bir yazar farklıdır. Kurmaca yazan herkes –diye düşünür insanlar– yalnızdır. Belki bunun nedeni kurmacanın sadece başka insanın sesiyle bağlantı kurmanızı sağlıyor gibi görünmesidir. Belki de okumanın *yalnız* bir eylem olmasıdır. Bizi diğer insanlardan ayıran bir hobidir okumak.

Gazeteci, hikâyeleri araştırır. Yazar ise hayal eder.

İşin garip yanı şu ki, bir romancının bu tek, yalnız sesi, bu güya yalıtılmış dünyayı yaratmak için diğer insanlarla geçirmek zorunda olduğu süreyi bilseniz, afallayıp kalırsınız.

Romanlarıma "kurmaca" demek zor.

Yazmamın sebebi, büyük ölçüde, yazmanın beni haftada bir diğer insanlarla bir araya getirmesiydi. Kitapları yayımlanmış bir yazarın, Tom Spanbauer'in Perşembe geceleri mutfak masasının etrafında gerçekleştirdiği bir atölye çalışmasına katılıyordum. O zamanlar, bütün arkadaşlıklarım fiziksel yakınlığa dayalıydı: komşular ya da iş arkadaşları. Her gün onların yanında oturmaktan başka bir şansınız olmadığı için tanıdığınız insanlar.

Tanıdığım en komik insan olan Ina Gebert, insanın iş arkadaşlarını "uyduruk aile" diye tanımlıyor.

Fiziksel yakınlığa dayalı arkadaşlıklarda sorun gidici oluşlarıdır; bu arkadaşlar ya ayrılır ya da kovulurlar.

Bir edebiyat atölyesine katılana kadar arkadaşlık fikrinin ortak bir tutkuya dayanabileceğini bilmezdim. Edebiyat. Tiyatro. Ya da müzik. Ortak bir hayal. Değer verdiğiniz bu belirsiz, soyut beceriye değer veren diğer insanlarla birlikte olmanızı sağlayan ortak bir arayış. Bunlar ayrılmaya da kovulmaya da dayanıklı arkadaşlıklardır. Bu hiç aksamayan, düzenli Perşembe gecesi sohbetleri yazmaktan bir kuruş bile kazanamadığım yıllarda beni yazmaya teşvik eden yegâne şeydi. Tom, Suzy, Monica, Steven, Bill, Cory ve Rick. Birbirimizi hırpalar ve överdik. Ve bu bize yeterdi.

Dövüş Kulübü'nün neden başarılı olduğuna dair en gözde teorim, oradaki hikâyenin insanların bir araya gelmesi için bir yapı sunmasıdır. İnsanlar bağlantı kurmanın yeni yollarını görmek istiyorlar. *Kırkyama Yorgan Yapmanın Yolları*, *Ya-Ya Kardeşliğinin Kutsal Sırları* ya da *Talih Kuşu* gibi kitaplara bir bakın. Bunlar insanların bir araya gelmesi ve hikâyelerini paylaşması için bir yapı –yorgan dikmek ya da mahjong oynamak– sunan kitaplardır. Bu kitapların hepsi, ortak bir aktiviteyle birbirine bağlanan kısa hikâyelerden oluşur. Elbette, bütün bunlar kadın hikâyeleri. Erkeklerin toplumsal etkileşimi için çok fazla yeni model görmüyoruz. Spor var mesela. Ya da imece usulü ev inşa etmek. Hepsi bu kadar.

Hayır mı şer mi bilmem ama şimdi bir de dövüş kulüpleri var.

Dövüş Kulübü'nü yazmadan önce, ölümcül hastaların kaldığı bir bakımevinde çalışmıştım. İşim insanları arabayla randevulara ve destek-grubu toplantılarına götürmekti. İnsanlar bir kilisenin bodrum katında oturur, semptomlarını karşılaştırır ve New Age egzersizleri yaparlardı. Bu toplantılar benim için rahatsız ediciydi çünkü ne kadar kendimi gizlemeye çalışırsam çalışayım insanlar her zaman benim de onlarla aynı hastalıktan mustarip olduğumu varsayıyorlardı. Sadece gözlem yaptığımı, bakımevindeki işine geri dönmeyi bekleyen bir turist olduğumu söylemenin bir yolu yoktu. Bu yüzden ben de kendime, kendi amaçsız yaşamında daha iyi hissetmek için ölümcül hasta destek gruplarına musallat olan bir adamın hikâyesini anlatmaya başladım.

Bu yerler –destek grupları, on iki adımda iyileşme grupları, araç parçalama yarışları– birçok açıdan, eskiden dinin üstlendiği işlevi üstlenmeye başladı. Eskiden en kötü yönlerimizi, günahlarımızı ifşa etmek için kiliseye giderdik. Hikâyelerimizi anlatmak için. Fark edilmek için. Affedilmek için. Ve kefaretimizi ödeyip, tekrar topluma kabul edilmek için. Bu ritüel insanlarla bağlantımızı sürdürmek ve insanlıktan tamamen uzaklaşıp, yok olmadan önce kaygılarımızdan kurtulmak için kullandığımız bir yoldu.

Bu gibi yerlerde en gerçek hikâyeleri buldum. Destek gruplarında. Hastanelerde. İnsanlar kaybedecekleri hiçbir şeyin kalmadığı yerlerde en çıplak gerçekleri anlatırlar.

Görünmez Canavarlar'ı yazarken, teleseks hatlarını arar ve insanlardan en edepsiz hikâyelerini anlatmalarını isterdim. Arayıp, "Selam millet, *seksi* kız kardeş-erkek kardeş ensest hikâyeleri arıyorum; anlatın bakalım!" ya da "En edepsiz, en pis 'karşı-cinsin-kıyafetlerini-giyme' fantezinizi anlatın!" diyebiliyor ve saatlerce not alabiliyorsunuz. Sadece sesten ibaret olduğu için, müstehcen bir radyo programı bu. Bazı insanlar berbat rol yapıyor ama, öte yandan bazıları da insanın içini burkuyor.

Bir seferinde, bir çocuk bir polisin kendisini şantajla sekse zorladığını anlatmıştı. Polis, çocuğu, ailesini istismar ve ihmalle suçlayacağını söyleyerek tehdit etmiş. Polis, çocuğa belsoğukluğu bulaştırmış; çocuğun kurtarmaya çalıştığı ailesi ise... onu sokağa atmıştı. Çocuk, hikâyesini anlatırken sonlara doğru ağlamaya başladı. Anlattıkları yalansa bile, harika bir performanstı bu. Tek kişilik, minik bir tiyatro oyunuydu. Eğer gerçek bir hikâyeydiyse de, *müthiş* bir hikâyeydi.

Elbette, bu hikâyeyi kitapta kullandım.

Dünya hikâye anlatan insanlardan oluşuyor. Borsaya bakın. Modaya bakın. Ve bütün uzun hikâyeler, romanlar, kısa hikâyelerin bileşiminden başka bir şey değildir.

Dördüncü kitabım *Tıkanma* için araştırma yaparken, altı ay boyunca her hafta iki kez, seks bağımlıları konuşma terapisi seanslarına katıldım. Çarşamba ve Cuma geceleri.

Bu tartışma seansları, eskiden katıldığım Perşembe-gecesi yazar atölyesine birçok açıdan benziyordu. Her iki grup da hikâyelerini anlatan insanlardan oluşuyordu. Seks bağımlıları hikâye "sanatını" o kadar önemsemiyor olabilirlerdi ama anonim sauna seksine ve fahişelere dair hikâyelerini, dinleyicilerden iyi tepkiler almaya yetecek bir kabiliyetle anlatıyorlardı. Bu insanların çoğu bu toplantılarda o kadar uzun yıllardır konuşuyordu ki onları dinlerken harika bir monoloğa şahit oluyordunuz. Sahnede kendini oynayan şahane bir oyuncuya. Temel bilgileri yavaşça ifşa etme, dramatik gerilim yaratma, çözüm yolları inşa etme ve dinleyiciyi tamamen ele geçirme konusunda doğal bir yetenek sergileyen tek kişilik bir monoloğa.

Tıkanma için, gönüllü olarak Alzheimer hastalarıyla da çalıştım. Görevim onlara, her hastanın dolabındaki bir kutuda sakladığı fotoğrafları gösterip, hafızalarını sınamak ve harekete geçirmekti. Hemşirelerin yapmaya vakit bulamadıkları bir işti bu. Ve yine tamamen hikâye anlatmakla ilgiliydi. Hastaların her gün aynı fotoğrafa bakıp, başka bir hikâye anlatması *Tıkanma*'daki alt olay örgülerinden birine ilham verdi. Göğüsleri çıplak kadın, bir gün karıları, ertesi gün Donanma'da görev yaparken Meksika'da tanıştıkları bir kadın, bir sonraki gün ise işyerinden eski bir arkadaşları oluyordu. Beni çarpan şey... bu kadının kim olduğunu açıklamak için bir hikâye yaratmak *zorunda* olmalarıydı. Kim olduğunu unutmuş olsalar bile, bunu asla kabul etmiyorlardı. Yanlış ama iyi anlatılmış bir hikâye, bu kadını tanımadıklarını kabul etmelerinden daha iyi bir şeydi.

Teleseks hatları, hasta destek grupları, on iki adım grupları; bütün bunlar bir hikâyeyi nasıl etkili bir şekilde, yüksek sesle, insanlara *anlatacağınızı* öğrendiğiniz birer okuldur. Burada sadece fikir bulmayı değil, nasıl *performans* sergileyeceğinizi de öğrenirsiniz.

Hayatlarımızı hikâyelere göre yaşıyoruz. İrlandalı ya da siyahi olmaya, çok çalışmak ya da eroin enjekte etmeye, erkek ya da kadın olmaya dair hikâyelere göre. Ve hayatımızı hikâyemizi destekleyecek kanıtlar –gerçekler ya da ipuçları– bulmaya çalışarak geçiriyoruz. Yazar olarak, insan doğasının bu yönünün ayırdına varıyorsunuz. Bir karakter yarattığınızda, dünyaya bu karakterin gözünden bakıyor, bu gerçekliği tek hakiki gerçeklik kılan detayları arıyorsunuz.

Mahkeme salonunda sanığı savunan bir avukat misali, okurun, karakterinizin dünya görüşünün hakikiliğini kabul etmesi için uğraşan bir avukata dönüşüyorsunuz. Okuru kendi hayatından, kendi hayat hikâyesinden bir süreliğine uzaklaştırmak istiyorsunuz.

Ben karakterlerimi böyle yaratıyorum. Her karaktere, dünyaya bakışını şekillendiren bir eğitim ve bir dizi beceri atfetmeye çalışıyorum. Bir temizlikçi, dünyayı çıkarılması gereken sonsuz lekeler dizisi olarak görür. Bir manken, dünyayı ilgi için yarıştığı bir dizi rakip olarak görür. Başarısız bir tıp öğrencisi ise ölümcül bir hastalığın ilk işaretleri olabilecek cilt lekeleri ve seğirmelerden başka bir şey görmez.

Yazmaya başladığım aynı dönemde arkadaşlarımla "Oyun Gecesi" dediğimiz haftalık bir gelenek başlattık. Her Pazar buluşup, sessiz sinema gibi oyunlar oynardık. Bazı geceler oyuna hiç başlamazdık. Bütün ihtiyacımız olan bir araya gelmek için bir bahane ya da bazen bir düzenlemeydi. Yazılarımda tıkandığımda, bir temayı geliştirmenin yeni bir yolunu aradığımda, daha sonra "kalabalığı yemlemek" demeye başladığım şeyi yapardım. Ortaya bir konu atar, belki hemen ardından hızla küçük, komik bir hikâye anlatır ve insanları kendi versiyonlarını anlatmaya teşvik ederdim. *Gösteri Peygamberi*'ni yazarken temizlik tüyoları konusunu açmıştım ve insanlar saatlerce bundan konuşmuştu. *Tıkanma*'yı yazarken konumuz şifreli güvenlik anonslarıydı. *Günce*'yi yazarken, üzerinde çalıştığım, evlerin duvarları arasına hapsedilmiş, bırakılmış, mühürlenmiş hikâyeleri anlattım. Anlattığım bir avuç hikâyeyi duyan arkadaşlarım da kendi hikâyelerini anlattılar. Misafirleri de kendi hikâyelerini eklediler. Ve bir gecede kitap için yeterince hikâyem olmuştu.

Böylece, tek başına yazma eylemi bile insanlarla birlikte olmak için bir bahane oluyor. İnsanlar da hikâye anlatma sürecini besliyor.

Yalnız. Beraber. Gerçek. Kurmaca. Bir döngü bu.

Ve işe de yarıyor; ama hiçbir yerde fazla takılıp kalmadığınız sürece.

İnsanlar Bir Arada

Testy Festy*

Tatlı bir sarışın başındaki kovboy şapkasını daha da geriye itiyor. Böylece önündeki kovboyun aletini, şapkasının kenarlarıyla kasıklarına çarpmadan tümüyle ağzına alabilecek. Kalabalık bir barın sahnesi burası. İkisi de çıplak, vücutları çikolatalı puding ve kremşanti kaplı. Buna "Kadınlı Erkekli Vücut Boyama Yarışması" diyorlar. Sahne kırmızı bir halıdan oluşuyor. Florasan ışıklar var. Kalabalık "Sakso isteriz! Sakso isteriz!" diye tezahürat yapıyor.

Kovboy, sarışının kıçının arasına kremşanti püskürtüyor ve bu kremşantiyi bir güzel yalayıp yutuyor. Sarışın bu es-

* Montana'da her yıl yapılan "Rock Creek Lodge Taşak Festivali"nin kısaltması. (ç.n.)

nada avcundaki çikolatalı pudingi kullanarak mastürbasyon yapıyor. Sahneye başka bir çift çıkıyor ve adam kadının tıraşlı vajinasına döktüğü pudingi yalıyor. Boynuna kement atılmış, kahverengi saçlarını atkuyruğu yapmış bir kız, bir çocuğun sünnetsiz aletini yalıyor.

Bu esnada kalabalık, "You Have Lost That Loving Feeling"i söylüyor.*

Kız sahneden ayrılırken kız arkadaşlarından biri, "*Yalayıp yuttun* herifi ya, seni küçük kaltak!" diye bağırıyor.

Barı hıncahınç doldurmuş insanlar sigara tüttürüyor, Rainier birası, Schmidt's ve Miller içiyor, bol yağda kızartılmış ve Ranch sosuna batırılmış dana yumurtalığı yiyor. Ter kokusunu alabiliyorsunuz ve biri osurduğunda çikolatalı puding artık puding gibi görünmüyor.

Rock Creek Lodge Taşak Festivali yeni başlıyor.

Missoula, Montana'nın yaklaşık on beş mil güneyindeki bu kasabada aynı hafta sonu onlarca kasabadan gelen *drag queen*'ler** imparatoriçelerini seçiyorlar. Yüzlerce Hıristiyan'ın kasabaya gelmesinin nedeni de bu; sokak köşelerinde katlanır sandalyelerinde oturup, salına salına yürüyen, mini etekli *drag queen*'lere ve büyük motorlarıyla kasabada kükreyen, deri kıyafetli 15.000 motorcuya bakıyorlar. Hıristiyanlar onları işaret edip, bağırıyorlar: "Şeytan! Seni görüyoruz, şeytan! Saklanamazsın!"

Bu hafta sonu, eylül ayının ilk hafta sonu, Missoula evrenin lanetli merkezi haline geliyor.

Rock Creek Lodge'da insanlar bütün hafta sonu, "Cennete Çıkan Merdiven" adı verilen sahneye tırmanıyor ve şey yapıyorlar... neyse onu işte; adını siz koyun.

Doğuya doğru bir taş atımlık mesafede, Interstate 90'da ilerleyen kamyonlar, sahnedeki kızlar bacaklarını striptiz direğine doğru kaldırıp, tıraşlı vajinalarını havada sallar-

* Righteous Brothers'ın 1964 tarihli parçası: "O Aşk Dolu Hisleri Kaybettin." (ç.n.)
** Eğlence maksadıyla kadın gibi makyaj yapıp kadın gibi giyinen erkek. (y.h.n.)

ken havalı kornalarını öttürüyorlar. Batıya doğru yarım taş atımlık mesafede, Burlington Northern hattının yük trenleri sahneyi daha iyi görmek için yavaşlayıp, düdüklerini öttürüyorlar.

Festivalin kurucusu Rod Jackson, "Sahneyi on üç basamaklı olarak inşa ettim" diyor, "darağacı olarak da kullanılabilir."

Kırmızıya boyanmış olması dışında, sahne *hakikaten* darağacına benziyor.

Kadınlar arası ıslak tişört yarışması esnasında motorcular, üniversiteli çocuklar, yuppiler, kamyoncular, cılız kovboylar ve hanzolar sahnenin etrafını sarıyor, ağır topuklu ayakkabılar giymiş bir sarışın bir bacağını striptiz direğine atıp, diğer bacağının üzerine eğiliyor ve böylece kalabalığı oluşturanlar uzanıp, onu parmaklayabiliyor.

Kalabalık, "Amcık! Amcık! Amcık!" diye tezahürat yapıyor.

Kısa saçlı, vajinasının dudakları piercingli bir sarışın bahçe hortumunu ıslak tişört organizatörünün elinden kapıyor. Hortumla duş alıyor ve sahnenin kenarına çömelip, kalabalığı ıslatıyor.

İki kumral kız birbirlerinin ıslak göğüslerini emiyor ve Fransız usulü öpüşüyor. Başka bir kadın sahneye bir Alman kurdu çıkarıyor. Sırtüstü uzanıyor ve köpeğin ağzını bacaklarının arasına götürüp kalçalarını sallıyor.

Güderi kostümlü bir çift sahneye çıkıyor ve soyunuyor. Onlar çeşitli pozisyonlarda çiftleşirken, kalabalık, "Koy! Koy! Amına koy!" diye bağırıyor.

Sarışın bir üniversiteli kız striptiz direğinde iki ayağı da havada dengede duruyor ve tıraşlı vajinasını yarışma organizatörü "Hortumcu" Gary'nin gülümseyen yüzüne doğru ağır ağır yaklaştırırken, kalabalık, "London Bridge Is Falling Down"u söylüyor.

Hediyelik eşya dükkânında, bronzlaşmış, çıplak insanlar hatıra tişörtleri (11.95 dolar) almak için sırada bekliyorlar.

Siyah, Taşak Festivali tangaları (5.95 dolar) giymiş erkekler "Montana Ağaçkakanları" adı verilen el oyması dildolardan (15.00 dolar) alıyorlar. Açıkhava sahnesinde, devasa Montana güneşi altında, araba kornaları ve tren düdükleri eşliğinde bir ağaçkakan çıplak bir kadının içinde kayboluyor.

Hediyelik eşya meraklılarının oluşturduğu kuyruğun bitimine yakın bir yerde, her biri yaklaşık bir metre boyunda, dokununca insanın eline yapışan, kahverengi, derimsi sopaların durduğu bir varil var. Tişört almayı bekleyen iriyarı bir kadın, "Bunlar kurutulmuş boğa siki" diyor. Penislerin kasaplardan ya da mezbahalardan alınıp, önce gerdirildiğini sonra da kurutulduğunu anlatılıyor. Son işlemleri mobilyaya rötuş atar gibi yapıyorsunuz; hafifçe zımparalıyor ve defalarca cilalıyorsunuz.

Sırada, kadının arkasında duran, bütün vücudu sopalar kadar kahverengi ve derimsi bir adam, kadının bu sopalardan hiç yapıp yapmadığını soruyor.

İriyarı kadın kızarıyor ve "Tabii ki hayır" diyor. "Kasaptan boğa siki isteyemeyecek kadar utangaç biriyim..."

Derimsi adam da, "Kasap herhalde kendinde deneyeceğini düşünürdü" diyor.

Ve sırada bekleyen herkes –kadın da dahil– buna gülüyor.

Sahnede ne zaman bir kadın yere çömelse, her biri turuncu, tek kullanımlık fotoğraf makineleri tutan bir kollar ordusu öne doğru uzanıyor. Deklanşör sesleri cırcırböceklerini aratmıyor.

Burada tek kullanımlık bir makine 15.99 dolar.

"Erkekler Çıplak Göğüs Yarışması" esnasında kalabalık, "Sik ve taşaklar! Sik ve taşaklar!" diye bağırıyor; sarhoş motorcular, kovboylar, Montana State'ten gelen üniversiteli çocuklar sahnede mallarını kalabalığa doğru sallamak üzere sırada bekliyor. Brad Pitt'e benzeyen bir adam, erekte olmuş aletini havada sallıyor. Bir kadın arkadan, bacaklarının arasından uzanıp mastürbasyon yapıyor, ta ki adam aniden dönüp sert aletiyle kadının yüzünü tokatlayana kadar.

Kadın, adamın aletini sıkıca kavrıyor ve onu sürükleyerek sahneden indiriyor.

Yaşlı amcalar kütüklerin üzerine oturup bira içiyor ve kadınların işediği portatif tuvaletlere taş atıyor. Erkekler her yere işiyor.

Otopark, ezilmiş bira kutularından geçilmiyor artık.

Rock Creek Lodge'ta kadınlar, gerçek boyutta bir boğa heykelinin altında kıvranıp, şans getirsin diye taşaklarını öpmeye çalışıyorlar.

Arazinin bir kenarı boyunca uzanan çamurlu bir patikada motorcular, "Taşak Isırma" yarışında hünerlerini gösteriyorlar. Motorun arkasında oturan kadınlar, erkek sürücü yolda hızla ilerlerken, havada asılı duran boğa taşağını ısırmak ve ağız dolusu bir parçayı koparmak zorunda.

Ana kalabalıktan uzakta bir grup erkek karavan ve çadırların bulunduğu alana dönüyor. Giyinmekte olan iki kız kendilerini "White Fish'ten gelen, sıradan işlerde falan filan çalışan iki sıradan insan" diye tanımlıyor.

Kızlardan biri, "Alkışları duydun mu?" diye soruyor. "Kazandık. Kesinlikle biz kazandık."

Sarhoş bir genç, "Eee, ne kazandınız?" diye soruyor.

"Ödül falan yok" diyor kız. "Ama kesin biz kazandık."

Etin Geldiği Yer

İnsanlardaki garipliğin ne olduğunu anlamanız birkaç saatinizi alıyor.

Gariplik kulaklarında. Sanki herkesin kulağının ezilip parçalandığı, eriyip küçüldüğü bir gezegene iniş yapmış gibiyim. İnsanlara baktığınızda ilk fark ettiğiniz şey bu değil; ama fark ettikten sonra gördüğünüz tek şey bu oluyor.

"Çoğu güreşçi için karnabahar kulak bir dövme gibidir" diyor Justin Petersen. "Bir statü simgesi gibidir. Cemiyette bir gurur vesilesidir. Bu işte deneyimli olduğunuz anlamına gelir."

"Ringe çıkıp dövüşürken, kulağınızın sürtünmesinden kaynaklanıyor bu" diyor William R. Groves. "Olay şu ki, kulağınız sürtündükçe aşınan kısım, yani kıkırdak deriden ayrılıyor ve bu ayrık noktayı kan ve sıvılar dolduruyor. Bir süre sonra bu bölge kuruyor ama kalsiyum kıkırdak üzerinde katılaşıp kalıyor. Çoğu güreşçi bunu bir nevi nişane, güreşçiliğin olmazsa olmaz nişanesi olarak görüyor."

"Bu sarkıt gibi bir şey" diyor Sean Harrington. "Kan yavaş yavaş damlıyor ve orada sertleşiyor. Aynı nokta yeniden yaralandığında biraz daha fazla kan akıyor ve sertleşiyor ve yavaş yavaş fark edilmez hale geliyor. Bazıları kesinlikle böyle hissediyor; bunun bir cesaret, bir onur nişanesi olduğunu."

"Ben bunun bir onur nişanesi olduğunu düşünüyorum" diyor Sara Levin. "Karşınızdakinin güreşçi olduğunu böyle anlarsınız. Başka birini sizinle eşit konuma getiren şeylerden biri bu. Bu ayrıca bir bağ. Rutinin bir parçası. Kulaklar. Oyunun bir parçası bu. Yaralar, savaş yaraları gibi, bu sporun doğası."

"Uyumadan önce yatağında oturup on dakika boyunca kulağını yumruklayan bir takım arkadaşım vardı" diyor Petersen. "Karnabahar-kulağı olmasını acayip istiyordu."

"Kendi kulağımı çok kuruttum" diyor Joe Calavitta. "Şırıngalarım vardı ve kulaklarım patladığında şırıngayla kuruturdum. Tekrar dolarlardı. Tekrar kanla dolarlardı. Kan sertleşmeden önce kurutmaya devam ederseniz, çok şişmemesini sağlayabiliyorsunuz. Bunu doktora da yaptırabilirsiniz ama sürekli oraya gitmek dert; o yüzden insan, şırıngasını alıp kendisi yapıyor."

Petersen, Groves, Harrington ve Calavitta birer amatör güreşçi.

Levin, amatör güreşçilik ulusal yönetim organı ABD Güreşçilik'in Erkekler Faaliyet Koordinatörü.

Bu sayfada olanlar ise güreşçilik değil, kâtiplik. Bu en iyi ihtimalle Waterloo, Iowa'da geçirilen sıcak, kurak bir hafta sonunda gönderilen bir kartpostal olabilir. Etin geldiği yerden gönderilen bir kartpostal. Yirmi dolar karşılığında herkesin ABD Olimpik Güreş Takımı'na girmek için yarışabileceği Kuzey Bölgesi Olimpiyat Elemeleri'nden gönderilen bir kartpostal.

Ulusal elemeler sona erdi; bölgesel elemeler de. Finallere kalmak isteyenler için son şans bu.

Normal sezon sona erdiği için, bazıları "Yıldızlar" kategorisindeki diğer liselilerle güreşmek için buraya gelmiş.

Yaşları on yedi ile kırk bir arasında değişen bu güreşçilerin bazıları için bu son Olimpiyat denemesi olacak. Levin'in dediği gibi, burada bir sürü kariyerin sona erdiğini göreceksiniz.

Burada herkes size amatör güreşten bahsediyor.

Sporun kralı bu, diyorlar. En eski spor. En harbi spor. En zor spor.

Kadınlar ile erkeklerin eşit derecede saldırdığı bir spor bu.

Can çekişen bir spor.

Bu bir kült. Bu bir kulüp. Bir uyuşturucu. Bir kardeşlik. Bir aile.

Bütün bu insanlar için, amatör güreş yanlış anlaşılmış bir spor.

"Atletizmde şuradan şuraya koşarsınız. Basketbolda topu potaya atarsınız" diyor üç kez dünya şampiyonu olmuş Kevin Jackson. "Halk stili ve mektepli güreşin yanı sıra iki farklı güreş stili var ve bu da ortaya o kadar çok kural çıkarıyor ki halk bunu takip edemiyor."

"Ortalıkta koşuşturan ponpon kızlar, tavandan düşen konfetiler ve tribünde oturan bir Jack Nicholson yok burada" diyor eski üniversite ve ordu takımı güreşçisi Butch Wingett. "Olsa olsa saçları ağarmış bir avuç yaşlı herif vardır; onlar da ya çiftçidir ya da John Deere çiftliğinden atılmışlardır."

54 kilo serbest stilde güreşen Lee Pritss, "Güreşçiler çok yanlış anlaşılıyor" diyor. "Aslında klas bir spor bu. Ama çoğu zaman barbarlık gibi görülüyor. Güreş çok kötü tanıtılıyor."

"Şu anda insanlar bu sporu anlamıyor" diyor Jackson. "Ve insanlar anlamadıkları ya da kimin yarıştığını bilmedikleri bir şeyi seyretmiyorlar."

"İnsanlar bu spora hak ettiği saygıyı göstermiyorlar; çünkü 'Aman işte iki herif yuvarlanıp duruyor' diye düşünüyorlar. Bence doğru değil bu" diyor 130 kilo grekoromen güreşçisi, üç kez NCAA şampiyonu olmuş Tyrone Davis. "Yuvarlanıp duran iki heriften daha fazlası söz konusu. Aslında, güreş hayat gibidir. Vermeniz gereken çok fazla karar vardır. *Minder* sizin hayatınızdır."

Uçakla Waterloo'ya gittiğinizde, şehir, web sitesindeki haritada olduğu gibi görünüyor; dümdüz ve otobanlarla dolu. Kurak, tenha şehir merkezine yakın Young Arena'da güreşçiler tartılmadan önce etrafta sauna olup olmadığını soruyorlar. Tartı nerede? Young Arena, yaşlıların hafta içi, klimalı kulvarda yürüyüş yapmak için gittikleri kapalı bir yer.

Güreşçiler yetmiş dakikalık maç esnasında dakikada yaklaşık yarım kilo kaybedebiliyorlar. İdman hikâyeleri arasında, mürettebatın ikazlarına rağmen "uçakta turlamak", jet uçaklarında bir ileri bir geri koşmak, mutfak kısmında barfiks çekmek gibi şeyler de var. Liseli güreşçilerin başvurduğu eski bir numara da, her derste tuvalete gitmek için izin istemek, tuvalet kabininin duvarlarında barfiks çekmek ve duvar kenarlarının ellerinde nasırlar oluşturmasına izin vermekmiş. Ertesi gün yarışacakları kiloya inmek için basketbol maçları esnasında tribünde, öfkeli taraftarların önünden geçerek bir aşağı bir yukarı koştuklarından da söz ediyorlar.

Wingett 1998'de üç üniversiteli güreşçinin Creatine alarak zayıflamaya çalışırken aşırı su kaybından öldüğünü söylüyor.

"İdmanları daha zahmetli ya da zorlu başka bir spor daha olduğunu sanmıyorum" diyor Kevin Jackson. "Bütün bu süreç, gurur kırıcı bir deneyim aslında. Antrenman sahasında dayak yediğiniz de oluyor, kulvarda ya da stadyum merdivenlerinde koşarken bayıldığınız da."

Wingett yazın ortasında üç güreşçinin sırayla yaptığı uzun mesafe koşulardan bahsediyor: Üçünden biri camları kapatıp, klimayı sonuna kadar açıp, kamyoneti kullanırken, diğer ikisi kamyoneti kovalarmış.

"Her şeyi bir sisteme oturtuyorsunuz" diyor on yedi yaşındayken burnu on beş kez kırılmış olan Justin Petersen. "'*Bu* kutu sütü içebilirim, *bu* ekmeği yiyebilirim, bunları günün şu saatinde terleyerek atmış olurum, o zaman da *bu* suyu içebilir ve gereken kiloda olabilirim' diye düşünüyorsunuz. Her şey çok kesin."

Lee Pritts ve kolunda "Strick" dövmesi bulunan, 76 kilo serbest stil güreşçisi Mark Strickland kendi antrenman bisikletlerini yanlarında getirmişler ve Hartland Pansiyon'un 232 Nolu odasında ter döküyorlar. Arkadaşları Nick Feldman ise sadece onlara moral verip destek olmak ve vücutları çok su kaybedip de kasları gerildiğinde onlara masaj yapmak için buraya gelmiş.

Eskiden üniversite takımında güreşen ve Güney Dakota, Mitchell'den buraya kadar arabasıyla gelmiş olan Feldman, "Güreş, bir kere girdiğinizde bir daha asla çıkamadığınız bir kulüp gibi" diyor.

"Okullardaki diğer atletler, basketbolcular ve futbolcular 'güreşin *o kadar da* zorlu olmadığından' bahsediyorlar;

ama sonra takıma katıldıklarında bir hafta içinde bırakıyorlar" diyor, 76 kilo serbest stilde yarışmak için son altı aydır idman yapan Sean Harrington.

"Herkesten çok çalışıyor olmaktan daima gurur duyarız" diyor. "Ama kimse bizi takdir etmiyor. Yani burada hiç hayranımız yok. Seyircilerin çoğu güreşçilerin ebeveynleri. Popüler bir spor değil bu."

"Üniversitedeyken güreş çok zor olduğu ve ben yeterince iyi olmadığım için ağlar dururdum" diyor üniversite birinci sınıfta güreşe başlamış olan ve bugünlerde Ohio State Üniversitesi'nde koçluk yapan yirmi dört yaşındaki Ken Bigley. "Kendime sık sık bunu niye yapıyorum diye sorardım. Sevdiğim benzetmelerden biri de, bu sporun uyuşturucu gibi bir şey olduğu. Bağımlı hale geliyorsunuz. Bazen bunun iyi bir şey olmadığını; o zorlu idmanların ve kötü maçların özellikle de duygusal açıdan size iyi gelmediğini anlasanız da dönüp dolaşıp bunu yapmaya devam ediyorsunuz. Eğer buna ihtiyacım olmasaydı burada olmazdım. Bundan para kazanmıyorsunuz. Şan şöhret de getirmiyor. Sanırım, sadece o kendinden geçme halini arıyorsunuz."

"O kadar uzun zamandır güreşiyorum ki güreşmeden önce acı nasıl bir şeydi hatırlamıyorum" diyor Sean Harrington.

Missouri Üniversitesi'nde koçluk yapan yirmi altı yaşındaki Lee Pritss ise, "Garip bir şey bu" diyor. "Turnuvadan sonra duşa girdiğinizde bütün gün güreşmekten yüzünüz şişmiş oluyor ve su şişliğin üzerinden akarken hafif bir yanma hissi duyuyorsunuz ama bir hafta ara verdiğinizde bu hissi özlüyorsunuz. Acıyı özlüyorsunuz. Evet, bir hafta ara verdikten sonra geri dönmeye hazır oluyorsunuz çünkü acıyı özlüyorsunuz."

Tribünlerin neredeyse boş olmasının sebebi bu acı olabilir.

Amatör güreş kolay seyredilebilen bir şey değil. Eti kemiği parçalama derbisine dönüşebiliyor.

Sean Harrington geçen Noel yaptığı ilk maçta bileğini kırmış.

Keith Wilson omzundan, dirseğinden, dizinden ve sağ ayak bileğinden yaralanmış ve kaburgasının C5 ve C6 kemikleri arasında bel fıtığı oluşmuş. Toplamda yedi ameliyat.

Spencer, Iowa'lı genç güreşçi Mike Engelmann, cerrahların dizinin meniskusünden çıkardığı yarısaydam bir kıkırdak parçasını evinde alkol dolu bir kavanozda saklıyormuş. Bu ona uğur getiriyormuş. Dokuz dikiş atmışlar dizine.

Ken Bigley burnu için, "Bazen sola bazen sağa doğru eğiliyor" diyor.

Turuncu bir "Spor Yaralanmaları Merkezi" tişörtü giymiş bir doktor, "Saçkıran bu herifler arasında inanılmaz derecede yaygın" diyor.

En eski kurallardan biri, diyor, güreşçilerin aşağı inip, kendi kanlarını çamaşır suyu püskürterek temizlemeleridir.

"Ninesi ve dedesi 'Delilik bu' deyip duruyor" diyor buraya on yedi yaşındaki oğlu Chris'le birlikte gelmiş olan, yazılım mühendisi David Rodrigues. Dört kez Georgia Eyalet Şampiyonası'nı kazanan Chris, geçen yıl Moskova'daki Gençlik Oyunları'nda dünya beşincisi olmuş.

"Birçok kez yaralandı" diyor ve sıralıyor: "Dizi çıktı, dirseği çıktı, sırtındaki bir kas hafiften yırtıldı, eli kırıldı, parmağı kırıldı, ayak parmağı kırıldı, dizi burkuldu ama daha kötülerini de gördük. Sedyeyle götürülen çocuklar gördük. Kırılmış köprücükkemikleri, kırılmış kollar, kırılmış bacaklar, kırılmış boyunlar. Tanrı esirgesin; Georgia'da boynu kırılan bir çocuk gördük. İnsan böyle yaralanmalar olmasın diye dua ediyor ama bir yandan da hepimiz bu sporun tabiatının bu olduğunu biliyoruz."

"Dişim de kırılmıştı" diyor oğlu Chris.

"Dişi kırılıp çıktı" diyor David Rodrigues, "ve diğer çocuğun kafasındaydı, oradan sarkıyordu."

Chris'in annesi hakkında şöyle diyor David Rodrigues: "Karım yılda sadece birkaç turnuvaya; eyalet turnuvaları ile ulusal çapta turnuvalara gidiyor. Çok fazla turnuvaya gitmiyor çünkü yaralanmalardan korkuyor. Yaralanma olayında orada olmak istemiyor."

Chris'in ön dişleri şu anda takma.

Birkaç gün içinde Chris Rodrigues, Gençler Dünya Şampiyonası Elemeleri'nde çenesini kıracaktı.

"İkinci sınıftayken katıldığım eyalet turnuvasından sonra çekilmiş bir fotoğrafım var" diyor Justin Petersen. "Yüzümü birinin dizine çarpmıştım ve bu yüzden yüzümün bir tarafı tamamen şişti, diğer tarafı da minder yanığıydı. Berbat bir şey bu. Sızlıyor ve kabuk bağlıyor ve yüz kaslarınızı her hareket ettirdiğinizde kabuklar çatlıyor. Ayrıca burnumu da yeniden kırmıştım ve bu yüzden burnumda da pamuk vardı. Omzumu da yeniden burkmuştum ve bu yüzden omzumda da büyük bir buz torbası vardı. Son maçımı henüz tamamlamıştım ve biri fotoğrafımı çekmişti."

Bugün burada on dokuz yıldan bu yana ilk kez güreşecek olan Timothy O'Rourke'un karısı yanında değil. "Canımın yandığını görmek istemiyor" diyor. "Kocaoğlanlarla boğuştuğumu... Beni acı çekerken görmekten korkuyor; bu yüzden otelde kaldı."

Grekoromen güreşçi Phil Lanzetella için ise durum farklı; aldığı yarayı ilk fark eden ve hayatını kurtaran kişi karısıymış.

"İsveç ve Norveç'e gidiyordum ve karım başını göğsüme dayayarak bana sarıldı" diyor. "Olimpiyat Eğitim Merkezi'nden yeni dönmüştüm. Karım yaklaşık 1.60 boyunda. Bana, 'Kalbinden tuhaf bir ses geliyor, baktırsan iyi edersin' dedi. Ben de hemen acile gittim."

Kalp kapakçığı yırtılmış.

"Uzun lafın kısası" diyor Lanzetella, "pazar gecesi kontrole gittim ve ertesi hafta salı günü hemen açık kalp ameliyatı olmam gerektiğini söylediler. Nedeni konusunda tek bir tahminleri vardı: güreş. Beni dünyanın en iyi cerrahlarından biri ameliyat etti ve kariyerinde hiç böyle bir vaka görmediğini söyledi. Kalp kapakçığını bu şekilde yırtmak için, saatte doksan kilometre hızla giderken göğsünüzü arabanın direksiyonuna çarpmanız gerekirmiş."

Kalp kapakçığı üç yerinden yırtılmış –V şeklinde bir yırtık ve bu V'yi tam orta yerinden yatay olarak kesen bir üçüncü yırtık– ve bu, Lanzetella'nın kalbinin, ritmi tutturmak için normalden beş kez daha fazla atmasına neden oluyormuş.

Bu olay Şubat 1997'de yaşanmış. Phil Lanzetella, henüz bir yeniyetmeyken dünya çapında bir güreşçi olup, Water Mondale'nin kızıyla çıktığı ve Moskova Olimpiyatları'na doğru yola koyulduğu 1980 senesinden beri her yıl Olimpik seçmelere katılmış. Biz 1980'de Olimpiyatlar'ı boykot etmiştik. Phil'in önündeki seçenekler mekanik bir kapakçık, domuz kalbi kapakçığı ya da bağışlanmış bir insan kalbi kapakçığıymış. İnsan kalbi kapakçığı olursa, müsabakalara devam edebilecekmiş.

Phil daha sonra yerel üniversite ve lise takımlarında koç yardımcılığı yapmaya başlamış. Faal olmak ona kendini iyi hissettirmiş.

"Karıma bundan bahsetmedim. Bir gün eve gittiğimde 'Mel, güreşsem nasıl olur sence?" dedim ve o da, 'Eğer bekâr kalmak istiyorsan olur. Bununla bir daha uğraşmam ben.' Ama zamanla bu fikre alıştı."

On beş yıldır evliler.

Melody Lanzetella nihayet, "Eğer güreşeceksen, kazanman lazım" demiş.

Phil şimdiye kadar kazanamamış. Güney Bölgesi Turnuvaları'na kalamamış.

"Ulusal turnuvalarda onuncu oldum, Las Vegas'ta sıralama turlarında ilk sekize girdim" diyor. "Tulsa'da ise karavanım bozuldu ve maçtan önceki tartılma safhasını kaçırdım. Otobanda takılıp kaldım. İşte durum bu. Tamı tamına böyle."

Otuz yedi yaşındaki Phil Lanzetella'nın, yıllarca süren idman ve yarışmalardan sonra Olimpiyatlar'a katılmak için yapacağı son deneme olacak bu.

Envanter analisti olarak çalışan Orange County, Kaliforniya'lı yirmi dokuz yaşındaki Sheldon Kim için de son deneme olacak. Buraya karısı Sasha ve üç yaşındaki kızı Michaela'yla birlikte gelmiş olan Sheldon tartı safhasının bitmesine yarım saat kala halen bir kilo daha vermeye çalışıyor.

Penn State'te müfettiş olarak çalışan, mühendislik ve mimari alanlarında yüksek lisans yapmış ve buraya babasıyla gelmiş olan Trevor Lewis için de son deneme bu.

İki hafta içinde çocuğu doğacak olan ve ordunun Dünya Çapında Sporcu programı kapsamında günde iki-üç kez idman yapan otuz üç yaşındaki Ketih Wilson için de aynı şey geçerli.

Southfield, Michigan'lı, *Vahiyler: Film* adlı ilk film projesini yakında hayata geçirecek olan otuz sekiz yaşındaki Michael Jones için de öyle.

"Vücudum, böyle heriflerle bir dört yıl daha güreşmeye dayanamaz. Söyledim ya, dizlerim bükülmeye başladı. Sırtım bana hakikaten sıkıntı veriyor. Ellili yaşlarıma geldiğimde, elimde bastonla iki büklüm yürümek istemiyorum. Bu kesinlikle benim son Olimpiyat'ım olacak."

En son 1980'de güreşmiş olan eski kolej güreşçisi, kırk bir yaşındaki Timothy O'Rourke için de son deneme bu. "İnternette bir şeyler gördüm ve 'Ne olursa olsun, bir deneyeceğim' dedim."

Bütün bunlara rağmen, buraya bir güreş turnuvasından çok bir aile buluşması havası hâkim.

Keith Wilson 76 kilo grekoromen stilde yarışmak için Colorado Springs'teki Olimpik Eğitim Merkezi'nden gelmiş.

"Hiçbir şeyi içime atmıyorum" diyor. "Daima mutluyum. Gerildiğim zaman bunu bedenimden atabileceğim bir kanal var. Buraya gelip, birini öldüresiye dövebiliyorum ve başım da belaya girmiyor. Güreşirken ölesiye güreşiyorsunuz ama minderden indiğinizde yine dost oluyorsunuz."

"Biz burada bir aile gibiyiz" diyor Chris Rodrigues. "Herkes herkesi tanıyor. Tanıdığınız insanlarla bir araya geliyorsunuz ve birbirini tanımayanlar da birbiriyle tanışıyor, sonra da ulusal turnuvalarda beraber takılıyoruz. Her sene Genç Milli ve A Milli turnuvalarında. Bu sanki herkesi kapsayan büyük bir bağ gibi. Moskova ve Bulgaristan'da tanıdıklarım var. Bütün dünyada tanıdıklarım var."

Babası David devam ediyor: "Parçası olduğu bu kardeşlik... Farz edelim ki Michigan'a gidip işletme bölümünü bitirdi, yurtdışına gitti ve bir daha da hayatında hiç güreşmedi. Fark etmez. Aynı zaman diliminde güreştiği biriyle karşılaşacak olursa, bu kardeşliğin baki kaldığını görecek."

"Bir seyahattayken falan, tanımadığınız bir güreşçiyle karşılaştığınızda, Corvette sahibi insanların yaptığı gibi yapıyorsunuz, birbirinize el sallıyorsunuz. İkisi aynı şey. Aranızda bir dostluk oluşuyor çünkü diğer insanın neler yaşadığını biliyorsunuz."

"Müsabaka için tüm enerjinizi topluyorsunuz" diyor Ken Bigley. "Minderdeyken birbirimizi fena halde hırpalamak istiyoruz ama minderden indiğimizde ikimiz de hangi yollardan geçtiğimizi biliyoruz çünkü aynı şeyi yaşamışız. Kendinizi ne kadar rakibinizi hırpalamaya odaklarsanız odaklayın, minderde birbirinize ne denli düşman olursanız olun, karşınızdakine ne kadar sert vurursanız vurun, minderden birer vahşi olarak inmiyorsunuz. Biz vahşi bir sporu seviyoruz, o kadar."

Nick Feldman buna "zarif şiddet" diyor.

Müsabakalar esnasında diğer güreşçiler minderlerin kenarına uzanıp, güreşenleri izliyorlar. Üzerlerinde bol tişörtler oluyor. Kollarını birbirine dolamış ya da idman pozisyonunda kilitlenip kalmış bir şekilde yan yana duruyorlar; artık sadece moda reklamlarında gördüğünüz rahat bir yakınlık türü bu. Abercrombie ve Fitch ya da Tommy Hilfiger'ın dergi reklamlarında görebileceğiniz türden. Hiç kimsenin "özel bir alan"a ihtiyacı yok gibi. Hiç kimse "poz" atmıyor.

"Biz burada kardeşiz" diyor 4.0 ortalamaya sahip olan ve kendi internet işini yürüten on yedi yaşındaki Justin Petersen. "Beraber yiyoruz. Yemekleri sürekli diğer güreşçilerle birlikte yiyoruz ve ne kadar aç olduğumuzdan, bir sonraki tartı safhasının geçmesini bekleyemeyeceğimizden, şunu bunu yiyebileceğimizden, bir günde kaç gram vereceğimizden konuşuyoruz."

Nick Feldman, "Bir bütün olarak, güreşçiler birbirleriyle olmaktan daha memnundur" diyor. "Her yerde şişirilen egolar yok çünkü bunlar fasa fiso şeyler. Burası anti-NBA bir yer."

"Cehennem azabı" diyor Sara Levin. "Beraber aynı cehennem azabını yaşamak işin rengini değiştiriyor. Rusya'daki bir herifin buradaki bir herifle aynı yollardan geçtiğini, şu kadar kilo kaybettiğini falan biliyorsunuz. Mindere çıkmak için aynı şeyi yapmak zorundalar. Biz şaşaalı bir spor yapmadığımız için aramızda bir bağ var. Öyle gösterişli, paralı falan değiliz. Sefil ve pis olduğumuzu biliyoruz."

Hakikaten de kardeş gibi birbirlerine benziyorlar. Çoğunun burnu kırık. Kulaklar karnabahar. Aşırı terlemekten ve yüzüstü yere çakılmaktan hepsinin lapa gibi ama sert bir görünüşü var. Hepsi anatomi çizimlerindeki gibi kaslılar. Çoğu çıkık alınlı.

Uzun kirpikleri alnıyla kontrast oluşturan Mike Engelmann, "Güreş salonu genellikle çok sıcak oluyor" diyor. "Bu yüzden insanın vücudu adeta yanıyor. Her şeyi terleyip dışarı atıyoruz. Daha fazla sıvı tüketip, daha fazla terliyoruz ve bu, yanak ve gözleri biraz içeri göçertiyor ve alnınız öne doğru çıkıyor. Ben bu görünüşü seviyorum çünkü çok çalıştığınızı gösteriyor."

Hakem düdüğünü çaldığı anda bu kardeşlik olayı sona eriyor gibi.

Cumartesi günü, yıllarca süren hazırlığa inat serbest stil turnuva hızla bitiveriyor.

Joe Calavitta kaybediyor ve Olimpiyat şansını yitiriyor.

Gençler müsabakasında Justin Petersen kazanıyor ve minderden iner inmez kusuyor.

Tribünlerdeki az sayıda seyirci tezahürat yapıyor; Sheldon'ın karısı Sasha kısık bir sesle durmadan, "Haydi bastır Shel, haydi Shel..." diyor.

"Mindere çıktığınızda, biriyle baş başa kaldığınızda" diyor Timothy O'Rourke, "tribünlerde olup bitenleri bile duyamıyorsunuz."

O'Rourke beş saniye içinde devriliyor.

Sheldan Kim kaybediyor.

Trevor Lewis ilk müsabakayı kazanıyor ama ikincisini kaybediyor.

Chris Rodrigues ilk müsabakasını kazanıyor.

Sheldon Kim'in kardeşi Sean, Rodrigues'e yeniliyor.

Mark Strickland, Sean Harrington'la karşılaşıyor, Lee Pritts de kenardan koçluk yapıyor. Sayı olarak geri düşen Strickland mola istiyor ve Pritts'ten yana, "Kaburgalarını kıracağım onun!" diye bağırıyor. Yüzü sanki çoktan ağlamaya başlamış gibi çarpılmış.

"Tanıdığım en sert herifler bile maçlardan sonra ağlıyorlar çünkü bu işte her şeylerini ortaya koyuyorlar" diyor Joe Calavitta.

Lee Pritts ise, "Antrenman arkadaşınızla o kadar yakınlaşıyorsunuz ki kendi kanınızdan canınızdan biri olup çıkıyor ve gidip bir maç kaybettiğinde, *büyük* bir maç kaybettiğinde kalbiniz paramparça oluyor."

Strickland, Harrington'a yeniliyor.

"Onun yenildiğini görmekten nefret ediyorum" diyor Pritts. "Kazandığını o kadar çok gördüm ki yenildiğini görmek beni mahvediyor."

Pritts kendi maçını kazanıyor.

Chris Rodrigues ikinci maçını kazanıyor.

Ken Bigley ilk ve ikinci maçını kazanıyor ama üçüncüsünü kaybediyor.

Rodrigues üçüncü maçını kaybediyor ve serbest stilde yapılan turnuvanın dışında kalıyor.

Sean Harrington ve Lee Pritts Dallas'taki Olimpik finallere katılacaklar.

Doktor kaç kasın yırtıldığını, kaç kemiğin kırıldığını, kaç eklemin çıktığını söylemeye yanaşmıyor. "Bütün bu bilgiler" diyor, "son derece gizli."

Ve serbest stil güreş turnuvası sona eriyor; bir sonraki turnuva dört yıl sonra.

O gece bir tavernada, yenilmiş bir güreşçi, yerel bir kahramanın tarafını tutan hakemin ona nasıl ihanet ettiğinden ve ABD Güreş Federasyonu'nun taraflı hakemleri ihraç etmesi gerektiğinden bahsediyor. 20.000 dolar kazanmak için Japonya'ya gidip, bir "serbest dövüş"e katılacağını ve bu parayı "üstsüz kulüpler" ve amatör boks organizasyonları işine yatıracağını söylüyor.

"Bu heriflerin çoğu serbest dövüşe katılıyor çünkü iyi para var bu işte" diyor Sara Levin. "Bunu yapan Olimpiyat sporcuları da var. Kevin Jackson yaptı mesela. '96 Greko-Olimpik Takımı'mızın yarısı bunu yapıyor. Bizim çocukların profesyonelliğe geçiş kanalının bu olması beni çok mutlu etmiyor ama bu onların tek seçeneği."

Tavernadaki güreşçi Japonya'dan parayı gizlice getirip, vergi ödemekten yırtabileceğini söylüyor. Güreşçilere el altından ödeme yaparak, profesyonel güreşe ilişkin yasal düzenlemelerden kaçınmayı planlıyor. Küçük çocuklar için fotoğraf imzalıyor. Devasa bir cüssesi var ve hiç kimse onun söylediklerine karşı çıkmıyor. Durmadan konuşuyor.

Ertesi sabah, pazar günü, Deniz Piyadesi toplamak için kullanılan bir Humvee, Young Arena'nın önüne park etmiş, bekliyordu; devasa hoparlörlerinden heavy metal yükselen aracın yanında iki asker toplama memuru bezgin bir halde duruyordu.

Arenada minderler, grekoromen stil turnuva için hazırlanıyor, üst üste konuluyor, çift katlı hale getiriliyor.

"Birçok insan greko'dan korkuyor" diyor Michael Jones. "Bu işe girmek yıllarımı aldı çünkü korkuyordum. O savurmalar yüzünden. Çok ciddi savurmalar olabiliyor."

Phil Lanzetella güreşmek için giyiniyor. Geçirdiği açık kalp ameliyatından kalma yara göğsünün ortasından aşağı doğru iniyor. En azından sonuncu kalp kapakçığı yırtığının, muhtemelen 1997'de Olimpik Eğitim Merkezi'nde Jeff Green'le birlikte grekoromen idmanları yaparken gerçekleştiğini söylüyor.

"Ben yaklaşık 115 kiloydum, o da yaklaşık 120 kilo ve havada döne döne bilmem kaç mil hızla hareket ediyorduk. Birkaç ufak tefek herife doğru yaklaştık. Küçük bir yerdi. Herifler kendilerini korumak için ellerini ve ayaklarını havaya kaldırdılar" diyor. "Bu döngüden çıktığımda doğrudan heriflerden birinin ayağına çakıldım."

"Hissetmiştim bir şey olduğunu" diyor Lanzetella. "Ne olduğunu biliyordum ama çok üzerinde durmadım. Bundan daha kötü darbeler almıştım."

Bugün, güreşin karanlık tarafından, birkaç yıl önce birinin Midland turnuvasında, güreşçilerin tartıldığı yere gizlice kamera soktuğundan ve dünyadaki en iyi güreşçilerin çıplak görüntülerinin internete verildiğinden bahsediliyor. İnsanlar amatör güreşçilerin takıntılı hayranları tarafından nasıl takip edildiğinden, gece yarısı arandığından, tacize uğradığından, öldürüldüğünden söz ediyor.

"Bu konuda çok fazla dedikodu çıktığını biliyorum" diyor Butch Wingett. "DuPont uzunca bir süre Dave Schultz'a yanıktı."

Eski kolej güreşçisi Joe Valente, "Bu spora çok fazla saygısızlık ediliyor" diyor. "İnsanlar bir avuç homonun birbirini ellemeye çalıştığını düşünüyor."

Greko müsabakaları başladığında tribünlerde kimse yok.

Keith Wilson ilk maçını kazanıp, ikincisini kaybediyor ama Olimpik finallere katılacak çünkü ulusal müsabakalarda zaten elemeleri geçmiş.

Chris Rodrigues tek bir maç kazanıyor ve grekoromen güreşçi olarak Olimpik finallere gidecek. Elemeleri geçen tek lise öğrencisi o.

Maçtan sonra Rodrigues, babasının eşliğinde şunları söylüyor: "Harika bir şey bu. Daha lisedeyim. Eve dönüp bütün arkadaşlarıma Dallas'taki Olimpik elemelere katılacağımı söylemeliyim."

Phil Lanzetella ilk maçını üç sıfır kazanıyor.

İkinci maçının ilk devresi sıfır sıfır berabere bitiyor, ikinci devrede rakibine bir sayı veriyor ve maçı uzatmalarda kaybediyor.

Güreşçiler kalabalığı şimdiden seyreldi. İnsanlar burayı terk ediyor. Uçaklarına yetişmeye çalışıyorlar. Yarın pazartesi ve herkesin işinin başına dönmesi gerekiyor. Sean Harrington boyacı kalfası olarak çalışıyor. Tyrone Davis New York'ta, Hempstead kasabası için su arıtma operatörü olarak çalışıyor. Phil Lanzetella ise kalp kapakçığını takan şirketin sözcüsü ve Time Warner için reklam pazarlama işinde çalışıyor.

Üçüncülük için son maçlar yapılırken Lanzetella güreş salonunun uzak köşesinde oturuyor. Güreş ayakkabıları yarım metre kadar uzağında duruyor.

"Hak ettiğimi aldım" diyor. "Yeterince sıkı idman yapmamıştım. Artık başka önceliklerim var. Karım. Çocuklarım. İşim."

"Gördüğün ayakkabıların son faaliyetiydi bu" diyor.

"Belki golfe falan başlarım" diyor.

Sheldon Kim de şöyle diyor: "Bu sayfa benim için muhtemelen kapandı. Başka önceliklerim var. Küçük bir kız çocuğu babasıyım. Bundan sonra, bu olay bitmiştir. Neler başardığımı bilecek kadar çok şey aldım bu spordan."

Güreşçiler kendi ailelerine odaklanmak için "aile"yi terk ediyorlar.

Şimdi Young Arena'da neredeyse hiç kimse kalmadı.

"Güreşin kült bir izleyici kitlesi var" diyor, bu gece fizik doktorasının son yılını tamamlamak üzere Ohio State Üniversitesi'ne geri dönecek olan William R. Groves. "Arkadaşlarınız geliyor. Aileniz geliyor. Ve sanırım, insanların çoğu güreşi sıkıcı bir spor olarak görüyor."

"Bu, can çekişen bir spor" diyor Justin Petersen. "Bazıları boksun biraz daha kötü durumda olduğunu söylüyor ama ikisi yine de atbaşı gidiyor. Güreş programlarını kapatan birçok üniversite var. Liselerdeki popüleritesi de azalıyor. Pek fazla ömrü kalmadı; insanlar böyle diyor."

"Güreş daha ziyade kolejler nezdinde ölüyor" diyor Sean Harrington. "Oysa çocuklar, gençler arasında her zamankinden daha fazla popüler olduğunu okudum. Bir sürü çocuk güreşle ilgileniyor çünkü aileler güreşin onlara neler katabileceğini biliyor."

"Bu tamamen 9. Madde'nin suçu!" diyor.

Kolejlerin kız ve erkek öğrencilere spor alanında eşit oranda fırsat sunmasını gerektiren federal kanunun yürürlüğe girmesinden bu yana geçen yirmi beş yılda 462'den fazla okul güreş programını kapattı.

"9. Madde temel faktörlerden biri" diyor Mike Engelmann. "Bütün o kolejler güreş programlarını kapatmaya zorlanıyorlar çünkü tüm sporları eşit oranda desteklemeniz gerekiyor. Cinsiyetçi falan gibi görünmek istemiyorum ama bu fikre hakikaten inanmıyorum."

Olimpiyat şampiyonu Kevin Jackson bile şöyle diyor: "Bir oğlum var, ufak ufak güreşmeye başladı ama tekvando, futbol ve basketbolla da ilgileniyor ve ben onu güreşe yöneltmekte tereddüt ediyorum çünkü bu sporda çok çalışıp az ödüllendiriliyorsunuz."

Neredeyse boşalmış olan arenada halen güreş ayakkabılarının yanında oturan Lanzetella çocuklarından bahsediyor. "Daha doğrusu, çocuklarımı tenis ya da golfe yönlendireceğim. Temas içermeyen, çok para getiren bir şeye."

"Ülkede birçok kişi güreşle uğraşmış; ya da uğraşmış olan birini tanıyor" diyor Jackson. "Güreşle bir bağları var. Televizyon seyreden insanların bu bağlantıyı kurabilmesi için atletlerimizi daha iyi tanıtmamız yeter."

"Eminim ki" diyor Engelmann, "bu heriflerin çocukları da güreşecek. Ve işte bu yüzden güreş ölmeyecek. Çocuk sahibi olmak istiyorum. Onları güreşe zorlamayacağım ama umarım güreşmek isterler."

Phil Lanzetella'nın da uçağı yakalaması gerekiyor.

"Belki bütün bu enerji parasal kazanca dönüştürülebilir" diyor. Kendisine kitap yazması teklif edilmiş. "Şimdi düşünecek zamanım ve kesinlikle bir sürü hikâyem var. 1979'dan beri her aşamadan geçtim... Milletvekilliğine aday oldum, 1980'de Olimpiyatlar'ı boykot ettiğimizde Mondela'nın kızıyla çıktım... beş Olimpiyat takımına dahil oldum, ki böyle bir şey daha önce hiç gerçekleşmedi. Evet, çok şey var."

Ayakkabılarını alıp, "Yine de karımı aramam lazım..." diyor.

"Bu sporu bırakınca çok iyi hissediyorsunuz" diyor lise güreş koçu Steve Knipp. "Bu spor o kadar zorlayıcı ki kilo vermeyi bırakıp yemeye başladığınızda yemeğin kıymetini hayatınızda hiç olmadığı kadar anlıyorsunuz. Ya da öylesine oturduğunuz sandalyenin kıymetini. Ya da su içerken, suyun kıymetini anlıyorsunuz."

Ve şimdi Lanzetella, Harrington, Lewis, Kim, Rodrigues, Jackson, Petersen, bütün o kulaklar, Davis, Wilson, Bigley, bütün o sarkıt karnabahar kulaklar dış dünyaya doğru yayıldılar. İşlerine, ailelerine karışıp gidecekler.

Onları sadece diğer güreşçiler fark edecek.

"Bu küçük bir aile ama herkes birbirini tanıyor" diyor Keith Wilson.

Amatör güreşçilik belki ölüyor; belki de ölmüyordur.

Dallas'taki Olimpik Takım finallerinde 50,170 biletli seyirci ve Bank of America, AT & T, Chevrolet ve Budweiser gibi zengin şirket sponsorları bulunuyor.

Dallas'ta bir güreşçiden kariyerinin son maçı olduğunu gösteren eski bir ritüel sergilemesi isteniyor. Bu âdete göre, güreşçi ayakkabılarını minderin ortasına koyuyor ve üstünü mendille örtüyor. Sessiz kalabalığın bakışları altında güreşçi minderi öpüyor ve ayakkabılarını geride bırakıp gidiyor.

Sean Harrington şöyle diyor: "Bana 'Eğer güreşseydim, en alasını yapardım. Evet, en alasını. Biliyorum yapardım' diyen bir arkadaşım vardı. Ama hiç güreşmedi. Böylece her zaman en alasını *yapabileceğini* düşünebildi ama asla ayakkabılarını giyip mindere çıkmadı."

Devam ediyor: "Başarılı olmak için, kendinize birtakım amaçlar belirleyip, bunların peşinden gitmeniz ve asla 'yapardım, ederdim, yapacaktım'cı olmamanız yeterli. O zaman bu şeyi gerçekten yapmışsınız demektir."

Bu yazıda bahsi geçen hiç kimse Olimpiyat takımına dahil olamadı.

Buradasınız

Airport Sheraton Hotel'in balo salonunda bir grup kadın ve erkek birbirinden perdeyle ayrılmış kabinlerde oturuyor. Her biri küçük bir masada oturuyor –perdeler sadece bir masa ve iki sandalyenin sığabileceği bir alanı çevreliyor– ve dinliyor. Bütün gün oturup dinliyor.

Balo salonunun dışında, kalabalık bir grup lobide bekliyor; ellerinde kitap taslakları ya da film senaryoları tutan yazarlar bunlar. Bir organizatör balo salonunun kapılarını tutmuş, klasördeki isim listesini kontrol ediyor. İsminizi söyleyince öne çıkıyor ve onun peşi sıra balo salonuna giriyorsunuz. Organizatör bir perdeyi aralıyor. Küçük masaya oturuyorsunuz. Ve konuşmaya başlıyorsunuz.

Yazar olarak, yedi dakikanız var. Bazı yerlerde sekiz, hatta on dakikanız oluyor ama nihayetinde organizatör gelip, sizin yerinize başka bir yazar oturtuyor. Bu zaman diliminde hikâyenizi bir ajans, yayıncı ya da film yapımcısına tanıtmak için yirmi ila elli dolar arası bir para ödüyorsunuz.

Bütün gün Airport Sheraton'ın balo salonu konuşmalarla uğulduyor. Buradaki yazarların çoğu yaşlı; ellerindeki tek iyi hikâyeye sarılmış, ürpertici derecede yaşlı, emekli insanlar. Lekeli elleriyle tuttukları hikâyelerini sallayarak, "Hadi buyrun! Ensest hikâyemi okuyun!" diyorlar.

Bu hikâye anlatma uğraşının büyük bir kısmı kişisel acılarla ilgili. Havada ağır bir katarsis kokusu var. Melodram ve hatıra kokusu. Yazar bir arkadaşım bu ekolü "güneş-parlıyor-kuşlar-ötüyor-ve-babam-yine-üzerimde" edebiyatı olarak tanımlıyor.

Balo salonunun önündeki lobide yazarlar bekliyor ve tek büyük hikâyelerini birbirlerine anlatıp pratik yapıyorlar. Savaş esnasında gerçekleşen bir denizaltı muharebesi ya da sarhoş bir koca tarafından hırpalanmak. Nasıl da acı çektiklerine ama ayakta kalıp zafer kazandıklarına dair hikâyeler. Zorluklar ve zafer. Kol saatleriyle birbirlerine zaman tutuyorlar. Kısıtlı dakikalar içinde hikâyelerini anlatmak ve bu hikâyelerin Julia Roberts için ne kadar uygun olduğunu ispatlamak zorundalar. Ya da Harrison Ford için. Harrison Ford olmasa bile, Mel Gibson için. Ya da Julia olmasa bile, Myrle için.

Sonra, kusura bakmayın, yedi dakikanız doldu.

Organizatör her zaman hikâyenin en cafcaflı kısmında araya giriyor; tam da siz uyuşturucu bağımlılığınızı, gençken uğradığınız tecavüzü, Yakima Nehri üzerindeki sığ bir noktaya sarhoş dalışınızı ve bunun nasıl harika bir sinema filmi ya da hiç değilse harika bir kablolu TV filmi ya da o da olmazsa harika bir televizyon filmi olacağını anlatmaya dalmışken.

Sonra, kusura bakmayın, yedi dakikanız doldu.

Lobideki, hikâyesini elinden bırakmayan yazarlardan oluşan kalabalık geçen hafta *Antik Eşya Gösterisi* için burada toplanan kalabalığa benziyor biraz. Her biri bir yük taşıyor: yaldızlı bir saat ya da yanan bir evden kalma bir yara ya da evli, gay bir Mormon olmanın hikâyesi. Bunlar, bu insanların hayatları boyunca yanlarında zar zor sürükledikleri şeyler ve şimdi serbest piyasada nasıl yankı bulacağını görecekler. Bunun kıymeti ne hakikaten? Bu çini çaydanlığın ya da sakat bırakan omurga hastalığının? Bu bir hazine mi yoksa çöp mü?

Sonra, kusura bakmayın, yedi dakikanız doldu.

Otelin balo salonunda, o perdeli bölmelerde biri kendini paralarken, diğeri pasif bir şekilde oturuyor. Bu açıdan, genelev gibi burası. Pasif dinleyici duymak için para alıyor. Aktif konuşmacı duyulmak için para ödüyor. Kendisinden geriye bir iz bırakmak için, ki her zaman bu izin kök salacağını ve daha büyük bir şeye dönüşeceğini ümit ediyor. Bir kitaba mesela. Bir bebeğe. Hikâyesini geleceğe taşıyacak bir vârise. Ama dinleyici hepsini daha önce dinlemiş. Kibar davranıyor ama sıkılmış. Onu etkilemek zor. Tabiri caizse, azgın kısrağın üzerinde durmak için yedi dakikanız var ama orospunuz kol saatine bakıyor, öğle yemeğinde ne olduğunu merak ediyor, kendi payına düşen parayı nasıl harcayacağını düşünüyor. Sonra...

Kusura bakmayın, yedi dakikanız doldu.

İşte karşınızda hayat hikâyeniz ama iki saate indirgenmiş. Doğum anınız, annenizin taksinin arka koltuğunda doğum sancısı çekişi; bu şu an için açılış sekansınız. Bekâretinizi kaybedişiniz, ilk perdenin dönüm noktası. Ağrı kesici bağımlılığınız, ikinci perdenin giriş bölümü. Biyopsi sonuçlarınız, üçüncü perdenin sonuç kısmı. Lauren Bacall büyükanneniz rolünde harika olurdu. William H. Macy babanız rolünde. Filmin yönetmeni ise Peter Jackson ya da Roman Polanski olmalı elbette.

Bu sizin hayatınız ama işlenmiş hali. Çekiçle dövülüp, iyi bir senaryo kalıbına sokulmuş hali. Başarılı bir gişe filmi modeline göre yorumlanmış hali. Her şeyi bir diğer kırılma noktası çerçevesinde görmeniz şaşırtıcı değil. Müzik, sizin film müziğiniz. Kıyafetler kostüme dönüşüyor. Sohbet diyaloğa. Hikâye anlatma tekniğimiz hayatımızı hatırlamak için kullandığımız dil oluyor. Kendimizi anlamak için kullandığımız dil. Dünyayı algılama çerçevemiz.

Kendimizi hikâye anlatma konvansiyonları bağlamında görüyoruz. Üst üste yaptığımız evlilikler "devam filmi" oluyor. Çocukluğumuz: tanıtıcı giriş. Çocuklarımız: uyarlamalar.

Gündelik hayatta insanların "flashback", "zoom", "jenerik" gibi sinema terimlerini ne kadar sık kullanmaya başladığına hiç dikkat ettiniz mi?.. Rüya sahnesi... Ve jenerik akmaya başlar...

Sonra, kusura bakmayın, yedi dakikanız doldu.

Başka bir yedi dakika daha almak için yirmi, otuz ya da elli dolar veriyorsunuz. Dış dünyayla bağlantı kurmaya yönelik bir deneme daha yapmak için. Hikâyenizi satmak için. Sefaleti büyük paralara dönüştürmek için. Kitap ya da senaryo için avansa. O dev ikramiyeye.

Birkaç yıl önce, New York ve Los Angeles'tan endüstrideki önemli figürleri getirten, onları otellere yerleştiren ve oturup dinlemeleri için onlara para ödeyen az sayıda organizasyon vardı. Şimdi ise o kadar çok organizasyon var ki organizatörler artıklarla idare edip, Kansas City, Bellingham ya da Nashville'e uçmak için hafta sonlarını feda edebilecek yardımcı asistanlar ya da kurgu asistanları aramak zorunda kalıyorlar.

Şu anda Ortabatı Yazarlar Konferansı'ndayız. Ya da Güney Kaliforniya Yazarlar Konferansı. Ya da Georgia Yazarlar

Konferansı. Umutlu bir yazar olarak, kapıdan girmek, bir isim kartı almak ve öğle yemeği yiyebilmek için para ödediniz. Katılabileceğiniz sınıflar var; tekniklere ve piyasaya dair dersler veriliyor. Diğer yazarların varlığı rekabet ile rahatlama arası karışık bir his yaratıyor. Onlar da sizin gibi yazar. Çoğunun kolunun altında bir taslak var. Endüstrinin profesyonellerinin kulaklarını yedi dakikalığına satın almak için ekstra parayı ödüyorsunuz. Satma şansını satın alıyorsunuz ve belki buradan yanınızda biraz para ve kabul görmüş bir hikâyeyle ayrılacaksınız. Deneysel bir piyango bileti bu. Limonlardan –düşürülen bir bebek, sarhoş bir şoför, bir boz ayı– limonata yapmak için bir şans.

Çöpler altınla kaplanmış burada. Burada, bu büyük hikâye anlatma kumarhanesinde.

Sonra, kusura bakmayın, yedi dakikanız doldu.

Başka bir açıdan da, bu balo salonu kendi berbat suçlarını anlatan insanlarla dolu. Bir bebeği nasıl aldırdıkları konusunda içlerini döküyorlar. Pakistan'dan buraya kıçlarına tıkıştırılmış uyuşturucuları nasıl kaçırdıklarını anlatıyorlar. İşte karşınızda bir çöküş hikâyesi; kahramanlık hikâyesinin tersi. İşte karşınızda kötü örneklerin bile nasıl satılacağını, bunun diğer insanlara nasıl yardımcı olabileceğini gösteren bir vaka. Benzer felaketlerden kaçınınız. Bu insanlar kurtuluşa ulaşmak için buradalar. Onlar için her bir perdeyle çevrili odacık bir günah çıkarma hücresi. Her yapımcı bir rahip.

Artık sizi yargılamak üzere bekleyen Tanrı değil, piyasa.

Belki kitap anlaşması bu çağın yeni halesidir. Dayanıklılık ve şahsiyetle hayatta kalmış olmamızın ödülü. Cennet yerine para ve medyanın ilgisini kazanıyoruz.

Julia Roberts gibi, hayattan daha büyük ve melek kadar güzel bir oyuncunun oynayacağı bir film, belki de bizi bekleyen tek "öbür dünya"dır.

Ve bütün bunlar ancak... hayatınız, hikâyeniz paketleyip satabileceğiniz bir şeyse gerçekleşebilir.

Bir açıdan da buradaki kalabalık, geçen ay bir televizyon programına yarışmacı olabilmek için burada toplanıp, zekâ oyunlarına cevap veren kalabalığa fena halde benziyor. Ya da önceki ay gündüz vakti yayımlanan bir talk show için yapımcılar, televizyonda içini dökmek isteyen sorunlu insanlar ararken burada toplanan kalabalığa... aynı seks partnerini paylaşan baba ve oğullar, çocuk nafakası için dava açan anneler ya da cinsiyet değiştiren herhangi biri.

Sonra, kusura bakmayın, yedi dakikanız doldu.

Filozof Martin Heidegger insanların dünyayı, kullanılmaya hazır bir malzeme deposu olarak görme eğiliminde olduklarına işaret etmiştir. İşlenip daha değerli bir şeye dönüştürülecek bir stoktur bu. Ağaçlar mobilyaya dönüştürülür. Hayvanlar ete. Heidegger bu ham doğal kaynaklar dünyasına *bestand* diyordu. Petrol kuyuları ya da elmas madenleri gibi doğal *bestand*'a sahip olmayan insanların ellerindeki tek stoka, yani hayatlarına yönelmeleri kaçınılmaz olsa gerek.

Bizim çağımızın *bestand*'ı fikri mülkiyetimizdir. Fikirlerimizdir. Hayat hikâyelerimizdir. Deneyimlerimizdir.

İnsanların katlandığı ya da keyif aldığı şeyler –tuvalet eğitimi, balayı ya da akciğer kanseri gibi dönüm noktaları– artık en iyi sonucu elde edecek şekilde biçimlendirilip, satılabiliyor.

Buradaki püf noktası dikkat etmek. Not almak.

Dünyayı *bestand* olarak görmenin kötü yanı, der Heidegger, bunun sizi şeyleri kullanmaya, şeyleri ve insanları kendi çıkarınıza göre köleleştirip, sömürmeye sevk etmesidir.

Bu bağlamda, kendi kendinizi köleleştirmeniz mümkün müdür?

Martin Heidegger bir olayın gözlemcinin varlığı tarafından şekillendirildiğine de işaret ediyor. Ormanda devrilen bir ağaç, eğer orada biri bu olayı bir "Julia Roberts kandırma aracına" dönüştürmek için detayları not ediyor ve vurguluyorsa, biraz farklı bir olay olacaktır.

Olayları çarpıtmak, daha dramatik bir sonuç elde etmek için ince bir ayardan geçirmek, kendi gerçek tarihinizi unutacağınız *–kim olduğunuzu unutacağınız–* kadar mübalağa etmek aracılığıyla da olsa, kendi hayatınızı pazarlanabilir bir hikâye uğruna istismar etmeniz mümkün müdür?

Ama sonra, kusura bakmayın, yedi dakikanız doldu.

Belki bunun böyle olacağını öngörmemiz gerekirdi.

1960'larda televizyondaki yemek programları, yükselen orta sınıftan insanları, fazladan zaman ve paralarını yemek ve şaraba harcamaya sevk etti. Bu insanlar yemek yemekten, yemek pişirmeye geçtiler. Julia Child ve Graham Kerr gibi "uzmanlar" önderliğinde, Viking Rang mutfak aletleri ve bakır mutfak gereçleri piyasasında tam bir patlama yaşandı. 1980'lerde video ve CD oynatıcıların sağladığı özgürlükle, eğlence yeni saplantımız haline geldi.

Filmler, on yıl önce sufle ve şarap hususunda olduğu gibi, insanların bir araya gelip, tartışabildikleri yeni alan haline geldi. Julia Child'ın yaptığı gibi, bu sefer de Gene Siskel ve Roger Ebert televizyona çıkıp, saçlarımızı nasıl ayıracağımızı öğretti. Eğlence, fazladan zaman ve paramızı yatıracağımız yeni alan haline geldi.

Bağbozumlarından, şarap kokusu ve tortusundan bahsetmek yerine, dış sesin etkili bir şekilde kullanıldığından, arka plandaki hikâyeden ve karakter gelişiminden bahsetmeye başladık.

1990'larda kitaplara geçtik. Ve karşımızda artık Roger Ebert değil Oprah Winfrey vardı.

Yine de en büyük fark, evde yemek pişirebiliyor olmanızdı. Evde film yapamazdınız. Ama kitap yazabilirdiniz. Ya da senaryo. Ve bunlar da film olabilirdi.

Senarist Andrew Kevin Walker bir keresinde Los Angeles'ta, herkesin en fazla on beş metre uzağında bir senaryo olduğunu söylemişti. Senaryolar arabaların bagajlarına, işyerindeki çekmecelere, dizüstü bilgisayarlara depolanıyor. Her zaman pazarlanmaya hazırlar. İkramiyesini arayan bir piyango bileti. Nakde çevrilmemiş bir çek misali.

Tarihte ilk defa, beş faktör bir araya gelip bu hikâye anlatma patlamasını yarattı. Rastgele sıralarsak bu faktörler şunlar:

Boş zaman.
Teknoloji.
Malzeme.
Eğitim.
Ve tiksinti.

İlki basit. İnsanların daha fazla boş zamanı var. İnsanlar emekli oluyor ve daha uzun yaşıyor. Yaşam standartlarımız ve toplumsal güvenlik ağımız insanların daha az çalışmasına olanak tanıyor. Dahası, insanlar hikâye anlatmanın kıymetini –tamamen bir kitap ve film malzemesi olarak– daha da iyi anladıkça, yazma, okuma ve araştırmayı elit bir aktivite olarak görmeyi bırakıyorlar. Yazmak küçük, güzel bir hobi değil sadece. Zaman ve enerjinizin karşılığını ödeyen şahane bir finansal teşebbüse dönüşüyor. İnsanlara yazdığınızı söylediğinizde otomatikman, "Neler yayımladın?" diye soruyorlar. Bizim beklentimiz şu: yazmak eşittir para. Ya da iyi yazmak paraya eşit *olmalıdır*. Yine de eğer ikinci faktör olmasaydı, eserlerinizin görülmesi neredeyse imkânsız olurdu:

Teknoloji. Küçük bir yatırımla, yazdıklarınızı dünyada milyonlarca kişinin erişebildiği internet ortamında yayımlayabilirsiniz. Kendi kitabını kendisi yayımlayabilecek kadar paraya sahip olan herkes için yazıcılar ya da küçük basımevleri "istek üzerine" istenilen sayıda matbu baskı sunabilir. Destekli-yayın ya da paralı-yayın ya da ne isterseniz deyin buna. Fotokopi makinesi ve zımba kullanabilen herkes kitap yayımlayabilir. Bu iş hiç bu kadar kolay olmamıştı. Tarihte hiçbir zaman her yıl bu kadar çok kitap piyasaya sürülmemişti. Bütün bu kitaplar üçüncü faktörle dolduruluyor:

Malzeme. İnsanlar yaşlandıkça, hatırlayacakları koskoca bir hayat tecrübesine sahip oldukları için, hayatlarını kaybetmekten daha da korkuyorlar. Bütün o anıları falan. En iyi formülleri, hikâyeleri, yemek masasındaki insanları kahkahaya boğan rutinleri. Mirasları. Hayatları. Alzheimer hastalığı şöyle bir dokunsa, bütün bunlar yok olabilir. Ayrıca, en acayip maceralarımız da geride kalmış gibidir. Dolayısıyla bunları yeniden yaşamak, kâğıt üzerinde paylaşmak iyi gelir. Bütün o enkazı düzenlemek ve anlamlı hale getirmek iyi gelir. Güzelce paketleyip, üzerine bir fiyonk takmak. Hayatınızı anlatacak üç ciltlik serinin ilk cildi hazır. Hayatınızın en iyi "maç özetleri" derlemesi. Yaptıklarınızı neden yaptığınızı açıklayan sebeplerin hepsi bir arada. Eğer bir soran olursa, izahatınız hazır.

Ve Tanrı'ya şükür, dördüncü faktör var:

Eğitim. Çünkü en azından klavyeyi nasıl kullanacağımızı biliyoruz. Nereye virgül koyacağımızı biliyoruz... biraz da olsa. Aslında bayağı biliyoruz. Otomatik yazım denetimi seçeneği var. Oturup kitap yazma işine el atmaktan korkmuyoruz. Stephen King sayesinde, kitap yazmak çok basitmiş gibi görünüyor. Bütün o kitaplar falan. Ve Irvine Welsh, bu işi çok eğlenceli gösteriyor; uyuşturucu kullanıp, suç işlemenize rağmen, tutuklanmak, şişmanlamak ya da hastalanmak gibi bir derdinizin olmayacağı son yerdir kitaplar. Ayrıca bütün hayatımız boyunca kitap okuyup durduk. Milyonlarca da film izledik. Aslında, bu bizim motivasyonumuzun, beşinci faktörün bir parçasıdır:

Tiksinti. Beş altı film hariç CD, DVD satan ya da kiralayan dükkânlardaki filmlerin hepsi berbattır. Kitapların da çoğu berbattır. Daha iyisini yapabiliriz. Bütün temel olay örgülerini biliyoruz. Joseph Campbell, John Gardner ve E. B. White sağ olsun. Başka bir berbat kitap ya da filme daha zaman ve para harcayacağınıza, bu işe kendiniz el atsanız? Yani, neden olmasın ki?

Sonra, kusura bakmayın, yedi dakikanız doldu.

Peki, peki, belki de bütün olayların kelimelere ve kamera açılarına indirgendiği şuursuz, kendiyle-saplantılı hayatlara doğru tepetaklak gittiğimiz bir yoldayızdır. Her an, bir sinemacının gözüyle yeniden kurgulanıyor. Her komik ya da üzücü ifade, ilk fırsatta satılmak üzere çalakalem not ediliyor.

Sokrates'in hayal edemeyeceği, insanların kendi hayatlarını sorgulayabildikleri ama bunu sadece film ya da kitap potansiyeli bağlamında yaptığı bir dünya bu.

Hikâyenin bir tecrübenin sonucu olarak ortaya çıkmadığı bir dünya.

Artık tecrübeler hikâye yaratmak üzere yaşanıyor.

Bu biraz, "Yapmadık ama yaptık *diyelim*" demeniz gibidir.

Hikâye –satabileceğiniz ürün– gerçek olaydan daha önemli hale geliyor.

Buradaki tehlikelerden biri şu: Tecrübe listemizi, hikâye depomuzu oluşturmak için aceleyle kendimizi bir olaydan diğerine atabiliriz. Ve bu hikâye açlığımız gerçek tecrübeye dair farkındalığımızı azaltabilir. Çok fazla aksiyon-macera filmi izlediğimizde iptal olmamız gibi bir şeydir bu. Vücut kimyamız bu uyarıları kaldıramaz. Ya da orada değilmiş gibi yaparak, kendi hayatımızın "tanığı" ya da "muhabiri" gibi davranarak, farkında olmadan kendimizi savunuyoruzdur. Ve bunu yaparak da asla bir duygu ya da gerçek bir katılım hissetmeyiz. Her zaman hikâyenin soğuk nakit açısından ederinin ne olduğunu tartarız.

Bir diğer tehlike de şu: Bu "olay" koşuşturmacası kendi yeteneğimizi yanlış kavramamıza neden olabilir. Eğer bize meydan okuyan ve bizi sınayan olaylar yaşanmışsa ve biz onları sadece kaydedilip, satılabilecek bir hikâye olarak tecrübe ettiysek, gerçekten yaşamış sayılır mıyız? Bu şekilde olgunlaşabilir miyiz? Yoksa hikâye anlatma uğraşımız tarafından hafiften aldatılmış ve kandırılmış hissederek mi ölürüz?

İnsanların "araştırma"yı suç işlemenin savunusu olarak kullandıklarını gördük ve görüyoruz. Winona Ryder'ın hırsız bir karaktere hazırlanmak için mağazada hırsızlık yapması, Pete Townsend'in çocukken uğradığı tacizi yazabilmek için internetteki çocuk pornosu sitelerini ziyaret etmesi gibi.

Her yeni yasa ifade özgürlüğümüzün toslayacağı bir duvar daha inşa ediyor. Eğer hiç kimseye tecavüz etmediyseniz, sadist, tecavüzcü bir "karakter"i nasıl yazabilirsiniz? Eğer sıkıcı, sakin hayatlar sürersek heyecan verici, sarsıcı kitap ve filmleri nasıl yaratabiliriz?

Arabanızı kaldırıma sürmenizi, arabanızın kaportası altında parçalanan insanların çıkardığı sesi, ön camınızı parçalayan bedenlerin verdiği çarpışma hissini duymanızı yasaklayan kanunlar, *ekonomik açıdan baskıcıdır.* Düşünseniz; insanın eroine ve "ölüm pornoları"na erişiminin kısıtlanması, *serbest ticaret hakkının kısıtlanmasıdır.* Eğer hükümet köle sahibi olmayı yasadışı ilan ederse, köleliğe dair kitaplar, hakiki kitaplar yazmak imkânsızlaşır.

"Gerçek bir hikâyeye dayanan" şeyler, kurgulardan daha iyi satar.

Ama sonra, kusura bakmayın, yedi dakikanız doldu.

Elbette, iyi haberler de var.

Çoğu yazar atölyesinin, konuşma-terapisi gibi bir yönü de var.

Kurmacanın, kendimizi ve dünyamızı keşfetmekte kullanabileceğimiz güvenli bir laboratuvar olduğu fikri var sonra. Bir personayı, karakteri ve toplumsal düzeneği sınayabilir, kostümleri üzerimizde deneyebilir ve iflas edene kadar bir toplumsal modeli sürdürebiliriz.

Bütün bunlar mümkün.

Olumlu yanlardan biri de şu: Bu farkındalık ve kayıt uğraşı daha ilginç hayatlar yaşamamıza yol açabilir. Belki aynı hataları defalarca yapma ihtimalimiz azalabilir. Başka bir ayyaşla daha evlenmek, yeniden hamile kalmak gibi hatalar yapmayız. Çünkü artık bunun sıkıcı, sevimsiz bir karakter yarattığını biliriz. Bu Julia Roberts'ın asla oynamayacağı bir başroldür. Hayatlarımızı cesur, zeki kurmaca karakterlerden model almak yerine belki de kendi kurmaca karakterlerimizi dayandırabileceğimiz cesur, zekice hayatlar sürebiliriz.

Geçmişimizin hikâyesini denetim altına almak –bu hikâyeyi kayda geçirip, tüketmek– geleceğe doğru yol almamızı ve bu hikâyeyi yazmamızı sağlayabilir. Hayatın *olup bitmesine* izin vermek yerine, kendi olay örgümüzü yaratabiliriz. Bu sorumluluğu almak için ihtiyacımız olan zanaatı da öğreniriz. Şeyleri daha da ince ayrıntılarına kadar tahayyül etme becerimizi geliştiririz. Başarmak, elde etmek ve olmak istediğimiz şeye daha iyi odaklanabiliriz.

Mutlu olmak istiyor musunuz? Huzurlu olmak istiyor musunuz? Sağlıklı olmak istiyor musunuz?

Bütün iyi yazarların size söyleyeceği gibi, "mutlu"yu tanımlayın. Neye benzer? Mutluluğu, bu belirsiz, soyut kavramı kâğıt üzerinde nasıl gösterebilirsiniz? Gösterin, anlatmayın. Bana "mutluluğu" gösterin.

Bu açıdan, yazmayı öğrenmek demek kendinize ve dünyaya aşırı yakın çekimde bakmayı öğrenmek demektir. Yazmayı öğrenmek, başka hiçbir işe yaramasa bile, bizi her şeye daha yakından bakmaya, şeyleri gerçekten görmeye

–bunu kâğıt üzerinde yeniden üretmek için bile olsa– zorlayacaktır.

Belki biraz daha çaba sarf edip, düşünerek bir edebiyat ajansının okumak isteyeceği türden bir hayat yaşayabilirsiniz.

Ya da belki de... bütün bu süreç daha büyük bir şeye atılan küçük adımlardır. Eğer düşünüp, hayatlarımızı tanıyabilirsek, gözlerimizi açık tutabilir ve geleceğimizi şekillendirebiliriz. Bütün bu kitap ve film –olay örgüsü ve hikâye– seli, insanlığın bütün tarihinin farkına varma yolu olabilir; bütün seçeneklerimizin, dünyayı düzeltmek için geçmişte denediğimiz bütün yöntemlerin farkına varma yolu.

Hepsine sahibiz: zaman, teknoloji, tecrübe, eğitim ve tiksinti.

Eğer bir savaş filmi yapılsa ve kimse izlemeye gitmese ne olurdu?

Eğer gerçekten *tarih* öğrenemeyecek kadar tembelsek, hiç değilse olay örgülerini öğrenebiliriz. Belki "bunu daha önce yaşadım" hissimiz bizi bir daha savaş ilan etmekten kurtaracaktır. Eğer savaş "iş yapmayacaksa" o zaman niye zahmet edelim ki? Eğer "seyirci bulamayacaksa". Eğer savaş, gösterime girdiği ilk haftada "çuvallarsa" o zaman hiç kimse başka bir savaşa yeşil ışık yakmayacaktır. Çok ama çok uzunca bir süre.

Son olarak, eğer bir yazar tamamen yeni bir hikâyeyle çıkagelirse ne olur? Yaşamanın yeni ve zorlayıcı bir yoluyla çıkagelir ve üstelik bunu "Kusura bakmayın, yedi dakikanız doldu" denmeden önce yaparsa?

Parçalamak

Tepelerden geliyorlar, kendilerini feda edenler, buraya, ölmeye geliyorlar.

Bugün günlerden Cuma, Haziran'ın 13'ü. Bu gece dolunay var.

Buraya aksesuarlara bürünmüş bir halde geliyorlar. Kendilerini pembeye boyamışlar, devasa domuz burunları takmışlar; gevşek pembe domuz kulakları mavi gökyüzüne doğru yükseliyor. Tepelerinde, boyalı kontrplaktan yapılma devasa sarı fiyonklarla geliyorlar. Parlak maviye boyanmış ve sırt yüzgeci bulunan dev köpekbalıkları gibi görünmelerini sağlayan kostümler giyinmiş bir halde geliyorlar. Ya da yeşile boyanmış, gümüşrengi bir uydu anteninin ve yanıp sönen flaş ışıklarının altında çekik gözleriyle duran küçük uzaylılar kalabalığı olarak geliyorlar.

Siyaha boyanmış ve birer ambulans tepe lambası takmış halde geliyorlar. Ya da kahverengi çöl kamuflajına boyanmış ve üzerlerine deve üstündeki Araplara doğru kükreyen füzeler çizilmiş bir halde geliyorlar. Arkalarında özel efekt dumanlarından bir bulut bırakarak geliyorlar. Borudan yapılma bombardıman silahlarını ateşliyor ve kara barut bombaları patlatıyorlar.

Mesa, Cheney ve Sprague gibi kurak, buğday kasabalarından, *Beaver Patrol*, *Viking* ve *Mean Gang-Green* gibi isimlerle geliyorlar. Toplamda kendini feda edecek on sekiz araç var. Buraya ölmek için geliyorlar. Ölmek ve yeniden doğmak için. Yok edilmek, kurtulmak ve ertesi sene tekrar gelmek için.

Bu gece amaç bir şeyleri kırmak ve sonra tamir etmek. Yaşam ve ölümün gücünü ele geçirmek.

Lind Biçerdöver Parçalama Yarışı denilen şey için buradalar.

Mekân, Lind, Washington. Washington eyaletinin doğu ucundaki kurak tepelere kurulmuş Lind kasabasının nüfusu 462. Kasaba, Burlington Northern demiryolu hattına paralel ilerleyen Union Grain tahıl ambarları etrafına kurulmuş. Numaralandırılmış sokaklar –Bir, İki, Üç– da demiryollarına paralel ilerliyor. Demiryollarıyla kesişen sokaklardan ilki, kasabaya batı ucundan girdiğinizde N Sokağı. Bunu E Sokağı takip ediyor. Sonra da I Sokağı geliyor. Toplamda bu sokaklar N-E-I-L-S-O-N kelimesini oluşturuyor: 1888'de kasabayı kuran James ve Dugal kardeşlerin soyadını.

İkinci Sokak ile I Sokağı arasındaki ana kavşakta yan yana iki katlı dükkânlar var. Kasaba merkezindeki en büyük yapı, soluk pembe, art deco Philips Binası; yıllardır kapalı olan Empire Sineması'na ev sahipliği yapmış burası. En güzel yapı ise Whitman Bankası Binası; tuğla binanın camlarına bankanın adı yaldızlı harflerle yazılmış. Bankanın hemen yanında Merkez Berber Salonu var.

Arazide her yöne doğru 100 mil boyunca çalı ve küçük fidanlardan başka bir şey yok. Buğday yetiştirmek için sürülen yerler hariç, tepelerde de hortumlar oluşuyor. Tren rayları Lind, Odessa, Kahlotus, Ritzville ve Wilbur gibi çiftçi kasabalarının büyük tahıl ambarlarını birbirine bağlıyor. Lind'in kuzey ucunda Milwaukee Road tren köprüsünün yıkıntıları yükseliyor; Roma döneminden kalma bir sukemeri kadar dramatik görünüyor.

Lind isminin nereden geldiğine dair hiçbir kayıt yok.

Kasabanın güney ucunda rodeo alanları var; açık tribünler toprak arenanın üç tarafını çevreliyor ve çakıllarla kaplı park alanında, parçalama-yarışmasının emekliye ayrılmış eski yarışmacılarının eğri büğrü, paslı gövdelerinin etrafında uzun ayaklı Amerikan tavşanları otluyor.

Konumuz biçerdöverler; eskiden buğday biçmekte kullanılan büyük, ağır makineler. Her biçerdöverin dört tekerleği var; ön tarafta göğüs hizasında iki devasa tekerlek ve arka tarafta diz hizasında daha küçük iki tekerlek. Öndeki tekerlekler biçerdöveri harekete geçirip, çekiyor. Arka taraftakiler ise yön veriyor. İcap ederse –mesela biri arka tekerleklerinizi söküp alırsa– araca ön tekerleklerle yön verebiliyorsunuz. Ön tekerleklerin her birinde ayrı fren var. Sağa dönmek için sağ tekerlekteki frene basıyor ve sol tekerleğin dönmesine izin veriyorsunuz. Sola dönmek için de tam tersini yapıyorsunuz.

Her biçerdöverin önünde "başlık" denilen geniş, alçak bir bıçak var. Buldozerlerin önündeki kepçeye benziyor ama daha geniş, daha alçak ve sacdan yapılmış. Buğdayı biçiyor, yarıyor. Buğday bu başlıkta kalburlanıyor, dövülüyor ve sonra bir kamyona fırlatılıyor. Sürücü yüksekte, yerden yaklaşık iki metre yüksekte, motorun yanında oturuyor. Boyut ve şekil bakımından, bir adam kutumsu, çelik bir fil sürüyor gibi görünüyor.

Burada, başlığınız başka birinin tekerleklerini dürtmek için kullandığınız bir şeye dönüşüyor. Ya da başlığını *koparmak* için. Ya da kayışları yırtmak için. Geçtiğimiz yıllarda buradaki herifler bu yüzden başlık kepçelerini çimentoyla doldurmuş, savaş zırhlarıyla donatmış ya da diğer biçerdöverin kanca takmasını zorlaştırmak için kepçelerini kesip kısaltmışlar.

Ama şu anda bu, kurallara aykırı. 1999'da Frank Bren kendi babasını ezip, bacağını kırdığından ve devasa ön tekerleklerden birini onun üzerinde bıraktığından beri birçok kural değişmiş. Mike Bren o zamandan beri topallayarak yürüyor.

Frank bu yıl 16 numaralı biçerdöveri kullanıyor: parlak sarıya boyanmış, etrafında Amerikan bayrakları ve üzerinde kontrplaktan yapılma devasa bir fiyonk olan bir Gleaner CH 16. Araca *Amerikan Ruhu, Sarı Fiyonk* adı verilmiş. "Arenaya çıktığınızda yaşadığınız o adrenalin patlaması harika bir şey" diyor Frank Bren. "Seks kadar güzel değil ama sekse yakın. O parçalanan metal sesi insanın hoşuna gidiyor."

Yılın geri kalanında Bren tahıl kamyonu şoförlüğü yapıyor. Kurak bölgede buğday üreticiliği, sulamanın olmaması ve paranın da az olması anlamına geliyor. 1980'lerde kasabanın önde gelenleri Lind'in yüzüncü kuruluş yılı için nakit para toplamayı denemiş. 11 numaranın –yeşile boyanmış ve kamplumbağa adı verilmiş, 1965 model bir Massey Super 92 biçerdöver– sürücüsü Mark Schoesler'e göre, "Loomis Kamyon ve Traktör'ün sahibi Bill Loomis bu işin elebaşı" imiş. "Herkese eski biçerdöverler verdi. Ucuza sattı. Biçerdöverleri pazarladı. Ne tür bir anlaşma gerekiyorsa gereksin, insanlara yardımcı oldu. Her şey o kadar inanılmaz bir şekilde yolunda gidiyordu ki kimse bırakamadı bu işi."

Şimdi, etkinliğin on beşinci yılında, yaklaşık 3.000 kişi buraya gelecek ve Schoesler'in biçerdöverini, dört saat boyunca, ta ki sadece bir tane biçerdöver ayakta kalana dek diğer on yedi biçerdövere çarpmasını izlemek için kişi başı on dolar verecek.

Kurallara gelince: Başlığınızın yerden en az 16 inç yüksekte olması gerekiyor. Sadece 5 galon benzin taşıyabilirsiniz ve benzin deponuz, her biçerdöverin orta yerinde bulunan, buğday için kullanılan büyük depoda korumaya alınmalıdır. Teçhizatınızı kuvvetlendirmek için en fazla 10 adet köşebent demiri kullanabilirsiniz. Operatör mevkiinde cam olmamalı. Daha yüksek çekiş gücü sağlamak için tekerleklerinizi kireçtaşı ya da çimentoyla dolduramazsınız. En az 18 yaşında olmalı, kask ve emniyet kemeri takmalısınız. Biçerdöveriniz en az 25 yaşında olmalı ve 50 dolar katılım ücreti ödemelisiniz.

Hakemler her bir sürücüye yarışta kaldıkları sürece takılı kalması gereken kırmızı bir bayrak veriyor. "Bayrağınızı indirdiğinizde, yarıştan çekiliyorsunuz" diyor 15 numaranın –bir Mc-Cormick 151– sürücüsü on sekiz yaşındaki Jared Davis. "Eğer biçevdöveriniz bozulduysa ve artık çalışmıyorsa, size belli bir zaman veriyorlar, bayrağınızı indiriyorsunuz ve yarıştan çekiliyorsunuz." Davis'in on beş numarasının arkasında, elle çizilmiş, bir kuşu kovalayan fare resmi var. 15 numaranın adı *Mickey Mouse*.

"Bunlar buraya eğlenmeye gelmiş sıradan insanlar" diyor Davis. "İşinde gücünde sıradan insanlar. Tüm hayal kırıklıklarını bir tarafa bırakıyor ve bu pislikleri parçalıyorsunuz."

Bütün kurallara rağmen, içmek serbest. Bir Coors kutusunu kafasına diken Davis, "Yürüyebiliyorsanız, sürebilirsiniz de" diyor.

Rodeo arenasının arkasındaki yağ kaplı, pit ekibinin bulunduğu alanda duran Mike Hardung'un buraya üçüncü gelişi; kendisi *Adi Çete-Yeşil*'in –1973 model bir John Deere 7700– sürücüsü. "Karım bunu yaptığım için endişeleniyor ama ben bir sürü manyakça şey yapıyorum" diyor. "Çim biçme makinesi yarışlarına katılmak gibi... Çim biçme makinesi kullanıyoruz. Bayağı önemli bir şey bu. Kuzeybatı Çim Biçme Makinesi Yarışları Derneği düzenliyor. Çim biçme makineleriyle saatte altmış kilometreye ulaşabiliyoruz."

Biçerdöver parçalamak, o kadar yüksekte oturup, bir çelik dağını parçalamak konusunda Hardung, "Kaotik bir şey bu" diyor. "Nereye gittiğinizi bilmiyorsunuz. Biçerdöverin arka kısmı ve tekerlekler gibi zayıf noktalara dikkat etmeniz gerekiyor. Sonra kendinizi işin keyfine kaptırıyorsunuz ve hepsini haklıyorsunuz. Ben tam bir nişancıyım."

Motor ve ön mili birbirine bağlayan kasnak ve kayışlara işaret ederek, "Çekiş sisteminizi korumalısınız ki kimse içeri giremesin. Eğer kayışlardan biri yırtılırsa, işim biter."

Bazı biçerdöverler hidrostatik çekişe sahip, vites değiştirmek yok, diyor. Vitesi ne kadar iterseniz, alet o kadar hızlı gidiyor. Bazı biçerdöverler de düz vites. Bu biçerdöverlerin sürücüleri debriyaj ve vitese asıldıkça küfrediyor. Bazıları maçtan önce hiç içmeyerek küfrediyor. Herkesin başka bir stratejisi var.

"Arenaya çıkıyorum" diyor Hardung, "ve sahaya şöyle bir göz gezdirip, kötü adamlara saldırıyorum. Daha ufak tefek olanları rahat bırakıyorum, onlar bana saldırmadığı sürece."

Hardung ve *Adi Çete-Yeşil*'in pit ekibi, eleme turları arasında hasarları gidermek için yanlarında yedek parçalar ve malzemeler getirmişler. Arka tamponlar. Miller. Lastikler. Tekerlekler. Kaynak makineleri. Vinçler. Bileme makineleri. Ve bira.

"Orada lastiklerin patladığını görüyoruz" diyor. "O kadar sert çarpıyoruz ki biçerdöverin önündeki başlıklar ya da arka tamponlar kopuyor. Birkaç yıl önce bir biçerdöver yan yatarak devrildi."

"Eğer çiftçilikte işler daha da kötüye giderse" diyor Hardung. "*Yeni* biçerdöverlerimi buraya getireceğim."

En çok kimden çekindiğini sorduğumda, Hardung, tepesinde sırt yüzgeci yükselen, maviye boyanmış devasa biçerdövere işaret ediyor. Devasa beyaz dişleri var ve ağzından, yarısı yenmiş bir kukla sarkıyor. Ön kısmına büyük siyah harflerle "Josh" yazılmış.

"*Jaws*'a dikkat edeceğim" diyor Hardung. "Çok büyük çünkü o bir bayır biçerdöveri ve ekstra çelik iç kaplaması var. Ve dökme demir tekerlekleri. Bayağı sert biri."

Josh Knodel çömez bir sürücü; henüz on sekiz yaşında. On dört yaşından beri Josh ve arkadaşı Matt Miller *Jaws*'ı –bir John Deere 6602 biçerdöver– buraya getirip, tamir ediyorlarmış ve babası kullanıyormuş. İlk ve ikinci yıllarında büyük ödülü evlerine götürmüşler. Geçen sene arenada tam da sadece üç biçerdöver kalmışken, ön lastikleri patlamış ve işleri bitmiş.

"Lastikleri korumak için yapabileceğiniz çok fazla bir şey yok" diyor Knodel. "Dikkat etmem gereken temel şey, köşeye sıkışmamak; çünkü bir biçerdöver beni arkadan sıkıştırırsa, başka biri gelip, lastiklerime darbeler indirebilir. Bunun dışında kalıp, hareket etmem gerekir yoksa orada takılıp kalırım."

"İlk olarak herkesi çamura doğru sürüklemeye çalışacağım" diyor. "Arka lastiklere saldıracak ve tekerlekleri vurup dışarı çıkarmaya çalışacağım. Böylece çamura gömülüyor ve hızlı ya da çevik olamıyorsunuz. Kontrolü kaybediyorsunuz. Bir lastiği tamamen kaybediyorsunuz ve arka tamponunuz çamura batıyor. Bazen jantlarınız kopuyor ve kıçınız çamurda sürükleniyor."

"Aslında heyecanlıyım" diyor Knodel. "Bunu yapmayı hep istiyordum. Bugün o gün işte. Ama kalbim çok hızlı çarpıyor. Dün gece uyumakta güçlük çektim" diyor. "Hiçbir maçı kaçırdığımı hatırlamıyorum. Bizim evde bu zamanlar derbi zamanıdır. Hayallerim gerçek oldu; hakikaten, bu gece arenaya çıkabileceğim. Eleme turlarını geçerseniz 300 dolar alıyorsunuz. İkinci olursanız 200, üçüncü olursanız 100 dolar. Ama derbiyi kazanırsanız, ödül 1000 dolar. Bu kesinlikle iyi bir ödül."

"Sigorta falan yok" diye ekliyor Knodel. "Hiçbir şey imzalamıyoruz, ki bu çok şaşırtıcı. İnsan Lions Kulüp'ün bize bir şeyler imzalatıp, eğer biri yaralanırsa mesuliyet kabul etmeyeceklerini söyleyeceklerini falan sanıyor ama ben bir şey imzalamadım. Hepimiz eğlenmek için buradayız. Ve kendi adımıza risk aldığımızın farkındayız."

Büyük tribünler dolmaya başlıyor. Uzun bir araba ve kamyon kuyruğu çakıl taşlı park alanına yanaşıyor. Bir arazöz rodeo sahasını ıslatıyor.

Derbinin başında, biçerdöverler sahaya giriyor ve iki uzun kuyruk oluşturacak şekilde park ediyorlar. Onlar beklerken, kalabalık ayağa kalkıyor. Üç yıldır Lind Rodeo Kraliçesi olan Bethany Thompson kırmızı, beyaz ve mavi renklerden oluşan payetli bir kıyafet giymiş, elinde bir Amerikan bayrağı, biçerdöverlerin etrafında atını dörtnala sürüyor. Thompson hızlandıkça, bayrak rüzgârda uçuşuyor, biçerdöver sürücüleri ayağa kalkıp bir ellerini kalplerinin üzerine koyuyor ve 3.000 seyirci Bağlılık Yemini'ni okuyor. Buraya şehirden gelmiş insanları şapkalarını çıkarmadıkları için tokatlıyor, sırtlarına yumruk atıyor ya da onlara bağırıyorlar.

Derbi dört eleme turundan oluşuyor: İlki daha önce burada yarışmış sürücüler, ikincisi çaylaklar, üçüncüsü yine deneyimli sürücüler için ve dördüncüsü de, kaybeden ama hâlâ çalışır durumda olan biçerdöverler için bir telafi raunduyla başlıyor. Yarışmalardan sonra, ilk üç eleme turunun kazananları arenaya giriyor ve hareket halinde olan herkes –kazananlar ve kaybedenler– ölümüne savaşıyor.

Ant içildikten sonra, hakemlerden biri, sürücü Casey Neilson ve 9 numaralı biçerdöverin –tepesinde mavi-kırmızı yanıp dönen bir ambulans ışığı bulunan, 1972 model bir Mc-Cormick International 503– ekibi tarafından yazılmış bir methiyeyi okuyor. Neilson'ın uğuru, sürerken kafasında hep takılı duran bir Afro peruk. İnsanlar ona Afro Adam diyorlar. Biçerdöverine *Rambulance* adını vermiş.

Hoparlörlerden şöyle bir anons yapılıyor: "Odessa Ticaret Şirketi, EMS'de görevli erkek ve kadınlara ve bütün gönüllü itfaiye birimlerine yoğun çalışmaları ve bağlılıklarından ötürü teşekkürü borç bilir. Eğer siz olmasaydınız bazılarımız burada olamazdık."

Altısı hariç bütün biçerdöverler arenayı terk ediyor ve ilk eleme turu başlıyor.

Hakemlerden biri hoparlörlerden, "Tanrım, bize iyi ve güvenli bir gösteri bahş et" diyor.

Daha başlar başlamaz *Kamlumbağa*'nın sürücüsü Mark Schoesler arka lastiğini kaybediyor. *Adi Çete-Yeşil* ve *J&M Fabrikasyon* kafa kafaya çarpışıyor. *BC Makine*, *Gümüş Kurşun* ve *Kunduz Devriyesi* birbirlerini daireler çizerek takip ediyor ve havaya çamur sıçratıyorlar. Motorlar kükrüyor ve ekzoz soluyorsunuz. *Adi Çete-Yeşil*'in arka lastiği patlıyor. *J&M Fabrikasyon*'un da arka lastiği patlıyor ve sürücüsü Justin Miller'ın başı belada gibi görünüyor: Aynı yerde takılıp kalmış; öne doğru eğiliyor ve biçerdöverinin motor bölümünde gözden yitiyor. *Gümüş Kurşun* zınk diye duruyor ve bir hakem tarafından diskalifiye ediliyor; sürücü Mike Longmeier kırmızı bayrağını indiriyor. *Kunduz Devriyesi*'nin arka tekerleklerinden biri, sonra arka mili tamamen kopuyor ama kendisini sadece ön tekerlekleriyle çamurda sürükleyerek hareket etmeye devam ediyor. *Kızıl Şimşek*, *Kunduz Devriyesi*'nin arka tamponunu parçalıyor. *Adi Çete-Yeşil*'in motor bölmesi patlayıp açılıyor ve içeriden dumanlar yükseliyor. *Kızıl Şimşek*'in motoru alev alıyor. *J&M Fabrikasyon* tekrar hayata dönüyor ve Miller da tekrar sürücü koltuğunda beliriyor. *Kunduz Devriyesi* çamurda sürükleniyor. *J&M*, *Kaplumbağa*'nın arka tamponunu koparıyor. *Adi Çete-Yeşil*'in bira fıçısı düşüyor. *Kaplumbağa*'nın arka mili kopuyor. Ve Miller yine olduğu yerde çakılıp kalıyor. Hakem, *Kaplumbağa*'yı diskalifiye ediyor ve Schoesler kırmızı bayrağını indiriyor. *J&M Fabrikasyon* diskalifiye oluyor, *Kunduz Devriyesi* diskalifiye oluyor ve kazanan: *Adi Çete-Yeşil*.

Bakım onarım alanında ekip, *J&M Fabrikasyon*'un etrafında dört dönüyor. Metali zımparalayıp, çekiçle şekillendiriyorlar. Kaynak makinesinden kıvılcımlar sıçrıyor. Patlak lastikler değiştiriliyor. Telafi raunduna yönelen *J&M Fabrikasyon*'un sürücüsü Miller, "Kimin kazandığı umurumda değil! İstediğimiz sürece ve istediğimiz kadar sert darbeler indirelim yeter" diyor.

Miller, darbe indirmenin en iyi yolunu şöyle tarif ediyor: "Frenleri kullanıyorum. Bu biçerdöverlerde her iki yanda da frenler var. Frenlerden birini kilitlerseniz olduğunuz yerde dönebilir ve başlığın o ucunu hareket ettirebilirsiniz. Başlık, biçerdöverden beş-altı kat daha hızlı hareket eder ve birine tam köşeden darbe indirirseniz, aracına ciddi bir hasar verirsiniz."

Başlığınızı, diyor, döner yumruk gibi savuruyorsunuz.

"Lastikleri patlatır. Tekerlekleri yerinden söker. Bu başlık saatte yirmi-yirmi beş mil hız yapabilir. Gerçek bir patlama yaratır. Biçerdöverin arka tamponunu yerden havaya kaldırır. Arka tampon yerden yarım metre havaya yükselir."

Eleme turları arasında bir forklift ve bir kamyon arenaya giriyor ve ölüleri temizliyor: Kırılmış köşebent demirlerini ve ezilmiş başlıkları. Rodeo Kraliçesi Thompson kalabalığa tişörtler fırlatıyor. Biralar ırmak olup akıyor.

Bakım onarım alanında, *Tank*'ın sürücüsü Garry Bittick hariç hepsi henüz birer kolej çocuğu olan Davis ve Knodel gibi çaylaklar eleme turu için sıraya giriyorlar.

Daha ilk dakikada, Jeff Yerbich ve *Yıkıcı Deere*'si iki arka lastiğinin patlaması sonucu son nefesini veriyor. *Küçük Yeşil Adamlar*, *Tank*'ı darbelerle sıkıştırıyor ve biçerdöveri öyle bir sarsıyor ki *Tank* neredeyse sırtüstü devriliyor. *Jaws* arka tekerleklerinden birini kaybediyor. *Mickey Mouse*'un başlığı eziliyor ve alüminyum folyo gibi büzüşüyor. *Tank* son nefesini veriyor ve kırmızı bayrağını indiriyor. *Jaws*, *Mickey Mouse*'u daireler çizerek takip ediyor. Knodel, başlığını *Mouse*'un ön lastiklerine doğru sürüp, lastikleri patlatıyor. *Jaws*, stop eden *Mouse*'a darbeler indirmeye devam ediyor, ta ki hakemler son nefesini vermiş olan biçerdöverin bayrağını indirmesini sağlayana dek. *Jaws* arka lastiklerinden birini kaybediyor ama kendisini sürüklüyor. *Viking* son nefesini veriyor. *Tank*'ın başlığı kopuyor. Vakit doluyor ve *Jaws* ile *Yeşil Küçük Adamlar* birinciliği paylaşıyor.

Bakım onarım alanında, 5 numaralı *Tank*'ın beş tonluk ağırlığı altında neredeyse ezilen Bittick kendine gelmeye çalışıyor. Kırk yedi yaşındaki Bittick, çaylak derbisine biraz geç katılmış. Oğlu Cody askerden dönüp biçerdöverin başına geçecekmiş ama izni bitmiş. Kendisi gelemeyen Cody, çöl kamuflajına boyanmış ve üzerinde füzeler tarafından kovalanan deve sırtındaki Arapların karikatürleri bulunan, International Harvester marka biçerdöverin üzerinde asılı olan flamaları –82. Hava Kuvvetleri Bölüğü flaması, bir MIA flaması ve bir Amerikan Ordusu flaması– göndermiş.

"Çok fazla darbe aldım. Herkes aynı anda, bodoslama daldı" diyor Bittick. "Böyle olunca aracın arka kısmı havaya kalktı ve başlık yere doğru eğildi. Tepetaklak olabilirdik." Ve ekliyor: "Kalbiniz güm güm atıyor. Eğer emniyet kemeri olmasa bu darbeler sizi anında dışarı fırlatır."

İlk kez yarışan Davis ve Knodel için bu, eğlenceli bir karnaval sürüşü gibi. "*Harikaydı*! Acayip eğlenceliydi" diyor, ekibi, *Mickey Mouse*'u telafi turuna hazırlarken elinde birasıyla bekleyen Davis. "Oraya çıkıp, sırf eğlencesine insanları haşat edeceğim."

Knodel ve *Jaws* için birinciliği paylaşmak biraz fazla çalışma gerektirmiş. "Beklediğimden çok daha fazla uğraştım" diyor Knodel. "Bu denli konsantre olmam gerektiğini düşünmemiştim. Çok ağır küfürler savurup duruyordum."

Bira ya da votka içmeyen az sayıda sürücüden biri olan Knodel toz ve tezahüratların ortasında orada, yukarıda bulunmanın nasıl bir şey olduğunu şöyle tarif ediyor: "Aslında, hiçbir şey duymuyorsunuz. Kalabalığı duyamıyordum. Duyabildiğim tek şey motorumun sesiydi. Aslında motorum kontrolden çıktı. İlerliyordum ve motorun stop ettiğini duyamadım. Damarlarımda dolaşan adrenalinle, halen birinin gelip beni haklayacağını düşünüyordum. Motorun tekrar çalıştığını anlamamın tek yolu, uzanıp pervane kanatlarını görmekti ve sonunda, tekrar döndüklerini gördüm. Hareket etmeye hazırdım."

Üçüncü eleme turunda biçerdöverler arka taraflarını birbirine yaslayıp, yüzleri merkezden dışarı bakacak şekilde start alıyorlar. Tecrübeli sürücüler arasındaki kapışmada *Rambulance*, *Bizim Çocuklar*'ın arka lastiğini biçiyor. *Domuz Ekspresi*, *BC Makine*'nin arka kısmını parçalıyor. *Bizim Çocuklar* da *Amerikan Ruhu*'nun arka tamponunu ezip, arka dingilini parçalıyor. *Amerikan Ruhu* çamura fazla gömülüyor ve son nefesini verip, bayrağını indiriyor. *Domuz Ekspresi* başlığını *Rambulance*'ın arka kısmının altına sokuyor. *BC Makine* stop ediyor; açık motor kapağından dumanlar yükseliyor. Bir dakika içinde Chet Bauermeister aracı tekrar çalıştırıyor. *Domuz Ekspresi, Bizim Çocuklar* ile *BC Makine* arasında eziliyor. *Bizim Çocuklar* iki arka lastiğini de kaybediyor ama jant üzerinde ilerlemeye devam ediyor. *BC Makine* tekrar duruyor. *Bizim Çocuklar, Domuz Ekspresi*'ne arkadan saldırıp, pembe arka tamponunu çamura gömüyor. *Bizim Çocuklar* işe koyulup *BC Makine*'ye saldırıyor. *Domuz Ekspresi* son nefesini veriyor. *Rambulance* son nefesini veriyor. *Bizim Çocuklar, BC Makine*'yi daireler çizerek önünde sürüklüyor, ta ki Bauermeister bayrağını indirene dek. Kazanan: *Bizim Çocuklar*'ın sürücüsü Kyle Cordill.

Bakım onarım alanında, kazanan ve kaybeden takımlar nihai eleme turu için biçerdöverlerini tamir ediyorlar. Kaynak çubukları, kesme torçları ve bileme makineleri kurumuş çimenlere kıvılcımlar yağdırıyor ve insanlar kendilerini kıvılcımlardan bira kutularıyla koruyorlar. Mangallarda sosis ve hamburger köfteleri pişiyor. Çocuklar ve köpekler, krikolar üzerinde havaya kaldırılıp sabitlenmiş biçerdöverlerin etrafında dolaşıyorlar.

17 numara *Küçük Yeşil Adamlar*'ın yakınında bir grup kız bira içiyor ve sürücü Kevin Cochrane'i kesiyor.

Yirmi yaşındaki Cochrane, "Evet, biçerdöver parçalama derbilerinin de böyle kız hayranları var" diyor. "Lind'li hayranlar olduğunu sanmıyorum; başka kasabalardan geliyorlar. Sanırım, bu küçük devreyi takip ediyorlar. Sadece iki derbi var; yani bayağı küçük bir devre bu."

İçlerinden biri arkadaşlarının yanından ayrılıp bize doğru yaklaşırken Cochrane kızlara bakıyor. "Kız hayranlar neye benzer? Birincisi" diyor, "biraz taşralıdırlar. Kovboy çizmeleri ve diğer boktan şeyler. Taşra işi şeyler giyerler. Ama şu kız farklı." Cochrane başıyla, bize doğru gelen kızı işaret ediyor. Kızın adı Megan Wills. Neden hiç kadın sürücü olmadığını sorduğumda, "Çünkü bu boktan bir şey! Josh kıçına tekmeyi yedi!" diyor.

"Eskiden kadın sürücüler de vardı" diyor Cochrane.

"Sadece bir tane! Uzun zaman önce!" diye bağırıyor, 14 numara *Kunduz Devriyesi*'nin bakım onarım ekibinde yer alan kardeşi Wills. "Hiç kadın sürücü yok çünkü bu şey harbi boktan! Kıçımı o koltuğa koymam ben. Siktir et gitsin! O boku süreceğime sarhoş olup seksi çocuklara servis yapmayı tercih ederim. Olacak iş değil!"

Cochrane birasını kafasına dikiyor ve "Sanırım, içmeyince insan çok sinirli oluyor" diyor. "Oraya girdiğinizde sinirleriniz bok gibi geriliyor. Azıcık rahatlamanız lazım."

Telafi raundundan önce hakemler bakım onarım alanını turlayıp, insanlara otuz dakikalık tamir süresinin çoktan dolduğunu söylüyorlar. Sadece *Mickey Mouse* ve *J&M Fabrikasyon* arenada hazır bekliyor. Güneş ufukta kayboldu ve hava hızla kararıyor. Hakemler hoparlörlerden şu anonsu yapıyor: "Sahada dokuz biçerdövere ihtiyacımız var. Sadece ikisi burada. Diğer yedisi bekleniyor."

Amerikan Ruhu'nun sürücüsü Frank Bren koşarak geliyor, tişörtü ve elleri motor yağı, ter ve kurumuş kandan kararmış. "Katılamayacağız" diyor. "Hidrolik borusunu değiştiremiyoruz."

Hakemlerden biri, halen arenaya beklenen biçerdöverlerin adını okuyor. "Zaman sınırını zorluyorsunuz. Hakemlerin sabrını da zorluyorsunuz."

Rambulance patlak bir arka tekeri sürükleyerek arenaya giriyor. *Kızıl Şimşek* de arzı endam ediyor. *Gümüş Kurşun* ağır aksak giriyor arenaya. Raund başlar başlamaz *Kızıl Şimşek*, *Rambulance*'a şiddetle çarpıyor ve bu çarpışmanın sonucunda etrafa kıvılcımlar saçılıyor. *Gümüş Kurşun* başlığını *J&M Fabrikasyon*'un ön lastiklerinin altına sokuyor. *Rambulance* arka dingilini kaybediyor. *Mickey Mouse* da ön tekerini kaybediyor. *J&M Fabrikasyon*, *Kızıl Şimşek*'e önden ağır bir darbe indiriyor. Sonra *Rambulance* ile *J&M* başlıklarını kafa kafaya çarpıştırıyor. Bu öylesine kuvvetli bir çarpışma ki her iki biçerdöverin de arka kısmı bir metre havaya sıçrıyor. *Mickey Mouse, Kızıl Şimşek*'e iki arka tekerini de koparacak kadar sert bir şekilde tosluyor, sonra da ön lastiğini patlatıyor. Bu darbe *Mickey Mouse*'un başlığını kopartıyor ve David bayrağını indiriyor. Sürücü koltuğuna serilmiş oturuyor David, kollarını iki yana bırakmış ve yüzünü karanlık gökyüzüne kaldırmış. *Rambulance* cıvata dişleri ve metal parçalarıyla dolu alanda zar zor sürükleniyor. *Gümüş Kurşun* ve *J&M Fabrikasyon Kızıl Şimşek*'e o kadar sert bir darbe indiriyor ki bu darbe *Gümüş Kurşun*'u öldürüyor. Sonra da *J&M* bayrağını indiriyor.

Biz çekicilerin ortalığı temizlemesini ve kazananların son karşılaşma için arenaya girmelerini beklerken Thompson tribünlere biraz daha tişört fırlatıyor. Devasa, turuncu bir ay beliriyor ve sanki ufukta dengesini bulmuş gibi duruyor.

İlk üç eleme turunun galipleri ve hayatta kalan diğer biçerdöverler arenaya giriyor. Hava tamamen karardı. Sürücülerin kırmızı bayrakları duman ve tozun içinde kapkara bir siluet artık. *BC Makine*'nin radyatörü bozuluyor ve küçük, Massey 510 biçerdöver beyaz bir buhar bulutu içinde kayboluyor. Sekiz biçerdöverin motoru da aynı anda kükrüyor ve son karşılaşma başlıyor.

Küçük Yeşil Adamlar hemencecik arka tamponunu kaybediyor ve bir kenarda son nefesini veriyor. *Jaws, Kunduz Devriyesi*'nin arka tamponuna ağır bir darbe indiriyor ve onu hemen oracıkta öldürüyor. *BC Makine* arenada cirit atıyor ve ortalığı radyatöründen yükselen buhara boğuyor. Hızla oradan geçmekte olan bir Burlington Northern yük treni düdüğüyle parçalama derbisinin gürültülerini bastırdığı sırada, *Jaws* sıkışıyor; başlığı *Kunduz Devriyesi*'nin ölü arka tamponunun altına takılıyor. *Domuz Ekspresi, Adi Çete-Yeşil*'in kıç kısmını eziyor. *Kaplumbağa* bir köşede, arka tekerleklerini arenanın korkuluklarına dayamış saklanıyor. Hiçbir biçerdöver onu kalabalık seyirci grubuna doğru ittirip sıkıştırmadan hamle yapamaz. *Domuz Ekspresi* son nefesini verip, stop ediyor. *Kaplumbağa* artık arka dingili olmayan *Rambulance*'ın üzerine doğru gidiyor. *Yeşil Küçük Adamlar* bir köşede son nefesini vermiş, öylece duruyor, Cochrane'in gümüşrengi uydu anteni hâlâ dönüyor.

Bir köşede saklanan 11 numara *Kaplumbağa*'yı seyirciler pek sevmiyor. "Bazıları benim hep sipere yattığımı söylüyor" diyor *Kaplumbağa*'nın sürücüsü Schoesler. "Temastan fazlasıyla kaçınıyormuşum. Ama ben bunu Muhammed Ali'nin o eski 'halata seril' taktiğine benzetiyorum. Ringin halatları üzerine seril ve acı vermeyen yerlere vurmalarına izin ver. Eğer bir açık yakarlarsan yumruğu indir ve sonra geri çekil. Bu yöntem yıllarca gayet iyi işe yaradı."

Washington Temsilciler Meclisi'nde Dokuzuncu Yasama Bölgesi'ni temsil eden Schoesler için bu derbi bir seçim kampanyası fırsatı. Eyalet Senatosu'na aday olmayı planlıyor.

"Seçilmiş bir devlet görevlisi olunca fazladan darbeler alıyorsunuz" diyor. "Umarım hepsi eğlence içindir. Daha önce derbi kazanmış biri de hedef tahtası haline geliyor. Geçmişte derbi kazandığım için zaten beni hedef alıyorlar. Seçilmiş resmi bir devlet görevlisi olmak da beni çifte-hedef haline getiriyor."

Şu anda arenada *BC Makine* halen havayı buhara boğuyor ve motorundan kıvılcımlar yükseliyor. *Kaplumbağa* seyirci kalabalığını arkasına almış, saklanmaya devam ediyor. *Rambulance* bayrağını indiriyor. *Adi Çete-Yeşil, Kaplumbağa*'ya saldırıp, onu kalabalığa doğru ittiriyor. *J&M Fabrikasyon* da *Kaplumbağa*'ya saldırıyor. Son nefesini vermiş biçerdöverler siyah yıkıntılar halinde öylece duruyorlar; buhardan ve dumandan geçilmeyen karanlık arenada birer engeller sadece. *Kaplumbağa* kaçmaya çalışıyor ama nihayetinde *Bizim Çocuklar, Adi Çete-Yeşil* ve *J&M Fabrikasyon* arasında sıkışıp kalıyor. *BC Makine* son nefesini veriyor ve öte yandan radyatöründen hâlâ buharlar yükseliyor. *Kaplumbağa* kaçmayı başarıp, üç rakibinin birbirine girmesine neden oluyor. *J&M Fabrikasyon*'un başlığı halen fabrikadan yeni çıkmış gibi sağlam ama kıç kısmında dümen kalmamış. Sıcak, kekremsi fren yağı kokusunu alabiliyorsunuz. *J&M Fabrikasyon* stop ediyor ve Miller öne eğilip motoru tekrar çalıştırmayı deniyor. *Adi Çete-Yeşil*'in başlığı kopup düşüyor ve Hardung devre dışı kalıyor. *Kaplumbağa* hâlâ köşede saklanıyor. *Bizim Çocuklar* zar zor yön değiştiriyor.

Vakit dolunca hakemler karşılaşmayı bitiriyor. Birincilik ve ikincilik için verilen para ödülü *Adi Çete-Yeşil* ile *Kaplumbağa* arasında bölüştürülüyor. *Bizim Çocuklar* da üçüncülüğü alıyor.

Saat 22:00'da her şey bitiyor; ağır içki âlemi hariç. Park alanına doğru ilerleyenlerin kovboy çizmeleri yerden toz kaldırmaya başladı bile. Country müziği ile hip hop birbirine karışıyor ve hava, otobana çıkmak için bekleyen araçların stop ve fren lambalarının ışığıyla pembeleşiyor.

Terry Harding ve *Kızıl Şimşek* ekibi, "Gece yarısı gelip bizi yoklayın; kafayı iyice bulmuş oluruz" diyorlar.

Kevin Cochrane geri dönüp Washington Eyalet Üniversitesi'nde ziraat eğitimi almaya devam edecek.

Frank Bren geri dönüp tahıl kamyonunu sürmeye devam edecek.

Mark Schoesler de hiç şüphesiz eyalet yönetiminde bir dönem daha görev alacak. Biçerdöverler –*Kızıl Şimşek, Kunduz Devriyesi, Portakal Ezmesi*– ise önümüzdeki yıl onları defalarca tamir edip, parçalama, tamir edip, parçalama zamanı gelene kadar burada park halinde bekleyecek ve paslanacaklar.

Adams County'nin sakinlerinin, artık şehirlerde çalışan çiftçilerin bir araya gelme yöntemi bu. Aileler dağılıyor. Lise arkadaşları birbirinden gitgide uzaklaşıyor. Bu onların kural ve görev haritası. Beraber çalışmak ve oynamak, acı çekmek ve kutlamalar yapmak ve yeniden birleşmek adına başvurdukları bir yol.

Önümüzdeki seneye kadar her şey bitti. Yarın yapılacak geçit töreni hariç. Rodeo ve mangal. Hikâyeler ve yaralar.

"Yarın hepsi dimdik yürüyecek" diyor derbinin organizatörü Carol Kelly. "Omuzları ve kolları incinmiş olacak. Ve boyunları da tutulmuş. Kafalarını sağa sola pek çeviremeyecekler."

"Elbette canları yanıyor" diyor. "Eğer size aksini söylüyorlarsa, bu onların ne denli sıkı adamlar olduğunu düşünesiniz diyedir."

Bir Köpek Olarak Hayatım

Göz teması kuran yüzler çarpılıp, alaycı bir ifadeye bürünüyor. Üstdudak kaldırılıp dişler gösteriliyor ve bütün yüz burun ve gözlerin etrafında toplanıyor. Sarışın, Huck Finn tipli bir velet arkamızdan yürüyor, bacaklarımıza vurup, "ENSENİZİ görüyorum!" diye bağırıyor. "Ulan beyinsiz! Arkadan enseni görebiliyorum..."

Bir adam bir kadına dönüp, "Tanrım, böyle bir şey ancak Seattle'da..." diyor.

Başka bir orta yaşlı adam da yüksek sesle şöyle diyor: "Bu şehirde özgürlüğün ölçüsü iyice kaçtı..."

Kaykayını kolunun altına sıkıştırmış genç bir çocuk, "Siz kendinizi sevimli falan mı sanıyorsunuz?" diyor. "Hiç değilsiniz. Aptalsınız. Bok gibi aptal görünüyorsunuz..."

Mesele iyi görünmek değildi.

Beyaz bir adam olarak bütün hayatınızı hiç dışlanmadan geçirebilirsiniz. Sadece siyah derinizin görüldüğü bir kuyumcuya asla girmezsiniz. Sadece memelerinizin görüldüğü bir bara asla girmezsiniz. Beyaz olmak duvar kâğıdı olmak gibidir. İyi ya da kötü anlamda ilgi çekmezsiniz. Tüm dikkatleri üzerinize çekerek yaşamak nasıl olurdu acaba? İnsanların size uzun uzun bakmasına izin vermek? Boşlukları doldurmalarına ve ne isterlerse onu varsaymalarına izin vermek? İnsanların kendilerinin bazı yönlerini bütün gün boyunca üzerinize yansıtmalarına izin vermek?

Yazmanın en kötü yanı, hayatınızı klavye başında harcadığınız korkusudur. Ölmek üzereyken, sadece kâğıt üzerinde yaşadığınızı fark edeceğiniz fikridir. Yegâne maceralarınız hayal ürünüdür. Dünya savaşıp, sevişirken siz karanlık bir odada oturmuş, mastürbasyon yapıp para kazanmışsınızdır.

Bu yüzden bir arkadaşımla kostüm kiraladık. Ben, benekli, gülümseyen bir Dalmaçyalı olmuştum. Arkadaşım ise kahverengi, dans eden bir ayı. Cinsiyetimize dair ipuçları vermeyen kostümlerdi bunlar. Ellerimizi ve ayaklarımızı gizleyen eğlenceli peluş giysiler ve insanların yüzlerimizi görmesini engelleyen ağır, kâğıt hamurundan başlıklar. İnsanlara görsel bir ipucu, deşifre edilecek bir yüz ifadesi ya da jest sunmuyorduk. Seattle'ın merkezinde turist gibi dolaşan, alışveriş yapan bir köpek ve bir ayıydık.

Bu hali bir parça biliyordum. Her Aralık ayında uluslararası Kakafoni Cemiyeti "Noel Baba Baskını" adı altında bir parti düzenliyor. Yüzlerce insan Noel Baba kostümü giyerek bir şehre gidiyor. Siyah-beyaz ayrımı yok. Genç-yaşlı ayrımı yok. Kadın-erkek ayrımı yok. Bir kırmızı kadife ve beyaz sakal denizi oluşturup, şehir merkezini altüst ediyor, içkiler eşliğinde şarkılar söylüyor ve polisleri çileden çıkarıyorlar.

Yakın zaman önceki bir Noel Baba Baskını'nda polis memurları bir uçak dolusu Noel Baba'yı Portland havalimanında karşılamış, ellerinde silahlar ve göz yaşartıcı gazlarla etraflarını çevirmiş ve şu anonsu yapmışlardı: "Ne yaparsanız yapın ama eğer temsili Noel Baba kuklası yakacak olursanız Portland, Oregon şehri buna hoşgörüyle yaklaşmayacaktır..."

Yine de beş yüz Noel Baba, bir ayı ve köpeğin sahip olmadığı bir güce sahip. Seattle Sanat Müzesi'nin lobisinde bize on dört papele bilet satıyorlar. Bize sergilenen şeyler hakkında, başkentten ödünç alınan George Washington portreleri hakkında açıklamalar yapıyorlar. Bize asansörün nerede olduğunu söyleyip, müze haritası veriyorlar ama asansör düğmesine bastığımız anda bizi dışarı atıyorlar. Biletlerin parası iade edilmiyor. İstisna yapılmıyor. Sadece üzgün üzgün başlarını sallıyorlar ve ayılarla köpeklerin bilet alabileceği ama sanat eserlerine bakamayacağı düzenlemesi getiren en yeni güvenlik politikasını uyguluyorlar.

Güvenlik görevlileri müze kapısından bir sokak öteye kadar bizi takip ediyorlar; onların bıraktığı yerde başka bir güvenlik görevlisi grubu gözünü üzerimizden ayırmıyor. Third Avenue'dan bir sokak daha uzaklaşınca ortalığı kolaçan etmekte olan bir polis arabası, kuzeye, alışveriş merkezine doğru gitmekte olan bizi sessizce takip ediyor.

Pike Place Market'ta genç çocuklar köpeğin geçmesini bekliyor, sonra da siyah benekli posta yumruk ya da karate tekmeleri savuruyorlar. Direkt, böbreklere. Ayak bileklerimin ve dizlerimin arkasına sert darbeler indiriyorlar. Her seferinde her bir yumruk ve tekmeyi hissediyorum. Sonra bu aynı insanlar geri sıçrıyor, tavana bakıp, sanki hiçbir şey olmamış gibi ıslık çalıyorlar.

Aynalı güneş gözlüklerinin arkasına saklanmış, kasıntı hip-hop ve kaykaycı tavrıyla benzer kıyafetler kuşanmış, şehir merkezinde takılan ve kabul görmek isteyen gençler bunlar. Bon Marché'ın dışında, Pine Caddesi'nde gençler taş atıp, kâğıt hamurundan başlıkları zedeliyor ve postumuzu hedef alıyorlar. Gençler dörtlü beşli gruplar halinde bize doğru koşuyorlar. Gümüş, sigara tabakası boyutunda fotoğraf makineleri ellerinde, fotoğraf malzemesi olarak köpek ve ayıya sarılıyorlar. İyice yanaşarak, yüzlerinde bir gülümsemeyle göğüslerini ılık ılık bastırıyor ve kollarını bir hayvanın boynuna doluyorlar.

Polis hâlâ bizi takip ediyor. Koşarak Westlake Center'a giriyoruz, alışveriş merkezinin ilk katındaki Nine West'in önünden koşarak geçiyoruz. Mill Stream mağazasının –"Pasifik Kuzeybatı'dan Hediyelikler"– önünden koşarak geçtikten sonra Talbots, Mont Blanc ve Marquis Deri'yi de geride bırakıyoruz. Önümüzdeki insanlar geri çekiliyor, Starbucks ve Lenscrafters'ın olduğu kısma sıkışıp kalıyor ve bizim koşmamız için daimi bir boş alan açıyorlar. Arkamızda telsizler cızırdıyor ve erkek sesleri şöyle diyor: "... şüpheliler görüş alanımızda. Biri dans eden bir ayıya benziyor. Diğer şüpheli de büyük bir köpek başı takmış..."

Çocuklar çığlık atıyor. İnsanlar daha iyi görebilmek için mağazalardan dışarı sökün ediyor. Mağaza görevlileri öne çıkmış, vitrindeki hırka ve kol saatlerinin arasından dikkatle bize bakıyorlar. Çocukken anaokuluna köpek girdiğinde hissettiğimiz heyecanın aynısı bu. Koşarak Sam Goody'nin, Fossil mağazasının önünden geçiyoruz; telsizler hemen arkamızda ve telsizlerden, "Ayı ve köpek batıya doğru ilerliyor, Underground Eatery'ye giden zemin kat bağlantı yoluna doğru iniyor.." konuşmaları geliyor. Koşarak Wild Tiger Pizza ve Subway Sandwiches'in önünden geçiyoruz. Yerlere oturan, telefon kulübelerinde gevezelik eden yeniyetme kızları geride bırakıyoruz. "Olumlu" diyor arkamızdaki telsizden gelen ses. "Söz konusu iki hayvanı da yakalamak üzereyim..."

Bir telaştır, bir kovalamacadır gidiyor. Gençler bizi taşlıyorlar. Gençler bizi elle taciz ediyorlar. Orta yaşlı adamlar başka yöne bakıyor, kafalarını sallıyor ve büyük boy sütlü kahve almak için Cully's'de onlarla aynı sırada bekleyen köpeği görmezden geliyorlar. Pantolonunun paçalarını dizlerine kadar kıvırmış, saçını atkuyruğu yapmış, uzun boylu, sarışın, orta yaşlı, Seattle'lı bir herif yanımızdan geçerken, "Biliyorsunuz, bu şehirde tasma takma zorunluluğu var" diyor.

Güzellik salonu ürünü saçlarını gümüşrengine boyamış ve spreyle bir araya toplamış yaşlı bir kadın, benekli köpek kollarımdan birine asılıyor, postu çekiştiriyor ve "Neyin tanıtımını yapıyorsunuz?" diye soruyor. Peşimizi bırakmayıp, çekiştirmeye devam ederek, "*Bunu yapmanız için kim size para veriyor?*" diye soruyor. Daha da yüksek sesle, "Beni duyamıyor musunuz?" diye soruyor. "Bana cevap verin" diyor. "Kimin için çalışıyorsunuz?" diye soruyor. "Söyleyin bana..." diyor. Bize iyice pençesini geçiriyor ve sonra neyse ki bu sıkı kavrayışı gevşiyor.

Pike Place Market'ın orta yerinde bebek bezleri, mamalar, oyuncaklar, kıyafetler ve alışveriş poşetleriyle dolu, minik bir bebeğin bütün bunların arasında kaybolduğu, alışveriş arabası büyüklüğünde bir bebek arabasını ittirmekte olan başka bir orta yaşlı kadın, "Herkes geri çekilsin! Geri çekilin! Bu kostümlerin içinde bedenlerine bomba sarmış olabilirler..." diye bağırıyor.

Güvenlik görevlileri hayvan kostümü giymiş insanlarla baş etmek için ortak bir hareket tarzı belirlemeye çalışırken, her yerde acayip bir kafa karışıklığı yaşanıyor.

Arkadaşım Monica eskiden palyaço olarak çalışırdı. Şirket partilerinde balonları kıvırıp hayvan figürleri yaparken, erkekler ona her zaman para karşılığı seks teklif ederdi.

Geçmişe dönüp baktığında, palyaço gibi giyinen, çekici görünmeyi reddeden bütün kadınların oynak, şehvetli ve para karşılığı düzüşmeye hazır kadınlar olarak görüldüğünü söylüyor. Başka bir arkadaşım, Steve, her yıl Burning Man'e* bir kurt kostümüyle katılıyor ve kafayı yiyor; çünkü dediğine göre, insanlar onu insan-altı, vahşi bir şey olarak görüyorlarmış.

Artık dizlerimin arkası aldığım tekmelerden acıyor. Böbreklerim yumruklanmaktan, omuzlarım atılan taşlardan ötürü ağrıyor. Ellerim ter içinde. Ayaklarım beton zemin üzerinde çok fazla yürümekten su topladı. Pine Caddesi'nde yanımızdan arabayla geçen genç kadınlar el sallıyor ve "Sizi seviyoruz..." diye çığlık atıyorlar.

Bütün bu insanlar kendi maskelerinin ardında gizlenmişler: güneş gözlüklerinin, arabalarının, son moda kıyafetlerinin ve saç kesimlerinin. Yanımızdan geçen genç erkekler, "Lanet olası pis İBNELER..." diye bağırıyorlar.

Şu an itibariyle, her şeyi salladım gitsin. Bu köpek sonsuza dek böyle yürüyebilir. Başı dik, insanların saçmalıklarına kör ve sağır. El sallamak, kapris çekmek ya da çocuklarla birlikte poz vermek zorunda değilim. Pottery Barn'ın önünde sigara içen bir köpeğim sadece. Geri yaslanıyor, bir bacağımı havaya kaldırıp, Tiffany and Company'nin duvarına dayıyorum. Old Navy'nin önünde cep telefonuyla konuşan bir Dalmaçyalıyım sadece. Bu, beyaz erkeklerin hayatları boyunca erişemeyebilecekleri türden kıyak bir his; kendi kendine yetme hissi.

Şu an itibariyle, hava terletecek denli sıcak. Öğleden sonra gelip çattı, FAO Schwartz neredeyse bomboş. Büyük cam duvarların içinde genç bir çocuk, oyuncak asker kostümü kuşanmış; çift sıra pirinç düğmeleri olan, uzun kırmızı bir frak giymiş, kafasına da kule gibi yüksek, siyah bir miğ-

---

* ABD'de 1986'dan bu yana her yıl düzenlenen bir "alternatif yaşam" ve "sanat" festivali. (ç.n.)

fer takmış. Asansörler boş. Barbie Shop boş. Oyuncak asker, uzaktan kumandalı bir yarış arabasıyla oynuyor, tek başına; Seattle'ın aylardır gördüğü ilk güneşli günde içeri tıkılıp kalmış.

Oyuncak asker işinden kafasını kaldırıp, kapıdan giren köpek ve ayıya bakıyor ve gülümsüyor. Yarış arabasına boş verip, duvara toslamasına izin vererek, "Harikasınız çocuklar!" diyor, "KRAL sizsiniz!"

Taşa Fısıldanan İtiraflar

Seattle'dan Portland, Oregon'a uçtuğunuzda, uçak havalimanına doğu yönünden yanaşmak için son hamleyi yaparken camdan bakarsanız hemen altınızda şunu görürsünüz:

Beyaz mazgallı siperler ve kuleler. Beyaz ince kulecikler. Suları taş kalıntılar etrafında biriken bulanık bir gölün üzerinden geçen bir asma köprü. Köprünün bir ucunda devasa, yuvarlak bir kale.

Kâğıt fabrikasından yükselen ekşi kokunun çoğu zaman havayı kapladığı, Washington'ın işçi kasabası Camas'ın tepelerinde işte karşınızda:

Bir şato.

Büyük bir şato. Gerçek bir şato.

Küçük hobi bahçeleri, sıra sıra evler ve yeni Camas Lisesi'nin devasa, postmodern binası tarafından çevrelenmiş olsa da, burası bir Viking şatosu. Bir sonraki muharebeye hazır, savaş baltalarıyla dolu parmaklıklar, ateş kusan bir ejderha, beş metre yüksekliğinde kapılar. Bütün bunların yanı sıra bir Bunn kahve makinesi, bir Frigidaire buzdolabı ve şatoyu inşa edip, burada yaşayan Viking Jerry Bjorklund da var.

Kuzeybatıya doğru dört yüz mil uçup, Idaho çıkıntısı üzerindeki Selkirk Dağları'na ulaştığınızda, 4.600 fit yüksekliğindeki karlı arazilere kondurulmuş Bavyera usulü bir şato göreceksiniz. Taş ve cam mozaiklerle kaplı bu kalenin içinde ısıtmalı kapalı bir yüzme havuzu bulunuyor ve duvarları yarı değerli sarı sitrin, mor kuvars ve gülpembe kuvars taşlarla bezenmiş. Hepsi Roger DeClements adında bir adam tarafından elle, tek tek inşa edilmiş olan kemerler, sivri tepeli kuleler ve kule külahları da cabası.

Viking ve Bavyera şatolarının arasında bir yerde, White Salmon Nehri'nin kenarındaki kayalık bir noktada, dört katlı, uzun, dar bir şato daha yükseliyor. Bu üçüncü şatonun üçüncü katının balkon korkuluklarında çıplak bir manken oturuyor; önünden hızla sürüklenip geçen raftingci ve kanocuların ilgisini dağıtmaya hazır bekliyor. Bu sporcular nehir onları bir sonraki dönemeçte kendine çekmeden önce bir an için mankenin çıplak göğüslerine bakıyor ve sonra ne gördüklerini merak ediyorlar. Ya da gördüklerini sandıkları şeyin ne olduğunu: Gri taştan bir kule yığını. Ağır kalaslardan balkonlar. Taş bir terasın önünde usul usul akan yeşil bir şelale. Sayvanlı devasa yataklar, antik armalar ve Bob Nippolt adında eski bir jet pilotu.

Orada, Cascade Dağı'nın derinliklerinde karşımıza bir hayal... bir fantezi çıkıyor.

Bir şato.

"Şato meraklıları bir yeraltı şebekesi oluşturmuş gibi" diyor Alman ailesinden gelen Grimes soyadını değiştirmiş olan Roger DeClements. "Şu anda Birleşik Devletler'de şato inşa eden yirmi otuz kişi olmalı. Bunların çoğu 'kendi işini kendin yap' mottosuyla hareket ediyorlar. Dolayısıyla da işler ağır ilerliyor. Ama birkaç aşırı zengin insan var; hayal edebildikleri en büyük şatoları pat diye inşa ediyorlar."

Burada insanın yuvası şatosu. Ya da tam tersi. Belki bu trend temel barınma içgüdüsünün daha büyük bir versiyonundan başka bir şey değildir. Arazi araçları normal arabalar karşısında neyse, bu şatolar da normal evler karşısında odur. Sağlam. Güvenli. Güvenilir.

Ya da belki de şato inşa etmek bir olgunlaşma törenidir. Bir meditasyon ya da tefekkür biçimidir. Psikolog ve filozof Carl Jung, annesinin ölümünün ardından, hayatının ikinci yarısında kendini taş bir şato inşa etmeye adamış. İsviçre'de, Zürih Gölü'nün kenarında, Bollingen'de yaptığı bu kaleye "taşa fısıldanan itiraflar" adını vermiş.

Ya da belki de şato inşa etmek çağımızın hızlı, kısa ömürlü ruhuna verilen bir tepkidir. Mimarlar için modern dönem, Pruitt-Igoe ev projesinin St. Louis, Missouri'de dinamitlendiği 15 Temmuz 1972 günü, saat 15:32'de sona ermiştir. Pruitt-Igoe projesi belirgin hatlı, kutumsu, uluslararası mimari tarzın ödüllü bir örneğiydi. Mimarların "yaşama makinesi" dediği türden bir yapıydı. 1972'de tam bir başarısızlığa uğradı. İçinde yaşayanlar oradan nefret etti ve şehir de bu yapıların yaşanılamaz olduğunu ilan etti.

Aynı yıl mimar Robert Venturi insanların çoğunun ütopya anlayışının modern cam-kutu bir daireden ziyade Disneyland ya da Las Vegas'a yakın olduğunu ilan etti.

Şato inşa etmek ister bir açıklama ya da misyon veya barınma içgüdüsü ya da penisin bir uzantısı olsun... burada okuyacağınız şey kariyerlerini –bir polis memuru, bir müteahhit ve bir jet pilotu– bırakıp şato inşa etmeye girişmiş insanların hikâyeleridir. İşte karşınızda bu insanların yaptığı hatalar. Ve bu hatalardan öğrendikleri şeyler.

Sandpoint, Idaho'daki granit dağının tepesinde yükselen şatosunda yürüyen Roger DeClements kırk yedi yaşında; ama omuzlarından aşağı dökülen gür uzun saçlarıyla yirmi yedi gibi gösteriyor. Kolları ve bacakları incecik; beyaz uzun kollu bir tişört, kot pantolon ve tenis ayakkabısı giymiş. Uzun ve bakımlı tırnakları beni şaşırtıyor; belki de bir rock grubunda bas çaldığı yıllardan kalmadır.

"Kendimi bildim bileli ev yapıyorum" diyor Roger. "İlk evimi 1975'te yaptım. Sonra bir yer kiraladık; tren raylarına yakındı ve insanlar sürekli gelip kapıyı çalıyorlardı. Sonra *The Beastmaster* filmini izledik ve kafamda bazı fikirler uyandı. Güvenlilik açısından şatonun iyi olacağını düşündüm. Ayrıca evler zaman geçtikçe yıpranırken, şatoların zamanla kıymet kazandığını ve çürüyüp gitmediğini fark ettim."

Roger şimdiye kadar üç şato inşa etmiş. İlki beş hafta sürmüş; sonuncusu ise şu anda milyon dolarlık bir fiyata satılık. "Temelde, bunun eğlenceli olacağını düşündüm" diyor. "İçinde yaşamak eğlenceli olurdu. İnsanların şatoya bakması da öyle. Şatonun daima orada olacak olması ve kuşaktan kuşağa aktarılabilmesi de güzel bir şey."

Jerry Bjorklund için işin temelinde eğlence ve biraz da alkol yatıyormuş.

"Çok sağlam içerim" diyor. "Bir gece Black Velvet içiyordum ve belediye meclisindeki bir arkadaşımı arayıp, 'Şato inşa edeceğim' dedim. O da, 'Hadi ya, yapamazsın' dedi. Ben de, 'Görürsün, yapacağım' dedim. Ertesi sabah uyandığımda, 'Lanet olsun! Şato inşa edeceğim dedim, o halde yapmalıyım...' diye düşündüm."

Ama neden şato?

Jerry omuz silkiyor ve "Bilmiyorum" diyor. "İskandinav mirası falan filan işte. Şatolar hep ilgimi çekmiştir. İyi bir fikir gibi geldi bana. Kimsenin şatosu yoktu."

Jerry, Mazatlan'da balık avlamaktan esmerleşmiş teniyle, Camas, Washington'ın üzerindeki yeşil tepelere yerleştirilmiş şatosunun bir kanadını teşkil eden dairesinde oturuyor. Elli bir yaşındaki Jerry, Camas Emniyet Müdürlüğü'nden emekli bir polis. Köşeli bir yüzü, derin gamzeli bir çenesi ve grileşmiş gür bir Viking bıyığı var. Gür kaşları ve kafasını tamamen kaplayan saçları da gri. Üzerinde siyah, cepli bir tişört ve kot pantolon var. Kollarının ön kısmındaki eski dövmeler iyiden iyiye mora çalmış.

Meksika malı Delicados sigarası içiyor. "Meksika'dan getiriyorum" diyor. "Kartonunu yedi dolara alıyorum." Ve sigara içenlere özgü gür bir kahkaha atıyor.

Açık mavi gözleri, dairesindeki mutfağın açık mavi tezgâhına neredeyse bire bir uyumlu. Sade kahve içiyor ve kolunda gümüş kordonlu bir saat var.

Ataları Norveçliymiş, Kuzey Dakota'da doğmuş ama burada, Washington'da büyümüş. 1980'de emekli olmuş ve kendine küçük, ahşap bir ev yapmış. 1983'te ise hayallerindeki şatoyu inşa etmeye başlamış.

"Şatoyu taştan yapacaktım" diyor Jerry. "Burada çok fazla taş vardı. Ve yaklaşık altı ay bununla uğraştım. Taşlar. Çamur. Taşları yıkamak. Aman Tanrım!"

Beş buçuk dönümlük arazisindeki bir çukurdan taş çıkaran Jerry, yedi metrelik bir kule inşa etmiş. "Kulenin bir kısmını tamamlamıştım" diyor. "Ve bunun gerçekten yoğun emek gerektiren bir macera olacağını anlamıştım."

Gülüyor ve "'Bunun daha kolay bir yolu olmalı' diye düşündüm" diyor.

Elli yıldır alçı ustası olarak çalışan amcasını aramış ve dış kaplama konusunda bilgi almış. Temmuz 1983'te şatosunu ahşaptan yapıp, alçı dış kaplama kullanmaya başlamış.

"Bir sürü ikiye altı kereste, on beş santimlik bir kontrplak ve çok sayıda çengelli çivi kullanıyoruz" diyor.

Çerçeve, her yarım metrede üzeri on beş santim kontrplak kaplı bir ikiye altı keresteden oluşuyor. Yedi kilo katranlı kâğıt kontrplaka çengelli çiviyle bağlanmış, üstüne de alçı teli çekilmiş. Kümes tellerine benziyor ama alçının etrafında katılaşması için aralık bırakılmış. "İlk önce kaba sıvayı yapıyorsunuz, ilk adım bu" diyor Jerry. "Sonra ikinci sıvayı çekip, düzeltiyorsunuz. Sonra, akustik tavanlar için kullanılan bir akustik sprey aletiyle işe devam ettim. Beyaz kum ve Zonolite yalıtım malzemesi kullandım. Bunları akustik sprey aletinin içinde karıştırıp, hava basıncıyla uyguladık."

"Sadece dış kaplamada bile 180,000 kilo kum ve çimento mevcut. Kendi ellerimle sıvadım. Bir de bende ciddi bir yükseklik korkusu var. Son kurduğum iskele on metre yüksekliğinde olduğundan benim için feci bir işti. Aman Tanrım, berbattı ya; sadece parapeti yapmam bile üç gün sürdü."

Şatonun doğu yakasında üç katlı bir "kule" var. Kuleden batıya doğru uzanan iki kanat ortadaki avluyu sarmalıyor. Avlunun batı ucunda bir garaj bulunuyor. Kule yaklaşık 500 metre kare, her kat yaklaşık 150 metre kare. Kanatlardan her biri de yaklaşık 300 metre kare; bunlardan biri daire, diğeri ise depo olarak tasarlanmış. Garaj ise yaklaşık 150 metre kare.

Jerry inşa sürecini düşünürken bir sigara daha yakıyor. Bir kahkaha patlatıyor ve "Acayip hikâyeler var" diyor.

Kalenin kırk fit yüksekliğindeki duvarlarını tamamlamak için, portatif evleri çekmek için kullanılan çubukları –temelde on inçlik "I" tipi, kuyu koruma borusu uzunluğunda kirişler– kullanarak bir tripod kurmuş. "Gerçekten korkutucuydu" diyor. "Bir buçuk metreye üç metre sepetler yaptım. İçinde ayakta durabileceğiniz kadar yüksekti ve üç yanı tellerle çevriliydi, böylece bina üzerinde çalışabiliyordunuz. Ve elimde bir tonluk, on iki volt elektrikle çalışan, sekiz milimetre kalınlığında kabloları olan bir vinç vardı ve bunu sepetin üzerine bir uzaktan kumandayla yerleştirdim. Gözünüzde bir canlandırın: İki herif bu sepetin içine ellerinde bir top kablo, kâğıt ve diğer şeylerle birlikte biniyor. Sepete biniyor ve kendimizi çalışacağımız yere kadar çıkartıyorduk. Ne var ki sepeti yaparken kuyu koruma borusunu çok kısa tutmuşum; bu yüzden sepet parapet üzerinde çalışmamıza olanak sağlayacak kadar dışarı çıkıntı yapmıyordu."

Jerry, kulenin zirvesinin alev alev parladığı, mazgallı zirveden hemen önceki noktada, kırk fit yükselikte boşlukta sallanarak alçı kaplama yapmak zorunda kalmış.

"Bu şekilde yarıya kadar sorunsuz çıkabiliyorduk ama ondan sonrası tam anlamıyla belalı bir durumdu" diyor. "Sekiz milimetre kalınlığında kablolar üzerinde asılı duruyorduk ve aşağıda, sepeti dengede tutmaya çalışan iki kişi vardı. Ertesi gün kasabaya gittik, bir sürü kereste aldık ve bir iskele kurduk."

Sadece iskeleyi kurmak bile dört gününü almış.

Ama gerekli parayı bulmak daha da zor olmuş.

"Lanet olası bankacılar!" diyor Jerry. "Şato inşaat halindeyken onlarla konuştum ve onlar da şatoyu bitireceğimin garantisi olmadığını söylediler. Ben de 'Canınız cehenneme!' dedim."

"Bankadan kredi alamadım" diye ekliyor. "Eksperler üç kez geldi. Nihayetinde bunun 'normlara uymayan bir yapı' olduğuna kanaat getirdiler." Gülerek devam ediyor: "Aynen öyle! Normlara uymayan... Bayıldım ben bu tanıma."

"Bu yüzden birkaç dolar kenara koydukça, biraz daha inşa ediyordum" diyor. "Sonra param bitiyor ve ben de biraz para kazanmak için başka bir iş yapmak zorunda kalıyordum. Sonra geri dönüp, işe koyuluyordum. Elektrik ve su tesisatının nasıl döşeneceğini öğrendim. İnsan yaptıkça öğreniyor. Bunu bir daha asla yapmam demiyorum ama neyse ki yaşlanıyorum."

Şatonun içindeki katlar sekize on iki kirişlerin ağırlığını yüklenen, bir arkadaşının ağaç özeklerinden kaba kesimle elde ettiği sekize sekiz direklerle destekleniyor.

"İlk iki kat çok fena değildi" diyor Jerry. "Üçüncü kat ise tam bir baş belasıydı. Çok yüksekteydi. Evergreen Vinç, vinç kamyonunu getirdi. Operatör, vinç koluna eklenti yapmasına rağmen oraya çıkıp, kirişleri yerleştirmekte zorlandı. Acayip korkutucu bir şeydi."

Birinci kattaki mutfakta 1923 tarihli bir odun sobası ve küçük bir tuvalet var. Oturma odası ikinci katta. Yatak odası, büyük tuvalet ve banyo en üst katta. Burada tuvalete girdiğinizde yerden on metre yüksekte oluyorsunuz.

Şu anda boşanmış olan Jerry Bjorklund, şatoyu inşa ederken evliymiş. "Bu işe kadınları karıştırdığınızda, 'Yok şunu isterim yok bunu isterim, şuraya bir yemek odası isterim, bulaşık makinesi de şart' falan demeye başlarlar" diyor. "Bütün bunları karşılamaya başlarsınız ve bu da sizi ilk başta aklınızda olan şeyden uzaklaştırır."

Şatodan içeri girdiğinizde kendinizi evde gibi hissediyorsunuz; duvardan duvara halı ve kristal avizelerle tam anlamıyla bir ev burası. "Başka herhangi bir yerde yaşamak gibi" diyor. "İnsan şatoda yaşadığını unutuyor."

Şatoyu inşa etmeye başladığında Jerry kimseden resmi izin almamış.

"O noktada tamamen hükümet karşıtıydım" diyor. "Elbette, elimde izin falan yoktu. Kardeşim de, 'Bu şeyi yapmak için izin alsan iyi olur' dedi. Ben de bir maket yaptım ve imar müdürlüğünün yolunu tuttum. Oradaki yaşlı adam makete baktı ve 'Yüksekliği ne kadar?' diye sordu. Ben kırk fit deyince, 'Hayır, kırk fit olmaz. Yasa gereği en fazla otuz altı fit olabilir' dedi."

Bunun nedeni bir itfaiye aracının merdiveninin geleneksel olarak en fazla kırk fit olmasıymış. Bu yüzden Jerry bir değişiklik dilekçesi verip, en üst katın bittiği yer itibariyle şatonun otuz altı fit olacağını göstermiş.

"Nihayetinde kubbe, külah ve parapetlerin yönetmeliğe dahil olmadığına karar verdiler" diyor. "Ben de böylece kırk fit yüksekliğinde inşa edebilecektim. Sorun böylece çözüldü."

Jerry duvarlara kaba alçı sıvasını yaptıktan sonra balık tutmak için Kanada'ya gitmiş. "İlk önce şatoyu, sonra planları yaptık." Bir arkadaşına beş yüz dolar ödeyip, şatonun yapımına, mevcut bir tarım binasının –çok önce yıkılmış eski bir kulübe– yeniden modellenmiş hali olarak resmen izin veren bir belge almış.

Bir sigara daha yakıp, gülerek, "Aslında onları kazıkladım" diyor.

Jerry'nin şatosu, yapıldığı günden beri bir işaret kulesi olmuş.

"Alaska Havayolları'ndan konuştuğum pilotlar" diyor, "Seattle'dan gelirken buradan dönüş yapıyorlar. Onları tam şatonun üzerinden geçiren bir rota takip ediyorlar. Şatoyu yolculara anons ediyorlar. Birkaç pilotla konuştum; 'Biz buna PDX'e doğru Şato Dönüşü diyoruz' dediler."

Şatodaki en güzel gün 1993'te yaşanmış. Bir arkadaşının karısı şato için devasa flamalar dikmiş. Şatonun kalesinde dört, bahçedeki kale siperleri ve parapet kulelerinde ise yarım düzine kadar flama asılı. Kalenin 125 kilo ağırlığındaki kapısına şatonun arması olan ve Norveç'in armasına benzeyen bir aslan tasviri resmedilmiş. Bütün bunlar özel bir gece için yapılmış.

"Kızım on yıl önce burada evlendi. Büyük bir düğün töreni oldu. Üç yüz kişi falan vardı" diyor Jerry. "Burayı acayip süsledik. Büyük flamalar falan filan. Damadım Robin Hood kostümü, kızım ise Bâkire Marion kostümü giydi.

Ve 'Yaratıcı Anakronizm Cemiyeti' mensupları üç gün boyunca buradaydılar. Portatif duşlar ve on tane de portatif tuvalet yaptırdım. Tanrım, dans pistleri falan, her şey tastamamdı."

O zamandan beri ortaçağ hayranları şatoyu Rönesans festivalleri için kalıcı bir üs olarak satın almak istiyorlarmış. Başka bir çift de düğün törenleri için kiralamak üzere şatoyu satın almak istemiş; dönem kostümleri kiralayıp, yiyecek servisi yapmayı da planlıyorlarmış ama her şey çok hızlı gelişince Jerry geri adım atmış.

Yabancıları dışarıda tutmak için inşa edilen bir kalenin şimdi böyle sürekli meraklı akınına uğraması ne garip.

Jerry bir Delicato daha yakıyor ve "Buraya arabalarıyla gelen insanlarla çok sorun yaşadık" diyor. "Tanrım, bir sabah kalede kahve içiyordum ve bir gürültü duydum. Karım mutfaktan çıkıp, 'Ne oluyor ya?' diye sordu. Zemin kattaki küçük pencereden dışarıya baktığında bir herifin on iki metrelik motokaravanıyla bizim bahçe yolunda dönüş yapmaya çalıştığını gördü. Dönüşü yapması yaklaşık yarım saat sürdü."

"GİRİLMEZ yazan tabelalar koyduk ama" diyor, "herhalde okuma yazma bilmeyen çok fazla insan var; çünkü bunun ne anlama geldiğini bilmiyormuş gibi davranıyorlar."

Bağımsız bir yapım şirketi, ortaçağda geçen bir filmin fonu olarak kullanmış şatoyu. Jerry'nin anne ve babası şatoya en yakın iki evde yaşıyor. Devlet Çiftlik Sigorta Kurumu görevlileri neyi sigorta ettiklerini görmek için şatoya gelmek istemişler ama gelen giden olmamış.

"Kulenin altında bir zindan olduğuna dair söylentiler ortalıkta geziniyor" diyor Jerry. "Ben de insanların böyle düşünmesine izin veriyorum."

"Beni muhtemelen Camas'ın delisi olarak biliyorlar" diye ekliyor, "ama ne düşündükleri umurumda değil."

Şato, etrafı su kamışları ve çimenliklerle çevrili küçük bir gölün yanında yükseliyor. Jerry'nin ilk inşaatında kullanacağı taşları bulmak için kazı yaptığı, su altında kalmış maden burası. Yoğun emekle yapılan bu ilk kule o kadar sağlammış ki buldozerle yıkmak iki gün sürmüş. Şimdi bunun kalıntıları, su altında kalmış madenin derinliklerinden yükseliyor. Bu yıkıntıların yakınında, kaleye ait asma köprü gölün üzerinde uzanıyor. Köprü açılıp kapanabiliyormuş, ta ki Jerry'nin kardeşi Ken gelene kadar.

"Orada motorlu bir aygıt ve bir dizi de birleştirici vardı; altında da kablolar" diyor Jerry. "Herifin biri de gelip bir şalter taktı. Ama kardeşim gelip şalteri kırdı. Ben burada yokken birkaç kankasıyla gelmiş. Neticede hepsi sarhoş olmuş ve elbirliğiyle köprünün ağzına sıçmışlar. Şalterin içine etmişler. Sürekli çalıştırıp durmuşlar. Buraya gelen herkes bu köprüyü kurcalamak istiyor zaten. Ne bok oluyorsa..."

Jerry her kış Meksika'ya balık tutmaya gittiği için, şato biraz bakımsız kalıyormuş. Kalenin içinde alçıpan ve yalıtım yer yer dökülmüş. Duvarlarda kara lekeler ve rutubet izleri göze çarpıyor. İçerdeki ağır havada küf kokusunu duyabiliyorsunuz.

"Duvarların içinde yağmur borusu kullanıyordum. ABS'den yapılma bu borular işe yarıyordu" diyor. "Binanın üstüne oluklar yerleştirdiğimde kanallı sistem kullandım. Sonra da bu galvanize metalin içinden geçip, ABS'ye ulaşan bir yağmur borusu kullanmak zorunda kaldım. Birkaç boru taktık, işe yaradı. Fiberglas takviyeli bir çatı tercih ettik ve gerçekten dayanıklı çıktı; ama sonra yine su sızdırmaya başladı. Dört yıl önce falandı."

Alçı kaplama eskiden olduğu kadar beyaz değil. Bazı yerler çatlamış ve yer yer dökülüyor. Birkaç noktada alçının altındaki metal kafes görünüyor.

"En kötü kısmı da dış alçı kaplama" diyor Jerry. "İki kere sıva çektim: İlk sıvadan on iki yıl sonra ikincisini yaptım.

Sürekli temizlemek zorundayım. Su ve çamaşır suyu kullanıyor ve bu karışımı spreyle uyguluyorum ama etkisi çabuk geçiyor."

"Burası eski haline göre bayağı kötü durumda" diye ekliyor. "Ama onarmak mümkün."

Dolayısıyla, bu yıl şatoyu onarma yılı. Ama başka projeler de var. Garajda otuz bir yaşında, yıpranmış, beş metrelik bir StarCraft balıkçı teknesi duruyor. Jerry, teknenin baş kısmına yerleştirmek için, bir gözü kırmızı diğer gözü yeşil metal bir ejderha yapıyor. İçine çekilen tesisat sayesinde ejderha ateş püskürtebilecekmiş. Teknenin düz baş kısmını çalkantılı sularla daha iyi başa çıkabilmesi için on iki inç yükseltecekmiş.

"Tekneyi Meksika'da suya indireceğim ve öğleden sonraları başımız belaya girecek" diyor. "Rüzgâr şiddetini artıracak ve üç dört metrelik dalgalar içinde yüzüyor olacağız. Teknenin baş kısmı düz ve açık olursa, sorun yaşarız."

Geriye dönüp baktığında şöyle diyor: "Benim tavsiyem şu: Sakın yapmayın bunu! Dış kaplamaya bakınca, alçı kaplamanın bu bölgeye uygun olmadığı açıkça görülüyor. Yeni dış alçı kaplama malzemeleri ürettiler; ben de onlardan kullanacağım. Çok daha iyiler. Ama ben burada kadınlarla birlikte yaşadım; yok şunu sevmem, yok bunu sevmem, yok merdiven inip çıkmayı sevmem falan filan deyip duruyorlardı. Şu anda burada kadın olmamasının sebebi de bu herhalde." Ve yine gülüyor.

Jerry Bjorklund çok gülüyor. Çok yukarılarda, Portland Uluslararası Havaalanı'na inmek üzere "şato dönüşü"nü yapmakta olan bir jet uçağının uğultusunu duyabiliyorsunuz.

Ve her şey dönüp dolaşıp o geceye, Black Velvet içtiği geceye bağlanıyor...

"Bunu yapacağımı söylemiştim bir kere" diyor Jerry. "Muhtemelen beni mahveden başlıca şey de buydu. Birine bir şeyi yapacağımı söylediğimde, bunun neye mal olacağı umurumda bile olmaz."

Ama bu, Jerry Bjorklund'un pişman olduğu anlamına gelmiyor.

"Bence bir sürü insan diğer insanların yaptığı şeyleri yapıyor. Ben asla öyle olmayacağım. Asla da olmadım." Bir Meksika sigarası daha yakıp, yine o pürüzlü kahkahasını atıyor.

Şimdiye kadar üç şato inşa etmiş olan Roger DeClements için ise, ilk şato daha çok hız ve para tasarrufuyla alakalıymış. Edmonds, Washington'da doğan Roger 1970'lerde müteahhit olarak çalışmış. Roger evli ve üç çocuğu var ve karısı doktorlardan korktuğu için üç çocuğu da şatolarda doğmuş. İlk iki çocuğu Seattle'ın kuzeyindeki Everett'in doğusunda yer alan Snohomish'in beş mil kuzeyinde bulunan Machias, Washington'da inşa ettiği şatoda doğmuş. Machias, adını Maine'deki bir kasabadan alan, Pilchuk Nehri'nin üzerinde bir vadiye kurulmuş, küçük bir kasaba. 1902'de inşa edilmiş, çan kuleli beyaz bir kilisesi var.

"İlk şatom için" diyor Roger, "mali destek almıştım. 1980 yılıydı, faiz oranı yüzde on sekizdi, yerel bankalara başvurduk, kimse kredi vermiyordu. Birileri Citicorp'tan bahsedince biz de oraya gittik ve onlar da, 'Elbette... Yüzde on sekiz faizle...' dediler."

Ama Citicorp paranın ne için kullanılacağını bilmiyormuş.

"Şato inşa edeceğimi bilmiyorlardı" diyor Roger. "Sadece teminat istiyorlardı; biz de başka bir evi ipotek ettik. İkinci şato için kendi paramızı kullandık. Üçüncü şato için de kendi paramızı kullandık; sonra da kaynak aramaya devam ettik ve bir bankacı gelip, şatoyu görüp, yeniden finanse etti."

"İlk şato aslında bir betonarme kaldırma şatoydu" diyor. "Kumla duvarların şeklini hazırladık, betonarme demirlerini koyduk, içine çimento döktük, duvarları kaldırdık ve bu şekli kumdan elde etmiş olduk. Çok ucuza mal oldu ve beş hafta içinde tamamlandı. Baştan sona her şeyi kendim yaptım."

Roger, Disneyland'deki ve filmlerdeki şatoları temel alarak, kendi planlarını çizmiş.

"Washington eyaletinde" diyor, "planlarınızı bir inşaat mühendisine götürüyorsunuz, o da mühür basıyor. Sonra da hiç sorun yaşamıyorsunuz."

"Ben kimya ve fizik mezunuyum ama mimari ve mühendislikle yakından ilgileniyorum" diyor. "Ve şatolar konusunda uzmanım."

"İlk şatom tek kuleliydi" diyor. "İki katlıydı ve toplamda iki yüz elli metre kareden oluşuyordu. Aslında temelde bir bodrum katı gibi inşa edilmişti; beton duvarları sonradan kaldırmıştık. Sonra da ikiye dört keresteler çakarak dış yüzeye yalıtım yaptık ve iç yüzeyi de alçıpanla kapladık. Ülkenin her yerinde insanlar şatolarını böyle inşa etmeye başlıyorlar ama ben bunun çok işe yaramadığını gördüm. Ayrıca herkes gelip, 'Gerçek taş mı bu?' diye soruyordu. Ben de bu sorudan bıkmıştım."

"Kuleyi bir gün içinde inşa ettik; yani komşular için büyük bir sürpriz oldu. Hopp, karşınızda bir kule" diye ekliyor.

"Çocuklar bahçe yoluna gizlice girip, aşırı korkmadan ne kadar ilerleyebileceklerini görmeye bayılıyorlar. İnsanlar yolda durup fotoğraf çekiyorlar."

İlk şato sadece 14.000 dolara mal olmuş ve beş hafta içinde tamamlanmış. Halen Pilchuk Nehri yakınlarındaki beş dönümlük arazide bulunuyor. Elektrikle ısınıyor ama Roger'ın hız ve masraftan tasarruf etmesinin bedelini, DeClements ailesi konforundan feragat ederek ödemiş.

"Duvarları kaplamak suretiyle yalıtımı dışarıdan yapmak" diyor Roger, "pek işe yaramıyor. Soğuk, betonun içine işliyor. Yalıtımın olduğu yere işliyor. Sonra içerideki sıcak hava yalıtımdan geçerek, betonun ya da kiremitlerin soğuk yüzeyiyle temas ediyor. Sonra da su yoğuşuyor. Bir su molekülü yoğuşur yoğuşmaz başka biri onun yerini alıyor. Böylece yalıtımın arkasındaki soğuk duvarda bu daimi yoğuşma gerçekleşiyor. Bu bir sorun çünkü küf oluşuyor ve ortalık bodrum kat gibi kokuyor."

Roger üniversiteye dönüp, yüksek lisans yapmak için, şatoyu stüdyo olarak kullanacak bir sanatçıya satmış. "İkinci şatomu inşa etmeden önce üniversiteye geri döndüm ve çok şey öğrendim" diyor. "1975'ten yaklaşık 1987'ye kadar müteahhitlik yaptım, geleneksel yöntemleri kullanarak meskenler ve ticari amaçlı binalar inşa ettim. Üniversitede ısı aktarımı ve nemle ilgili fiziksel sürece dair çok şey öğrendim."

"Bu yüzden" diyor, "ikinci şatoda gerçek taş kullandık."

İkinci şato Sedro-Wooley, Washington'da bir şelalenin yukarısındaki bir kayanın üstüne yerleştirilmiş. Bölgedeki çocukların yüzdüğü doğal bir gölete bakan, kayalık bir uçurumda duruyor şato. Elektrik yerine, odun sobasıyla ısıtılıyor.

"İkincisini tam bir şato gibi görünecek şekilde tasarladık ama ne zaman inşa edildiğini söylemek mümkün değil. Tamamen taş kullandık ve yeni bir inşa yöntemine başvurduk. Çift duvarlı bir şato yaptık: Dış yüzeyde taş kullandık, sonra araya, cenderelenmiş bir strafor çektik, ardından sert, güçlendirilmiş beton ve son olarak yine taş kullanarak duvarı tamamladık. İç taraftan beton ya da yalıtım görülmüyordu. Tek gördüğünüz şey taştı."

Roger adım adım açıklıyor: "İlk önce betonarme demirini koyuyor, sonra da yalıtım panolarını yerleştiriyorsunuz. Akabinde de elektrik tesisatı, su tesisatı, yüksek hızlı internet, artık ne isterseniz onu çekiyorsunuz. Sonra biri içeride biri dışarıda olmak üzere iki taş duvar inşa ediyorsunuz. Yaklaşık iki buçuk metre yüksekliğe ulaştığınızda iki duvarın arasını betonla dolduruyorsunuz. Sonra her şeyi baştan yapıyorsunuz. Paslanmaz çelik çubuklarla birbirine bağlanan iki taş duvar daimi bir somut biçim teşkil ediyor. Tıpkı Romalıların uzun zaman önce yaptığı gibi. Aynı şeyi yaptılar. Metal kirişler kullanmıyorlardı; iki taş duvarı birbirine bağlamak için ekstra-uzun taşlar kullanıyorlardı.

"Kare şeklinde kesme taşlar bulabileceğimiz bir taşocağı arıyorduk. Böylece yuvarlak taşları aynı yere yığmaya çalışmak zorunda kalmayacaktık. Bu nehir taşlarıyla da yapılabilirdi ama çok zaman alırdı ve o kadar da sağlam olmazdı."

İkinci şato beş dönüm değil yirmi dönümlük bir arazi üzerine kurulu. Yapımı da beş hafta değil, 1992-1995 yılları arasında olmak üzere üç yıl sürmüş.

"İkinci şato birincisi gibi yoldan görülmüyordu" diyor. "Biraz daha uzaktaydı. Arsayı ucuza kapatmıştım çünkü oraya gitmenin tek yolu üç buçuk metre derinliğindeki koyaktan geçmekti. Ben de buraya metal bir köprü yaptım ve sonra da bütün malzemeleri el arabasıyla taşıdım. Bazen oraya gittiğimde, yaptığım şeylere inanamıyorum."

Ama Roger yine de bu işi sevdiğini söylüyor. "Bir sürü insan buraya gelip, 'İnanamıyorum ya, asla böyle bir şey yapamazdım' diyor. Bence bu temelde basit ve açık bir şey. Son derece de rahatlatıcı. Orada, temiz havada, ağaçların arasında taşları üst üste dizmek... çok huzur verici ve rahatlatıcı bir şey."

Bu noktada, ilginç bir not düşebiliriz: Carl Jung bilinçaltını, taşlarla bir inşaat oyunu oynarken irdelemeye başlamış. Bir yapboz gibiymiş. Taşları yerlerine yerleştirirken, hayatının geri kalanını şekillendirecek düşüncelerin patlak verdiği uzay derinliklerine daldığını hissetmiş.

"Yapboz gibi" diyor Roger DeClements. "Bütün parçaları yerine oturtuyorsunuz. Ama insanı germiyor; zihninizin dakikada bir mil hızla koşmasını da gerektirmiyor. Ve yaratıcı da davranabiliyorsunuz çünkü kıvrımlar, kuleler ve farklı şekiller oluşturabiliyorsunuz."

Peki, şatoda yaşamak nasıl bir şey?

"Şatoda yaşamak evde yaşamaktan farklı" diyor. "Şato sessizdir. Rüzgârla sarsılmaz. İçerinin ısısı dışarının ısısına göre değişmez. Taş, ısıyı sabit tutar."

"Ama" diye ekliyor, "ortaçağ şövalyesine falan dönüşmeyi başaramadım. Hâlâ aynı insanım."

Bu şatonun uzunluğu on metreymiş; kemerli pencereleri ve üç katta toplam bin beş metre kare yaşam alanı varmış. Ama şatoyu satıp yoluna devam etmeye çalıştığında ilk iki emlakçı duraksamış. Emlak piyasasında mukayese edilebilecek satışlar yokmuş. Sonraki emlakçılar ise endişeye mahal yok demişler, hemen üç net rakam belirlemişler ve şatoyu 1995'te 425.000 dolara satmışlar.

Sonra yeni bir "şato arazisi" aramaya koyulmuşlar. Utah'a bakmışlar ama araziler ya çok pahalıymış ya da kullanılabilir su yokmuş. "Logan'dan yukarı, Jackson, Targee, Sun Vadisi ve daha da yukarı Montana'ya, Big Sky'a kadar çıktık ve sonra da hepsinden katbekat daha iyi olan bu yere ulaştık."

Şimdi Idaho'da, Schweitzer Dağı'nda, kayak bölgesinde yer alan Bonner County'deler.

"Önceden plan yapabilir ya da hemen inşaata başlayabilirsiniz" diyor Roger. "Nerede olduğunuza bağlı. Farklı bölgeler, farklı şehirler ve farklı ülkelerde farklı izin belgeleri isteniyor. Bazı yerlerde izin almak birkaç yıl sürebiliyor. Bazı yerlerde ise on dakika sürüyor bu iş. Idaho'yu sevmemizin nedenlerinden biri bu. Burada izinler kolayca alınıyor."

"Şato arazisi arayan birçok insana" diyor, "ilk önce gidip ilçe planlama müdürlüğüne danışmalarını söylüyorum. Bir sürü insan 'Seksen fit yüksekliğinde bir kule istiyorum...' diye hayal kurabilecektir. Bu yüzden gidip, otuz beş fit limitinin ya da başka bir mimari şartın olup olmadığını kontrol etmeleri gerekiyor."

Roger, Idaho'daki şatoya, burada doğan kızına atfen Kataryna Şatosu ismini vermiş. İçinde bir spiral merdiven, ceviz ağacından ahşap işlemeler ve çoğu vitraylı Gotik kapı ve pencereler yer alıyor.

Şatoyu gezdirirken Roger kendi yaptığı, ceviz ağacından pencere çerçevelerini gösteriyor. "İkinci şatoda pencere çerçevelerini duvarlar inşa edildikten sonra yerleştirmiştik. Bu üçüncü şatoda pencereleri betonarme demiri ve yalıtımdan hemen sonra taktık, ardından da etrafına taşları yerleştirdik. Bu çok daha otantik bir görünüm kazandırıyor. İkinci şatoda keresteleri kesip, sonra etrafını kalafatlamak zorunda kaldık. Üçüncü şatoda ise ilk önce pencereleri yerleştirdik, pencereleri korumak için plastikle sardık, sonra da etrafına taşları döşedik, pencere çerçevelerini, hareket edip, genişleyebilen dış taş katmana iliştirdik. İç taraftaki taş katman yetmiş iki derecelik bir açıyla duruyor, dış katman ise sıfırdan yüz dereceye kadar gidiyor, yani genişleyip daralabiliyor. Böylece pencereler dış yüzeyle birlikte hareket ediyor. Pencereleri dış yüzeye iliştirdik çünkü pencereleri havaya karşı yalıtmak istediğimiz yer burasıydı."

Bu en son kaledeki bir diğer yenilik de "hidronik" ısıtma sistemi. Zeminin altına yerleştirilmiş borularda akan su, bir buhar kazanı aracılığıyla ısıtılıyor. Her yere eşit dağılan, sessiz bir ısı sağlıyor ve şatonun yapıldığı taşlardaki termal ısı, sistem kapatıldıktan üç gün sonra bile muhafaza edilebiliyor.

Roger şato kapılarının yanındaki küçük bir odada bulunan buhar kazanını gösterirken, "Bunu seviyorum çünkü konvektör ya da basınçlı hava panjurları kullanmak şatonun görüntüsünü bozardı" diyor. "Bunu bu odada saklıyorum, görünmez oluyor ve ayrıca vantilatör sesi falan da yok."

Yalıtılmış taş duvarlar ve hidronik ısı sayesinde Roger DeClements yaşanabilir bir şato için mükemmel formülü bulmuş. Yani, neredeyse mükemmel...

"İlk şatoyu yaparken küf sorununu öngörememiştim" diyor. "Şimdi büyük bir sorun oldu bu. Birkaç yıl önce evlerde sorun radondu, şimdi ise küf. Evleri o kadar kapalı yapıyorlar ki bütün nemi içeri kilitliyorlar ve nem soğuk bir yüzeye temas ettiği anda yoğuşuyor. Yeni yöntemimiz, yani duvarın içine yerleştirdiğimiz yalıtım katmanı sayesinde nem asla duvara yaklaşamıyor. Bu yüzden eşim şatodaki havanın çok kuru olduğundan yakınıyor. Dışarıda yığılmış, yedi metre kar var ve o hâlâ 'Burası çok kuru' diyor."

Kuru hava sorununu çözmek için merdiven boşluğuna ısıtmalı bir yüzme havuzu yerleştirmiş. Havuza, taştan yapılma bir tırabzan başlığından bir şelale akacakmış. Taş resiflerin üzerine mumlar konacak, pompa ve filtreler de yeraltı mağarasında saklanacakmış.

Tıpkı Jerry Bjorklund gibi Roger da karısının şatoya dair kendi fikirlerinin olduğunu fark etmiş. Haziran 1999'da işe koyulan Roger –tıpkı Jerry'nin çubuklardan yaptığı tripod gibi– üçüncü şatoyu vinç kullanarak inşa etmeyi planlıyormuş ama karısı vincin ortalıkta hareket edebilmesi için kesmesi gereken ağaçları kesmesine izin vermemiş. Bu yüzden, ikinci şatoyu yaparken olduğu gibi, Roger yine taşları kendi elleriyle taşımış.

Şimdi, karısı sağ olsun, şato bölgedeki şimal çamları, sedir ağaçları, çam ağaçları ve taşlıklı yabanmersini tarlalarıyla dolu. Geyikler, Kanada geyikleri ve ayılar etrafta cirit atıyor. Manzara Rocky Mountains ve Montana'ya kadar uzanıyor. Roger'ın bu manzaranın tadını çıkarmak için bol bol vakti olmuş.

"Taşları teker teker oraya çıkardım" diyor. "İkinci şatoyu tamamen kendi ellerimle inşa etmiş, taşları o köprünün üzerinden el arabasıyla taşımıştım. O çift taş duvarları inşa ederken, duvarların her iki yanına da, çıkıntı yapan tutamaklar koyduk ve karşılarına da payandalar yerleştirdik. Duvarlara tutamaklar yerleştiriyor ve yukarı tırmandıkça bunları çıkartıyorduk. Eski şatoları böyle inşa etmişler. Bunlara 'tutamak' diyorlarmış. Eğer Avrupa'daki eski şatoların fotoğraflarına bakarsanız duvarlardaki bu delikleri görürsünüz. Elbette bazıları ok fırlatmak içinmiş ama küçük delikler duvarların yüksekliği boyunca iskele kurmamak için kullandıkları bu tutamakları yerleştirmek amacıyla kullandıkları deliklermiş. Ben şatoları böyle inşa ettiklerini bilmiyordum."

İskele işlevi gören "tutamakları" çıkardıktan sonra Roger küçük deliklerin çoğunu kare taşlarla kapamış. Bazılarını da havalandırma deliği olarak bırakmış.

Bütün kış çalışmaya devam edebilmek için inşaat platformunun etrafını kontrplakla kaplamış, böylece kendini dağ rüzgârlarından, kardan ve sarp bir tepe yamacında yükselen beş kat yüksekliğinde bir duvarın üzerinde çalışmanın doğuracağı tehlikelerden korumuş.

"Dışarısı eksi beş dereceyken" diyor Roger, "bütün kış taş döşemeye devam ettim."

Roger ve yardımcısı, köknar ağacından yapılma, kaba kesim sekize sekiz Douglas kirişleri tek tek kiriş yuvalarına yerleştirmişler. İç duvarları yarı değerli taşlarla bezemiş. Mor kuvars. Sitrin. Pembe kuvars taşı. Kuvars kristalleri. Mutfak dolaplarına kendi elleriyle dekoratif şekiller oymuş ve taş duvarlara cam mozaikler yerleştirmiş. İkinci katta, şömine rafının üzerinde duran metal bir heykeli gösteriyor.

"Şu ejderhayı görüyor musun?" diyor. "Her şatoda mutlaka bir ejderha olmalı."

Dar vitray camlar parlak dağ ışığı altında kırmızı, mavi ve sarı neon renkleriyle parıldıyorlar. Bazı pencerelerde renkli cam paneller şeffaf çift camlı pencere katmanlarının arasına yerleştirilmiş. Diğer pencelerde çerçevedeki tek cam, vitraylar.

"Bazı pencereleri" diyor Roger, "geleneksel yönteme geri dönüp, vitrayla biraz süslemeye çalıştım. Çift camlardan mümkün olduğunca uzak durmaya gayret ediyorum. Aya baktığınızda çift ay gibi bir şey görüyorsunuz. Eğer sadece normal cam kullanırsam ayı olduğu gibi görebilirsiniz."

Mazgallar, Columbia Nehri'nden çıkarılma sivri bazalt taşlarla bezeli. Tavan dört metre yüksekliğinde. Bütün pencereler taş duvarlardaki sivri uçlu Gotik kemerlerin içine yerleştirilmiş.

"Pencereleri taşlarla beziyorsunuz, ta ki taşların düşeceği noktaya gelene kadar" diye açıklıyor Roger. "Daha yukarısı için, taşları çubuklarla destekliyoruz. Daha büyük pencerelerde, zirve noktasını oluşturmak için küçük bir kalıp hazırlıyorum. Birkaç çubuk, taşları desteklemeye yetiyor ama kalıp kullanınca işler daha hızlı ilerliyor. Taşları yığıp, kalıbı çıkartmanız yeterli."

"Çubuklardan birine çarparsanız" diye ekliyor, "taşlar dökülmeye başlıyor."

Pencerelerden taş işlemelere, dahili elektrikli süpürge sisteminden konik çatılardaki ahşap padavralara kadar her şeyi Roger DeClements kendisi yapmış. Çatıdaki kafes kirişlerinin içine kendi adını yazıp, tarihi atmış. Ve taşları döşemeyi bitirdiğinde antik duvarcı geleneğini uygulayıp, keski ve malasını duvarların içine gömmüş. Ama bu kazara olmuş. Aletler iki taş katmanın arasına düşmüş ve Roger da kalıcı şekil vermek için araya döktüğü çimentoyla, aletleri gömmüş.

Fakat bütün bunlara rağmen Kataryna Şatosu henüz tamamlanmamış. Hâlâ, inşa etmesi gereken bir asma köprü var. Kanadalı bir taşocağı yirmi palet –otuz iki ton– taş getirecekmiş. Roger yeterince parası olursa, daha da yukarılarda, mevcut kalenin arkasında bir "büyük salon" inşa etmeyi ve sonra da iki binayı Jerry Bjorklund'un şato planına benzer bir şekilde avluyu çevreleyecek mazgal duvarlarıyla birbirine bağlamayı planlıyor.

Dahası, Roger DeClements şimdiden dördüncü şatosu için yeni bir arazi aramaya başlamış bile. Demircilik öğrenmek ve bir sonraki projesinin etrafına bir ortaçağ köyü inşa etmek istiyor.

"İlk üçü, kral ve kraliçenin yaşayacağı şato kalelerinden ibaretti" diyor. "Büyük avlu duvarları, büyük giriş kuleleri ve kapılarıyla, yedi bin metre karelik bir şato inşa edemedim. Bir sonrakinde, katedrallerinki gibi kirişleri olan büyük bir salon ve etrafı çevreleyen avlu duvarları inşa etmek istiyorum. Kafamda planlar hazır ve bir kısmını da kâğıda döktüm."

"Oregon sahiline baktık" diye ekliyor, "ama bütçemizi aşıyordu."

Roger DeClements, hayalindeki şatoyu inşa etmek isteyen tek insan değil. Kataryna Şatosu için bir web sitesi hazırlandığından beri şahsi şato projeleri için ülke çapında bir guruya dönüşmüş. Bütün eyaletlerden insanlar onunla temasa geçip, fantezi projelerini nasıl inşa edecekleri konusunda ondan tavsiye istemişler.

"İnternet sayesinde bütün bu insanlar benimle temas kurabiliyor" diyor. "Şatoları tutku haline getirmiş bu kadar çok insan olduğunu hiç fark etmemiştim. Şatolara bayılıyorlar. Bir sürü insan 'Şato yapmak yıllardır hayalimdi' diyor. Ve bunu hayal edenler sadece erkekler değil, aralarında kadınlar da var."

Yeni Amerikan şato hareketinin önderi olarak, "İnsanlar romantik şato çağına dair tahayyül ettikleri şeyleri sevdikleri için bu işi cazip buluyorlar" diyor. "O zamanlar hayatın daha iyi olduğunu düşünüyorlar. Kafalarında canlandırdıkları ortaçağı yaratmayı iş edinmiş insanlardan oluşan, 'Yaratıcı Anakronizm Cemiyeti' diye bir topluluk bile var. O dönemleri olduğu gibi değil, hayal ettikleri gibi canlandırıyorlar. Ayrıca filmler ve Disney şatoları da insanlarda şato isteği uyandırıyor."

Bir inşaat mühendisi olarak da, "Ayrıca" diyor, "keşfedilen yeni materyallerle birlikte birçok evin ömrü gittikçe kısalıyor."

Şimdi Alaska'dan Florida'ya kadar pek çok yerdeki insan Roger'ın yaptığı hatalardan dersler çıkarıyor.

"Bu şatoyu internete ilk koyduğumda, bütün Amerika'dan şato yapmam için siparişler yağdı. Bütün o taşları döşeyecek sabra, zamana ve bunu doğru düzgün yapacak bilgiye sahip olan çok az insan var.

"Kendi başına şato inşa eden çok sayıda insan var, tıpkı benim başta yaptığım gibi. Bir blok ya da betonarme bir kafes inşa ediyor, sonra sıvayıp, yalıtıyorsunuz. Ama ben bunu tavsiye etmiyorum. Sonuçta elinize sadece rutubet kokulu bir bodrum katı geçiyor."

İnsanların talepleri karşısında Roger elinden geleni yapıyor. "İnsanlar sık sık beni arayıp, projelerini anlatıyorlar" diyor, "ve ben de onlara yol göstermeye çalışıyorum ama çoğu eski yöntemlere geri dönüyor çünkü masrafları kısmak istiyorlar. Bu onlara uzun vadede hakikaten acı veriyor çünkü işin zorlu yönlerini keşfediyorlar."

"Sonuçta şato sorunlarına dair birçok tavsiye veriyorum" diyor.

Şatonun milyon dolarlık değerine karşın DeClements ailesi zengin değil. Roger, yakınlardaki kayak bölgesinde Windemere Realty'de emlak danışmanı olarak çalışıyor ve bu şatonun inşa sürecinin büyük bir kısmında altı kişilik ailesiyle –altı ile on yaş arası üç çocuğu ve bir de eşinin bir önceki evliliğinden bir çocuğu var– birlikte şatonun sadece ikinci katını kullanıp, yaklaşık üç yüz metre karelik bir yaşam alanını paylaşmışlar.

"Çocuklarım diğer çocukların onlarla alay etmelerinden, gelip şatoyu görmek istemelerinden bıkmış durumdalar. Normal bir evde yaşamak ve fazla ilgi çekmemek istiyorlar" diyor. "Karım da sürekli gelip giden insanlardan biraz rahatsız oluyor. Ama ben insanlarla konuşmayı seviyorum. Bir sürü insanın 'Daha yeni Avrupa'ya gidip şatoları gezdik...' gibi şeyler söylemesi beni şaşırtıyor. Bu bir rastlantı mı yoksa ben böyle insanları mı çekiyorum, bilmiyorum."

Biraz garip ama benzer tutkulara sahip olan ve birbirlerine görece yakın yerlerde yaşayan bu üç kişi, Jerry Bjorjklund, Roger DeClements ve Bob Nippolt hiç tanışmamışlar. Birbirlerinin şatolarını hiç görmemişler. Bir şatodan diğerine arabayla sadece birkaç saatte gidilebiliyor ama birbirlerinin adını bile duymamışlar.

Carl Jung, akıl hastanesinde çalışırken bütün delilerin sanrılarını kısıtlı bir imge ve fikir deposundan devşirdiğini fark etmiş. Bunlara da "arketipler" demiş ve bu imgelerin kalıtım yoluyla aktarıldığını ve her insanın bunlara sahip olduğunu öne sürmüş. Yazdıkları, çizdikleri ve sonra da kendi inşa ettiği şatosu –"taşa fısıldadığı sırları"– aracılığıyla Jung kendi bilinçaltı hayatını irdelemiş ve kayıt altına almış.

Şato inşa eden bu insanların hiçbiri Carl Jung'un adını duymamış.

Washington ve Oregon arasındaki sınırda yer alan Columbia Gorge yakınlarında, White Salmon Nehri'nin ağzının yaklaşık yedi mil yukarısında başka bir şato dağların arasında yükseliyor. DeClements'in şatosunun aksine bu şato vadi toprağında, kayalıklı bir noktada, hızla akan, beyaz köpüklü nehrin oluşturduğu bir kaviste yükseliyor. Şato altmış beş fit yüksekliğinde, ana kayaya oturtulmuş bodrum katın üzerinde dört kat yükseliyor. Dimdik merdivenleri, balkonları ve gizli bir odası var.

Askeriyeden ve daha sonra yaptığı özel jet pilotluğundan emekli Bob Nippolt'un saçları gür ve bembeyaz. Üzerindeki kot pantolunu, tenis ayakkabıları ve siyah çerçeveli gözlüğüyle rahat bir hali var. Yıllarca şato merdivenlerini tırmanmasının ardından bugünlerde biraz aksak yürüyormuş. Ataları İrlandalı olan Nippolt gayda çalmaya çalışıyormuş. Yaz geceleri açıkhavada, nehrin üzerinde yükselen şato terasında uyuyormuş.

Şatosunun oturma odasında, bir sehpanın üzerinde çerçeveli bir siyah beyaz fotoğraf duruyor. İşlenmemiş taştan yapılma bir evin fotoğrafı.

"Büyük büyük babam İrlanda'dan, Cork civarından gelmiş buraya" diyor Bob, fotoğrafı elinde tutarak, "ve Kuzey Dakota'da bu taştan evi yapmış. Kuzey Dakota'ya 1870'lerde gelmiş olmalı. Ev o zamandan beri harap durumda ama bir vakıf evi restore etmeye çalışıyor."

Kendi inşaat projesi hakkında, "Neden şato inşa etmek istedim bilmiyorum" diyor. "Sadece birkaç bekçi kulübesi fotoğrafı görmüştüm. İrlanda ve İskoçya'da da birkaç bekçi kulübesi görmüştüm. Bunun eğlenceli olacağını düşünmüştüm. Sonra kapılıp gittim. Zıvanadan çıktım."

1988'de, 1500 metre karelik şatosunu betonarme bloklardan inşa etmeye başlamış. Dört kat ve bir de bodrumdan oluşan şatonun duvarları yirmi inç kalınlığında. Duvarlar iki adet sekiz inçlik kalın bloktan oluşuyor ve aralarında da yaklaşık dört inçlik bir boşluk var. Takviye için her bir duvarı destekleyen 0.75 inçlik çelik bir betonarme demiri kullanılmış ve her üç bloktan biri çimentoyla doldurulmuş. Yalıtım sağlamak için de duvarlar arasındaki boşluk vermikülitle doldurulmuş. Aradaki dört inçlik boşluk ayrıca su ve elektrik tesisatına da ev sahipliği yapıyor.

Tıpkı Roger DeClement'in kalesinde olduğu gibi, ısıtma bodrumdaki bir buhar kazanında ısıtılan ve beton zemindeki borularla dağıtılan sıcak suyla sağlanıyor.

Birinci katı çelik kirişler destekliyor. Üst katlar ise birbirine yakın konumlandırılmış sekize on iki kirişler üzerinde duruyor.

"Bütün kirişleri Salem, Oregon'daki iflas eden bir şirketten aldım" diyor Bob. "Gidip malzemelere baktım ve iki kamyon dolusu kiriş satın aldım. Bunları... bir şey için kullanırım diye düşündüm. İşte o zaman aklıma şato yapmak geldi."

"O kirişleri asla bulmamalıydım" diyor.

İlk önce gelecekte şatosunun yükseleceği arazinin karşısındaki küçük gölün kenarına bir Kızılderili çadırı kurmuş. Bütün inşa süresi boyunca da ahşap destekli çadırında kalmış.

Bob'un kullandığı malzemelerin çoğu –tıpkı Bob gibi– başka bir yerdeki başka bir önceki hayattan buraya gelmiş. "Satılık ilanlarını hep okurum" diyor. "Buradaki malzemelerin çoğu buraya getirip planya tezgâhından geçirdiğimiz eski kereste ve kütüklerden oluşuyor."

Kirişler bir iflas satışından alınmış. Çelik çatı yıkılan eski Standart Petrol binasından gelme. Bar, Portland, Oregon'daki eski East Ave Tavernası'dan alınmış. Bütün yalıtım malzemelerini de restore edilen bir Safeway süpermarketten bedavaya almış.

Tıpkı Roger'ın kalesi gibi pencerelerde ve kapılarda sivri uçlu Gotik kemerler göze çarpıyor ve spiral merdivenin iç kısmında uzun bir vitray duvar resmi yer alıyor. Pencerelerde perde yok ama etrafta komşu da yok. Yerler taş döşeme: Çin'den ya da Adams Dağı civarından gelen arduvaz taşı.

Betonarme blok duvarları yaparken, mükemmele yakın bir iş çıkaran yaşlı bir duvar ustasıyla çalışmış. "İşini yavaş yapıyordu" diyor Bob, "ama işi biliyordu. En üst kata geldiğimizde, çatımız sadece bir inçin üçte sekizi kadar çıkıntı yapıyordu. Tam bir kare oluşmuştu."

Jerry Bjorklund'un yaşadıklarının aksine, Klickitat County'deki yerel plancılar şatonun yüksekliğini sorun etmemişler. "Bana yükseklik konusunda hakikaten sorun çıkarmadılar" diyor Bob. "Ama şimdi olsa çıkarırlardı. Artık çok titizler. Ve şatoda o kadar çok kural ihlali yapmışım ki –yönergelere uymadığım merdiven boşluğunda olduğu gibi– nihai denetim için buraya geldiklerinde, 'Bob, umarız asla nihai denetimden geçmezsin' dediler. Bu iş orada kaldı."

Nihai resmi imzadan yoksun olmasına karşın Bob yasalara uyduğundan emin. "Benim orijinal izin belgem çok eskilere dayanıyor" diyor Bob. "O zamandan beri yasalar değişti, yani ben ilçe denetimleri konusunda eski tertip tarafından korunuyorum."

Ama altmış beş fit yüksekliğe çıkınca ayrıntılarda sorun yaşamışlar. "Elektrik kabloları" diyor, "tamamen elektrik borularının içinde. Elektrik çekeceğim noktaya geldiğimde, müfettiş bunun üç kattan fazla olduğu için ticari bir bina olduğunu, bu yüzden de bütün kabloların boru içine konması gerektiğini söyledi. Aksi takdirde muhtemelen kullanmazdım bu boruları ama şimdi iyi ki kullanmışım diyorum." DeClements'in şatosunda olduğu gibi uzun çam ağaçları şato duvarlarına o kadar yakın ki oluklardaki çam iğnelerinin temizlenmesi gerekiyor. Çok yüksek olduğu için, korkutucu bir iş bu ama orman yangını tehdidinden ötürü bunun yapılması gerekiyor. Fakat sürekli akan nehir çok yakın olduğu, doğal artezyen kuyusunda da bolca su bulunduğu için Bob yangın konusunda fazla endişelenmiyor.

"Nehir kenarındaki durumdan ötürü burada yangın ihtimali pek fazla değil" diyor. "Kimse burada kamp yapmıyor çünkü etraftaki arazinin çoğu devlete ait. Ama betonarme ve çelik kullanmamın sebeplerinden biri de yangın ihtimaliydi."

Güzel havalarda insanlar şatonun batı tarafında bütün gün rafting yapıp, kano sürüyorlar. Nehrin köpüklü gürültüsü burada daimi bir fon müziği oluşturuyor.

"Şuradaki kayayı görüyor musun?" diyor Bob, White Salmon Nehri'nin karşısındaki sarp kayalıklara işaret ederek.

"Burada da aynı türde kayalar var. Yani temelleri attığımda ana kayanın üzerindeydim. Temeli denetlemeye gelen herif, 'Amacın ne senin? Bombardıman sığınağı falan mı yapacaksın?' dedi. Ben de, 'Eğer nehir taşar da buraya gelirse, benim evimi alıp götüremeyecek' dedim."

Bob Nippolt bunu yaptığına seviniyor. "1995'te, yüzyılda bir görülen bir sel oldu" diyor. "Sular buradan bir-bir buçuk metre aşağı kadar yükseldi. Kalaslar, sandalyeler ve daha birçok şey suyla sürükleniyordu."

Bombardıman sığınağı bodrum katını ve devasa kirişlerini düşününce, Bob şatosunu inşa ederken aşırıya kaçtığını kabul ediyor. Şatoyu yapması yedi sekiz yıllık aralıklı bir çalışma gerektirmiş. "Kışın inşaata ara veriyordum" diyor Bob, "yoksa param biterdi."

Jerry'nin aksine Bob, hayallerini gerçekleştirmesi için ona para vermeye hazır bankacılar bulabilmiş.

"Mali kaynak bulmak sorun olmadı" diyor. "Countrywide bana kredi verdi. Bana mali destek vermekten son derece mutluydular. Daha önce de yerel bir banka mali destek sağlamıştı. O zamanlar, şatom gayet ünlüydü. Yangın falan gibi şeylere ve çoğu felakete gayet dayanıklıydı."

Bu "felaketler" partileri de içeriyor. "Evimin insanlara karşı da dayanıklı olduğunu düşünüyorum" diyor Bob. "Burada, oturma odasında üç yüz kişinin aynı anda dans etmişliği vardır."

Bir de her zaman davetsiz misafirler oluyormuş. Beyaz iç duvarlardaki su izlerine işaret ederek, "Bir kemirgen boşaltma borusunun dibine girmiş, boru tıkanıp patladı. Su henüz bitmemiş olan en üst kata kadar çıkıyordu; bu yüzden evin her yeri su oldu" diyor.

Betonarme blok yerine, iç duvarlar beyaza boyanmış kaba sıvayla kaplanmış. "Duvarlara sepet örgüsü görünümü vermek için ilk başta hasır karışımlı sıvayı sürdük ama bu işe yaramadı. Sonra hasır çubukları altıya sekiz inç uzunlukta kesip, üzerine sıvayı sürüp, sonra da ıslak sıvaya samanları yedirirsek istediğimiz şeye daha çok yaklaşabileceğimizi fark ettik."

Üç bacaya işaret ederek –ikisi şömineler, biri bodrum kattaki benzinle çalışan kazan için– "Geçen kış Hood Nehri'nden eve döndüğümde" diyor, "televizyonun arkasında hareket eden büyükçe bir hayvan vardı. Bir ördek bacadan aşağı inmiş ve şömineden çıkıp eve girmiş. Hayvanı buradan çıkarayım derken akla karayı seçtim."

Tıpkı Jerry ve Roger gibi Bob'un da meraklı ziyaretçileri varmış. "Yazın birkaç kez insanlar çat kapı geldiler. Bu civarda çok arkadaşım olduğu için bu kaçınılmaz. Hepsi de, 'Bob hiç rahatsız olmuyor nasılsa, hadi gidip Bob'u görelim' diyorlar."

"Viski getirdikleri sürece sorun değil" diye de ekliyor.

Garip bir tesadüf eseri MTV, Reel World adlı programının bir bölümünü çekmek için hem Bob Nippolt hem de Roger DeClements'le bağlantı kurup, şatolarını kiralamak istemiş. Bob bu fikre sıcak bakmış ama dolu bir sezon olduğu için, kanal yetkilileri bu bölgede elli kişilik yapım ekibine kalacak pansiyon bulamamış.

Şu anda en üst kat henüz bitmemiş. Geniş kemerli pencereler, bir hayli aşağıdaki taş teraslara bakıyor. "Yüksekten korkmuyorum" diyor Bob. "Paraşüt atlayışları yapıp, planör kullanmışlığım var. Yüksekliği dert etmiyorum. Dert ettiğim tek şey dizlerimin eskisi kadar sağlam olmaması. Eskisi kadar çevik değilim."

Bu sene, daha düşük emlak vergisinden yararlanabilmek için yirmi altı dönümlük arazisine çeşitli otlar ve ağaçlar dikmeyi planlıyor.

Yapmak istediği şey, ikinci bir kanat, yani mutfaktan cam bir bölmeyle ayrılan bir yemek odası inşa etmek. Ve mevcut pencereleri de, ucuza aldığı Anderson pencerelerini parçalara ayırıp, tekrar birleştirerek bodrum katında kendi elleriyle yaptığı pencerelerle değiştirmek istiyor. Dış pencere pervazları için de keşke blok değil inşaat-tipi köpük kullansaydım diyor.

"Çünkü burayı sadece kendim için yapıyordum. Muhtemelen daha fazla yaşam alanı tasarlamalıydım" diyor geriye dönüp baktığında. "Ve kare bir merdiven yerine, spiral bir merdiven yapmam gerekiyordu. Bir kitap var, büyük bir kitap. *İngiliz Evlerinin Tarihi* adlı bir kitap. Pencereleri, kapıları, demir işlemeleri, kapıların nasıl yapıldığını falan; her şeyi anlatıyor... Başladığımda bu kitap yoktu bende. Eğer olsaydı, birçok şeyi farklı yapardım. Ve bu işe daha fazla zaman ayırırdım."

Ve biraz daha fazla para... "İşin aslı şu ki" diyor, "şatoda kullandığım malzemelerin çoğunda, bunu sadece kendim için yaptığımdan, birinci sınıf malzeme kullanmadım."

Şatonun etrafına bir hisar hendeği kazmak istiyor.

Bocci sahasını ezilmiş istiridyelerle kaplamak istiyor.

Yatak odalarının birinin balkonundan nehre bakan çıplak mankenin ise fiberglas teni çatlamış ve solmuş. "Onu Portland'a götürüp, göğüslerini büyütecektim" diyor Bob.

Yakında bu detayların hiç önemi kalmayacak. Çünkü bu sene Bob şatosunu satıyor. Şatonun bir sonraki sahibi için iyi haber şu ki bölgedeki sekiz dokuz müteahhit Bob'un şatosunu avuçlarının içi gibi biliyor. "Banyolar tamamen fayans kaplama" diyor. "Ve Hood Nehri civarında yaşayan, burada çalışmış, su ve elektrik tesisatını döşemiş olan ve her şeyi bilen insanlar var. Bunlar rüzgâr sörfüne de bayılıyorlar; buradan gitmeye niyetleri yok."

Sayısız kuşun ve nehrin, şatonun, hikâyelerin ve şatoya dair yerel efsanelerin de buradan gitmeye niyeti yok.

Şato inşa etmek ister bir ölümsüzlük arzusu ister bir hobi, yani vakit öldürmenin "eğlenceli" bir yolu olsun, şatolar geleceğe bırakılan bir hediye ya da geçmişi yâd eden sembollerdir. Camas, Washington tepelerinde, Jerry Bjorklund'un şatosu halen jet pilotlarının dönüş için kullandığı bir işaret kulesi. Idaho dağlarında kayakçılar Roger DeClements'in kızına bir anıt olarak yaptığı Kataryna Şatosu'nu keşfetmeye devam ediyorlar. Karlar arasında görülen bir rüya gibi. Bir sürü insanın sahip olmak istediği türden bir şato.

Taşa fısıldadıkları itiraflar. Anılar.

White Salmon Nehri vadisinde su halen uzun gri kulenin yanından hızla akıp gidiyor. Ağaçların arasında halen kuşlar uçuyor ve rüzgâr esiyor. Bir orman yangını her şeyi silip süpürse bile, bu taş yığını burada kalmaya devam edecek.

Sadece Bob Nippolt gidiyor buradan.

Ve şu an için üç şato da bitirilmeyi bekliyor.

Sınırlar

"Herkes uçurumdan atlasa" derdi babam, "*sen de* atlar mıydın?"

Birkaç yıl önceydi. Vahşi bir panterin Sacramento'da bir koşucuyu öldürdüğü yaz mevsimiydi. Doktorumun bana anabolik steroid vermediği yaz mevsimi.

Yerel bir süpermarket şu özel kampanyayı düzenlemişti: Eğer elli dolarlık fiş getirirseniz bir düzine yumurtayı bir sente alabiliyordunuz. Bu yüzden en yakın arkadaşlarım Ed ve Bill otoparkta durup insanlardan fiş istiyordu. Ed ve Bill kalıp kalıp donmuş yumurta akı yiyordu. Fırın tedarikçisinden aldıkları beş kiloluk kalıplardı bunlar. Yumurta akı en kolay sindirilen proteindi.

Ed ve Bill steroidlerini, Dianabol'u alıp, kaçak olarak getirmek üzere San Diego'ya gidiyor, sonra da diğer günübirlikçi gringolarla birlikte Tijuana'daki sınırı yürüyerek geçiyordu.

Bu, Uyuşturucuyla Mücadele Departmanı'nın başka önceliklerinin olduğu yaz mevsimiydi herhalde.

Ed ve Bill onların gerçek isimleri değil.

Kaliforniya'ya doğru bir yolculuğa çıkmış ve birkaç arkadaşı ziyaret etmek için Sacramento'da durmuştuk ama evde kimse yoktu. Havuzlarının yanında bütün bir öğleden sonra bekledik. Ed'in oksijenli suyla rengi açılmış alabros tıraşlı saçları uzamıştı. Havuz kenarındaki platformdan havuza doğru eğildi ve kafasını kazımamı istedi.

O esnada panter halen vahşice koşuyordu. Burası kırsal bölgeydi ama bir yandan da değildi. Vahşi doğa iki buçuk dönümlük mini arazilere bölünmüştü. Orada bir yerde yavrularıyla, klasik orta sınıf annelerin ve yüzme havuzlarının arasına sıkışmış dişi bir panter vardı.

Bu bir tatilden çok, Batı Sahili boyunca bir Gold's Spor Salonu şubesinden diğerine yapılan bir hac yolculuğuydu. Yolda tonbalığı konservesi almış ve hiç katıksız yediğimiz konservelerin boş kutularını arka koltuğa fırlatmıştık. Üzerine diyet soda içmiş ve Interstate Five boyunca osurmuştuk.

Ed ve Bill kendine, önceden hazırlanmış, D-ball şırıngalarından enjekte etti ve ben de her şeyi denedim. Arjinin, ornitin, smilaks, inosin, DHEA, cüce palmiye, selenyum, kromium, açık havada beslenen Yeni Zelanda koyunu testisi, vanadil, orkide özü...

Spor salonunda, arkadaşlarım kendi ağırlıklarının üç katı ağırlık kaldırır, pazılarını şişirip kıyafetlerini parçalarken, ben onların devasa dirsekleri etrafında dolaşırdım.

"Ben bu işlenmiş yohimbe ürünleri sayesinde hakikaten iyi vücut yapıyorum sanırım" derdim.

Evet, *işte o* yazdı.

Benim etrafta dolaşmama izin vermelerinin tek nedeni kontrast yaratmaktı.

Gelin daha güzel görünsün diye çirkin nedimeler seçme mantığına dayanıyordu:

Aynalar vücut geliştirmenin metadonudur sadece. Gerçek bir seyirci kitlesine ihtiyacınız vardır. Hatta şöyle bir espri yapılır: Bir ampulü takmak için kaç vücut geliştirmeciye ihtiyaç vardır?

Üç: Biri ampulü takar, diğer ikisi de "Hakikaten dev gibisin lan!" der.

Evet ya, işte böyle bir espri vardır ve aslında espri de değildir bu.

Mexico'dan eve dönerken, Sacramento'da ziyaret etmeye çalıştığımız kişilerin evine uğradık yine. İnzivaya çekilmiş birkaç arkadaşları için mangal partisi yapıyorlardı.

Bu inzivada her biri, bir aydınlanma yaşayana kadar dolaşmak üzere çöle gönderiliyormuş. Şimdi meşaleler titreşir ve tüplü mangaldan dumanlar yükselirken, biri elinde buruşmuş bir beysbol sopasına benzeyen bir şeyle ayağa kalktı. Aydınlanma arayışı esnasında bulduğu ölü bir kaktüsün kurumuş iskeletiydi bu ama aslında daha da fazlasıydı.

"Bu kaktüs iskeletinin" dedi, "ben olduğumu fark ettim. Bu benim erkekliğimdi; dışarıdan bakıldığında yıpratıcı ve sert ama aslında kırılgan ve içi boş."

İskeleti uçakta, dizlerinin üzerinde eve getirmişti.

Havuz kenarındaki herkes gözlerini kapattı ve başıyla onayladı. Gülmemek için çenelerini sıkıp, başka tarafa bakan arkadaşlarım hariç. Devasa kollarını göğüslerinin üzerinde birleştirmişlerdi ve birbirlerine dirsek atıyorlar, tarihi bir kayayı görmek üzere yukarı doğru yürümek istiyorlardı.

Ev sahibesi bizi kapıda durdurdu ve "Gitmeyin! Sakın gitmeyin!" dedi.

Şarap soğutucusu elinde, bize değil, jakuziden yükselen buhardan ve meşale ışıklarından öteye bakarak, etrafta bir panter dolaştığını söyledi. Panter havuzun hemen yanına kadar gelmişti; ev sahibesi bize çalılıklara takılmış kısa, sert ve sarı tüyleri gösterdi.

O sene arabamızı sürdüğümüz her yerde, bütün yolculuk boyunca çitler, bahçe duvarları ve her şeyin üzerinde isimler göze çarpıyordu.

Ed dizlerinin dermanı kesilene kadar birkaç yıl daha ter dökmeye ve ağırlık kaldırmaya devam etti. Bill'in de nihayetinde sırtındaki bir disk kaydı.

Doktorum nihayet, babamın öldüğü geçen sene istediğim şeyi bana verdi. Kilo vermeye devam ettim ve doktorum da nihayetinde reçete kâğıdını elinin tersiyle iterek, "Otuz gün Anadrol deneyelim" dedi.

Böylece ben de uçurumdan atladım.

İnsanlar bana gözlerini kısarak baktılar ve neyin değiştiğini sordular. Kollarım biraz daha irileşmişti ama çok değil. Boyutundan ziyade, bu his bana yetiyordu. Dik duruyordum, omuzlarımsa genişti.

Prospektüse göre Anadrol (oksimetelon) bir anabolik stereod, testosteronun sentetik bir türevi. Olası yan etkileri: testis atrofisi, iktidarsızlık, kronik priapizm, libido artışı ya da kaybı, uykusuzluk ve saç dökülmesi. Yüz tableti yüz dolar. Sigorta karşılamıyor.

Ama işte o his yok mu?.. Gözleriniz sonuna kadar açık ve uyanık. Kadınlar hamileyken çok güzel olurlar, ışıltılı ve yumuşaktırlar ya, işte Anadrol da bir o kadar erkeksi hissedip, erkeksi görünmenizi sağlıyor. O taşkın priapizm dönemi ilk birkaç hafta devam etti. Bu haldeyken, bacaklarınızın arasındaki maldan ibaretsiniz. Alis'i üzerinde "Ye Beni" yazan kekleri yiyip, kolu dış kapıdan çıkana dek büyümeye devam ederken gösteren, *Alis Harikalar Diyarında* kitabında yer alan eski çizimlerdeki gibi bir şey bu. Şu farkla ki dışarı sarkan şey kolunuz değil ve Spandex bisiklet taytı giymeniz söz konusu bile olamaz.

Üçüncü hafta civarı priapizm azaldı ya da bütün vücuduma yayılır gibi oldu. Ağırlık kaldırmak seksten daha cazip bir şey haline geldi. Antrenman, orji gibi bir şeydi. Orgazm oluyorsunuz: Omuz kaslarınızda, testislerinizde, sırt ve boyun kaslarınızda kramplara yol açan, yoğun, şiddetli orgazmlar bunlar. O eski tembel penisi unutuyorsunuz. Kimin ihtiyacı var ki penise? Bu bir bakıma huzur demek, seksten kaçıp kurtulmak demek. Libido tatili demek. Seksi bir kadın görüp, "Hırrrrr" diye tepki verebiliyorsunuz ama bir sonraki sırf yumurta akından omletiniz ya da bir sonraki squat maçınız size çok daha çekici geliyor.

Kendimi bu şeye aptalca bırakmadım. Bu tuhaf bir ek bilgi ama tıp fakültesindeki bir arkadaşım onu Brad Pitt'le tanıştırırsam beni gizlice içeri alıp, kadavra keserken kendisine yardım etmeme izin vereceğini söylemişti. Arkadaşım, Brad'le tanıştı ve ben de tıp fakültesi birinci sınıf öğrencileri inceleyebilsin diye kadavraları parçalara ayırırken ona yardım ettiğim uzun bir gece geçirdim. Üçüncü kadavramız altmış yaşında bir hekime aitti. Yirmili yaşlardaki birinin kas oranına sahipti ama göğsünü açtığımızda kalbinin neredeyse kafası kadar olduğunu gördük. Ben göğsünü açık tutarken arkadaşım, ciğerleri sıvı üzerinde yüzene kadar içeri Formalin boşalttı. Arkadaşım acayip büyük kalbine ve aynı oranda acayip büyük penisine baktı ve "Testosteron" dedi. Yıllarca testosteron almıştı.

Göğsündeki küçük, sarmal kabloları ve kalp pilini gösterdi ve merhumun defalarca kalp krizi geçirdiğini söyledi.

Aşağı yukarı aynı zamanlarda ulusal bir vücut geliştirme dergisi arka sayfalarında arada sırada kısa bir özel bölüm yayımlıyordu. Her sayıda bu özel bölüm bulunmuyordu ve bulunanların sayısı da çok fazla değildi. Her özel bölüm 1980'lerden bir vücut geliştirme yıldızına ait özet bir profil içeriyordu. Ed ve Bill'in olmak istediği heriflerdi bunlar. O zamanlar bu yıldızlar poz verir ve röportajlarında, hiçbir zaman steroid kullanmadıklarına, harika bir genetik yapıya ve azme sahip olduklarına, sıkı çalışıp iyi beslendiklerine dair yemin ederlerdi. Harbiden yemin ederlerdi.

Daha sonraki yayınlarda bu aynı heriflerin solgun ve peltemsi görüntüleriyle karşılaşıyor; diyabetten kansere, çeşitli sağlık sorunlarıyla boğuştuklarını okuyordunuz. Ve steroid kullandıklarını, insülin seviyeleriyle oynadıklarını ve büyüme hormonu aldıklarını kabul ediyorlardı.

Bütün bunları biliyordum ama yine de uçurumdan atladım.

Arkadaşlarım beni durdurmadılar. Bu yatırımın hakkını vermek için yeterli miktarda protein tüketmemi söylediler sadece. Ama ben beş kiloluk yumurta akı kalıplarından almadım. Ed ve Bill'in yaptığı gibi buzdolabımı folyoya sarılmış, kemiksiz, derisiz tavuk göğüsleri ve patateslerle doldurmadım. Her steroid döngüsü için, altı haftalık kuşatmaya hazırlanırcasına yiyecek stoklarlardı. Ben o kadar azimli değildim.

Sadece o küçük beyaz hapları aldım, antrenman yaptım ve bir gün duştayken, taşaklarımın küçüldüğünü fark ettim.

Tamam, üzgünüm. Bir sürü arkadaşıma bu konuya girmeyeceğime dair söz verdim ama dönüm noktası buydu benim için. Eski kaz yumurtaları büzüşüp, pingpong topuna, sonra da miskete dönüştüğünde ve doktorunuz tekrar Anadrol yazmasını isteyip istemediğinizi sorduğunda, hayır demek kolaydır.

İşte, harika görünüyorsunuz, ışıltılı ve uyanıksınız, enerjik ve havalısınız, hiç olmadığınız kadar erkeksi görünüyorsunuz ama asıl önemli noktada erkekliğiniz azalmış durumda. Bir erkeksilik simülasyonuna dönüşüyorsunuz.

Ayrıca, bu şeye başlarken, ucubemsi, devasa bir kas yığını olmak, cazibesini yitirmeye başlamıştı bile. Elbette, ilk başlarda, süslü püslü, eski püskü bir Viktoryan konağa sahip olmak gibi, eğlenceli olacaktı; ama ilk birkaç haftadan sonra daimi bakım onarım hayatımı yiyip bitirecekti. Spor salonundan asla çok uzaklaşamayacaktım. Her saat başı yumurta proteini yemek zorunda kalacaktım. Ve bütün bunları yapmama rağmen bütün proje bir gün çökecekti.

Babam ölmüştü, Ed ve Bill mahvolmuştu ve ben somut zırvalara olan inancımı hızla yitiriyordum. Somut, geçici zırvalara. İşte bir kitap yazdım, uydurma bir kitap ve bu bana yaptığım gerçek işlerin hepsinden daha fazla para kazandırdı. Kitap yükümlülüklerim ve *Dövüş Kulübü*'nün galası arasında otuz günlük bir boşluğum vardı. Ve ben de otuz günlük bir deneye giriştim; küçük kahverengi bir şişe içine konmuş, çağdaş bir Jack London macerasına.

Uçurumdan atladım çünkü bu bir maceraydı.

Ve otuz gün boyunca kendimi bir bütün gibi hissettim. Ama sadece minik beyaz haplar tükenene kadar. Geçici ama daimiydim. Eksizdim ve her şeyden bağımsızdım. Anadrol hariç her şeyden.

Yıllar önce Sacramento'da o mangal partisini veren kadın, "Senin şu arkadaşların kafayı yemiş" diyordu.

Havuzun kenarında o adam erkekliğinin kırılgan kaktüsünü özenle kucaklıyor; kadınlar halen, benim Ed'in alabros tıraşından kırptığım, oksijenli suyla rengi açılmış "panter kürkü" tutamlarına bakıyordu. Kolsuz tişörtleri içinde kaslı ve devasa görünen Ed ve Bill hantal hantal yoldan aşağıya doğru yürüyerek gözden kayboldu. Karanlıkta bir yerlerde panter vardı. Ya da diğer panterler.

Ev sahibesi, "Erkekler neden böyle aptalca şeyler yapmak zorunda ki?" diye sordu.

"Amerika'nın keşfedilecek yeni sınırları olduğu sürece" derdi Thomas Jefferson, "Amerika'nın uyumsuzlarının ve maceraperestlerinin gidecek bir yeri olacaktır."

Ed ve Bill, insanın göz zevkini bozan birer şişkoya dönüştü; ama o yaz, hakikaten dev gibiydiler lan. Şişkin kaslar... babam... Anadrol... geriye kalan tek şey soyut bir hikâye. Efsane.

Ve evet, sınırlara dair şeyi söyleyen belki de Thomas Jefferson değildi ama siz ne demek istediğimi anladınız.

Dışarıda bir yerde her zaman panterler olacak. Hayatın sonsuza kadar devam edeceğini düşünmek çok saftirikçe bir şey.

İnsan Konservesi

Denize vardığınızda yorgunsunuz. Tekneyi zımparalayıp, boyadıktan, erzağı stokladıktan, ekipmanları değiştirip, yedek parçaları temin ettikten, avans çekip belki de burada olmayacağınız üç ay için kiranızı peşinen ödedikten, işlerinizi hallettikten ve belki de borsa uzmanınıza "satış" talimatları verdikten, King's Körfezi Deniz Üssü'nün kapısında ailenizle vedalaştıktan, belki de uzunca bir süre berber görmeyeceğiniz için kafanızı kazıttıktan sonra, bütün bu koşuşturmacadan sonra denizdeki ilk birkaç gün çok sakindir.

Denizaltı mürettebatının ifadesiyle "insan konservesi"nde ya da "kilitlenip kaldığınız tüpün" içinde bir sessizlik kültürü hâkimdir. Eğitim sahasındaki ağırlıklar kalın siyah kauçukla kaplanmıştır. Universal marka ağırlık plakalarının arasında kırmızı kauçuk tamponlar vardır. Görevliler ve mürettebat tenis ayakkabıları giymektedir ve tesisat borularından koşu bandına kadar, metalin metale değdiği hemen her şey takırtı ve tıkırtıları önlemek için kauçuk izolasyonla kaplanmıştır. Sandalyelerin ayaklarına kalın kauçuk pabuçlar geçirilmiştir. Mesai bitiminde kulaklıklarla müzik dinliyorsunuzdur. USS *Lousiana* SSBN-743, düşman ses radarlarını etkisiz hale getirmek ve gizli kalabilmek için yalıtılmıştır; ama çıkaracakları herhangi bir yüksek, keskin ses yirmi beş mil mesafeden duyulabilir.

"Tuvalete girdikten sonra" diyor Louisiana'nın ikmal subayı Yüzbaşı Patrick Smith, "klozetin kapağını indirmeniz gerekir. Gemi ani bir dönüş yapabilir ve kapağın hızla çarpması bizi ele verebilir."

Klozet kapakları açıkken gemi derinlik değiştirirse ne olduğunu açıklayan İkinci Kaptan Pete Hanlon, "Hepsi aynı anda kapanmıyor" diyor. "Kaptan köşkündeyken, BAM diye bir ses duyuyorsunuz. Sonra bir BAM daha. Bir BAM daha. Birbiri ardına kapanıyorlar ve kaptan da gerildikçe geriliyor."

Günün her anı mürettebatın üçte biri uykuda olabiliyor; dolayısıyla bir devriye esnasında yukarıdan gelen tek ışık, ranzalı odaların perdeli kapı girişine yakın bir yerde duran kırmızı floresan ışığı. Neredeyse tek duyduğunuz şey havalandırma sistemindeki hava akışının sesi. Her odada, kapı girişine bakacak şekilde U biçiminde yerleştirilmiş üç katlı ranzalarda dokuz yatak bulunuyor. "Kafes" adı verilen her yatakta, yirmi santim kalınlığında köpükten yapılma, denizaltının alternatif mürettebatında sizin alternatifiniz olan kişi tarafından göçertilmiş ya da göçertilmemiş olabilecek bir döşek yer alıyor. İki alternatif mürettebat; Altın Mürettebat ve Mavi Mürettebat sırayla *Lousiana*'yı devriyeye çıkarıyor. Eğer siz görev başındayken "kafesinizde" uyuyan herif 120 kiloysa ve yatağı göçertiyorsa, o zaman yatağın altına havlu dolduruyorsunuz, diyor Onarım Bakım Müdürü Andrew Montroy. Her yatağın altında, "tabut çekmecesi" denilen, dört inç derinliğinde bir depolama yeri var. Ağır, şarap rengi perdeler yatakları birbirinden ayırıyor. Her yatağın başında bir okuma ışığı ve yolcu uçaklarında kullanılanlara benzer kulaklıklı bir müzik sisteminin kontrol paneli bulunuyor. Mürettebat tarafından gemiye getirilen CD'leri çalan bir sistemden dört farklı müzik türü yayımlanıyor. Ses ve ekolayzır kontrol düğmeleri var. Ayrıca bir hava deliği ve her yatağın başında da bir oksijen maskesi mevcut.

"Gemide en büyük korkumuz yangın" diyor Yüzbaşı Smith. "Bunun nedeni de duman."

Yangın çıkması halinde, duman kaplı, ışıksız dar koridorlarda, zifiri karanlıkta oksijen maskesini ve yanmaz koruyucu başlığı yüzünüze çekip, bir sonraki nefes için, zemini ayaklarınızla yoklayarak ilerlemeniz gerekiyor. Zeminde siyah, çıkıntılı parçalar var, kare ve üçgen parçalar. Bir parça bulana kadar zemini körlerin kabartma alfabeyi okuduğu gibi ayağınızla yoklamanız gerekiyor. Kare şeklindeki parça, hemen başınızın üstünde doğrudan bağlanabileceğiniz hava kanalı olduğu anlamına geliyor. Üçgen parçalar ise duvarlardaki hava kanallarına işaret ediyor. Kanala bağlanıyor, nefes alıyor ve "hava" diye bağırdıktan sonra, bir sonraki nefes için koridorda ilerliyorsunuz. Maskedeki bir diğer çıkış noktası, mürettebattan başka birinin de size bağlanıp sizinle beraber nefes almasına imkân tanıyor. Hava kanalıyla bağlantınızı kestiğinizde çıkan yüksek sesli hava tıslaması kimseyi endişelendirmesin diye "hava" diye bağırıyorsunuz.

Louisana'yı bir yuvaya çevirmek için Yüzbaşı Smith, Gevalia kahve çekirdekleri, bir kahve öğütücü ve bir de espresso makinesi getirmiş. Mürettebattan diğerleri de kendi havlularını ve üzerlerindeki ranzanın altına yapıştırdıkları fotoğrafları falan getirmişler. Montroy en sevdiği otuz CD'yi getirmiş. Evdeki hayatlarını gösteren video kasetler getirmişler. Mürettebattan biri Scooby Do desenli yastık kılıfı getirmiş. Çoğu kendi çarşaf ya da battaniyesini getirmiş.

"Ben buna *can simidim* diyorum" diyor Altın Mürettebat'tan ambar memuru Greg Stone. Stone, karısına okuyabileceği bir günlük tutuyormuş, karısı da ona kendi günlüğünü okuyormuş.

Suya sadece denizaltındaki havayla giriyorsunuz. Bu hava karbondiokside bağlanıp, ortadan kaldıran ısıtılmış aminle temizleniyor. Yeni oksijen elde etmek için 1050 amper elektrik kullanıp demineralize edilmiş deniz suyunu moleküllerine ayırıyorsunuz. Karbondioksit ve hidrojen okyanusa boşaltılıyor. Gemideki çöpler bir buçuk ton hidrolik basınç uygulanarak otuz kiloluk, çelik kaplı kutulara dönüşecek şekilde sıkıştırılıyor. Her devriyede böyle yaklaşık dört yüz kutu oluşuyor ve sonra bunlar denize atılıyor.

Alkol tüketemiyorsunuz, sigarayı da sadece "Taş Kırıcı" adı verilen, on iki silindirli Firbank Morris dizel yedek motorun yanında içebiliyorsunuz. Bu dizel motor, "Göbekli Soba" adı verilen nükleer güç santralinin yedeği olarak iş görüyor.

Eğer mürettebattansanız, geminin orta kısmının üçte birini dolduran, karinadan yukarı doğru, dört güverteyi de kateden tüpler içinde depolanan ve yirmi dört saat hazır tutulan Triden nükleer başlıklı füzelerden sadece iki metre uzakta uyuyorsunuz. Ranzalı odaların önündeki füze tüpleri, üç yüz metre uzunluğundaki kompartımanda mürettebatın derinlik algısını artırmak için turuncunun farklı tonlarına boyanmış: ön kısım daha açık, arka kısımsa daha koyu turuncu. Füze tüplerinin üzerine, Eğlence Kulübü tarafından satılan video filmler ve şekerlemelerle dolu dolaplar yerleştirilmiş.

Etrafınız renkli borular ve vanalarla çevrili. Mor, soğutucu anlamına geliyor. Mavi, içme suyu. Yeşil, deniz suyu. Turuncu, hidrolik sıvı. Kahverengi, karbondioksit. Beyaz, buhar. Taba, düşük basınçlı hava.

Hanlon'a, Smith'e ve Altın Mürettebat'ın Gemi Komutanı Ken Biller'a göre, gözlerinizi merkezi füze kompartımanının ötesine odaklayamasanız da, derinlik algısı sorun değilmiş. Yemek güvertesinde kahve içen bir mürettebatın söylediğine göre, gün ışığına çıktığınız ilk gün gözlerinizi kısmak zorunda kalıp, güneş gözlüğü takıyormuşsunuz ve Donanma, karaya çıktığınız ilk iki gün, olası derinlik algısı sorunlarından ötürü araba kullanmanızı tavsiye etmiyormuş.

Birkaç füze tüpü üzerinde, füzenin atıldığı zaman ve yeri belirten pirinç plakalar bulunuyor. Beş nolu tüpün üzerindeki plakada DASO'nun 18 Aralık 1997'de saat 15:00'da fırlatıldığı yazıyor. Füzeyi Mavi Mürettebat atmış.

"Arada sırada" diyor Altın Mürettebat'ta görevli Yüzbaşı Smith, "gemi, füzesini atabilecek kadar şanslı oluyor."

Altın Mürettebat hiç füze atmamış.

Karinanın dışına yerleştirilmiş bir pencere ya da kamera yok. Yani eğer size bir şey saldıracak olursa, ses radarından gelen veriler dışında, tamamen körsünüz, mesela...

"...dev bir mürekkepbalığı mı?" diye tamamlıyor cümlemi Yüzbaşı Smith, kaşını kaldırarak. "Şimdiye kadar böyle bir şey yaşanmadı."

"Bir keresinde bir balinaya çarptık" diyor, Altın Mürettebat'ın İkinci Kaptanı Cedric Daniels. "Bununla ilgili pek çok hikâye var."

Karinaya çarpan açıklanamayan şeyler balina olarak nitelendiriliyor. Suyun derinliklerindeki ses radarı aracılığıyla balina, yunus ve domuz balıklarının çağrılarını, karides sürülerinin tıkırtılarını dinleyebiliyorsunuz. Mürettebattakiler bunlara "biyolojik" sesler diyor.

Denize çıkarken denizaltına 360 kilo kahve, 750 litre kutu süt, 900 düzine büyük yumurta, 3000 kilo un, 600 kilo şeker, 350 kilo margarin ve 1750 kilo patates stokluyorsunuz. Bunlar karada ambarlarda doldurulan ve gemiye bir ambar ağzı aracılığıyla indirilen, sekiz metre genişliğinde, iki metre yüksekliğinde "yemek modülleri"nde saklanıyor. Gemide ayrıca 600 adet video film, 13 adet torpido, 150 kişilik mürettebat, 15 subay ve 165 "yarıyol kutusu" bulunuyor.

Gemi yola çıkmadan önce, gemideki herkesin ailesi Gemi Komutanı Ken Biller'a ayakkabı kutusu büyüklüğünde bir paket veriyor ve devriyede "yarıyol noktasına" gelindiği gece, ki buna "Yarıyol Gecesi" deniyor, Biller kutuları dağıtıyor. Smith'in eşi kutunun içine birkaç fotoğraf, kurutulmuş et ve ona karadaki motorunu hatırlatması için oyuncak bir motorsiklet koymuş. Greg Stone'nun kutusundan, karısı Kelly'nin fotoğrafının basılı olduğu bir yastık kılıfı çıkıyor. Biller'ın karısı da köpeğinin ve silah koleksiyonunun fotoğraflarını uygun görmüş.

Ayrıca Yarıyol Gecesi'nde, açık artırmaya çıkarılan subaylar için teklif verebiliyorsunuz. Para, Eğlence Fonu'na gidiyor ve açık artırmaya çıkarılan subaylar bir sonraki nöbette en yüksek teklifi verenin yerini alıyor.

Başka bir Yarıyol Gecesi geleneği de pasta açık artırması. En yüksek teklifi verip kazananlar, istediği kişiyi mürettebatın önüne yerleştirilmiş bir sandalyeye oturmak üzere çağırıyor ve suratına pastayı yapıştırıyor.

Gemideki herkes İkmal Subayı Smith'e "Pirzola" diyor; çünkü yakasındaki, meşe yaprağı gibi görünmesi gereken apoletler daha ziyade domuz pirzolası gibi görünüyor. Gemi Komutanı Boat Keller'a "Koçan" diyorlar. İdari Müdür Hanlon'a ise "Öküz". Yemekhane Yöneticisi Lonnie Becker gibi en başından beri burada olan mürettebata ise "arkası sağlam" deniyor. Burada film izlemiyor, "film çakıyor"sunuz.

Kapıya, ağız deniyor. Şapkaya "kapak". Füzeye "bumerang". Yeni ve "siyaseten doğru" hale getirilmiş donanmada devriye esnasında mürettebattakilerin giydiği koyu mavi tulumlara artık "bok bezi" denmiyor. Yemek güvertesinde görev yapanlara da artık "yemekhane ahmakları" denmiyor. Alman sosisi artık "eşek siki" değil. Ravioli "ölüm yastıkları" değil. Tost ekmeği üzerine, doğranmış, kremalı biftek "çakıl üzerindeki bok" değil. Sığır konservesi de "babun kıçı" değil.

Yani resmi olarak. Ama bunları hâlâ duyuyorsunuz.

Hamburger ve çizburger hâlâ "kayıntı". Tavuk köfteleri hâlâ "tavuk tekerlekleri". Ranzalara hâlâ, yelkenli gemilerde hamakları tutan kafeslerden ötürü "kafes" deniyor. Tuvaletlere, bu gemilerin pruvalarında bulunan deliklerden ötürü hâlâ "baş" deniyor. Gemi omurgasının üzerindeki, dalgaların dövdüğü güvertede açılmış delikler bunlar: Mürettebat için iki, subaylar için bir delik.

Öküz'ün söylediği gibi: "Bu heriflerin tuvalet kâğıdına ihtiyacı yok."

Devriye esnasında yapılan bir diğer geleneksel gece de "Jefe Kafe" gecesi. Hef-ey diye okunan ve İspanyolca'da "Patronun Kafe'si" anlamına gelen bu gecede subaylar mürettebat için yemek pişiriyor. Yemek güvertesindeki ışıkları kapatıyor ve masalara mum yerine kimyasal lazer çubukları koyarak, mürettebattakilere garsonluk yapıyorlar. Başgarson bile yok.

Dini görevler için ise "mürit liderleri" yani Protestan ya da Katolik ayinlerini yönetebilen bir mürettebat mevcut. Noel'de denizciler ranzalı odalarına sıra sıra ışıklar asıyor ve folyodan, küçük ağaçlar yapıyorlar. Subayların yemekhanesini, Subay Salonu'nu kar taneleri ve çelenklerle süslüyorlar.

USS *Louisiana*'yla denize açıldığınızda, hayatınız bundan ibaret oluyor. Mürettebattakiler on sekiz saatlik bir döngüde yaşıyorlar. Altı saat mesai. Altı saat uyku. Ve dinlenebileceğiniz, egzersiz yapabileceğiniz ya da önlisans diploması almak için bilgisayar destekli dersleri takip edebileceğiniz altı saatlik boş zaman. Haftada yaklaşık bir kez, sekiz saatlik bir "ayar" uykusu çekiyorsunuz. Mürettebattakilerin yaş ortalaması yirmi sekiz. Odanızdan tuvalete şort ya da havlunuzla gidiyorsunuz. Bunun dışında denizcilerin çoğu tulum giyiyor.

Subaylar yirmi dört saatlik bir döngüde yaşıyorlar. Devriye görevindeyken subaylara selam vermiyorsunuz.

"Bu tüpe hapsolduğumuz andan itibaren" diyor Yüzbaşı Smith, "artık biz bir aileyiz ve onlara da ailemizden biri gibi davranıyoruz."

Çerçevelenip, yemek güvertesinin duvarına asılmış "Hizmet Yemini"ne işaret ediyor ve şöyle diyor: "Mürettebattan biri, gününü harika geçirmiş olsa da, eğer yemek yemek için buraya geldiğinde servis özensizse, yemekler sıcak değilse, ona ev atmosferini sağlayamıyorsak, bütün gününü bir anda mahvedebiliriz."

Görevdeki son birkaç günde herkes "kara humması"na yakalanıyor. Kimse uyumak istemiyor. Herkes eve gitmek istiyor. Bu noktada devreye filmler ve bütün gün servis edilen pizza ve abur cuburlar giriyor.

Karada, eşler ve diğer yakınlar "ilk öpücük" için çekiliş yapıyor. Pastalardan, açık artırmalardan ve çekilişlerden toplanan paralar eve dönüş için yapılan mürettebat partisine gidecek.

USS *Louisiana*'nın karaya vardığı gün aileler ellerinde pankartlarla limanda olacaklar. Birlik komutanı her zaman karaya ilk çıkan kişi oluyor ve ondan sonra...

Çekilişi kazanan kişi açıklanıyor ve o adam ile o kadın herkesin gözü önünde öpüşüyor. Ve herkes tezahürat yapıyor.

HAMİŞ: Bu yazının fotoğraflarını çeken Amy Eckert, *Nest* dergisinde yayımlanan bu yazıyı mümkün kılmak için birçok zorlu hükümet engelini aştı. *Nest* bir "tasarım" dergisi olduğu için, Donanma'daki yüksek rütbeli subayların, derginin geniş bir eşcinsel okur kitlesine sahip olmasından ve bu yazının da denizaltı dünyasındaki eşcinsel faaliyetleri gün ışığına çıkaracağından endişe duydukları konusunda Eckert beni uyarmıştı.

Amy Eckert, denizaltılarda yapılan anal seks meselesini hiç açmamam gerektiğini vurgulamıştı. Ne tuhaftır ki o bundan bahsedene kadar bu konu üzerine hiç düşünmemiştim. Denizaltı mürettebatına özgü argo kelimelerle daha çok ilgileniyordum. Benzersiz kelimelerin resmini yapmak istiyordum. Argo, bir yazarın renk paletidir. Yazı dergide yayımlanmadan önce Donanma'nın, "eşek siki" ve "babun kıçı" da dahil olmak üzere bütün argo kelimeleri sansürlediğini öğrenince yüreğim burkuldu.

Yine de, seks fobisi göz ardı edilemeyecek "büyük görünmez fil" olmuştu.

Bir gün dar bir koridorda bir subayla birlikte oturuyordum. Denizciler daracık yerden zar zor geçiyor, işlerine devam ediyorlardı. Ellerim belimin hizasındaydı ve konuşurken bir yandan da not almaya çalışıyordum.

Konuyla hiç alakası yokken subay, "Bu arada Chuck" dedi, "bu heriflerin sana bu şekilde sürtünmesinin altında bir anlam arama."

O zamana kadar fark etmemiştim. Ama artık bir şey ifade ediyordu. Bütün o sürtünmeler falan...

Başka bir gün, denizciler yemekhane güvertesinde öğle yemeğinden sonra, kadınların denizaltılarda görev yapmasına izin verilmesinin doğuracağı sorunlardan bahsediyorlardı. İçlerinden biri, çok geçmeden iki kişinin birbirine âşık olacağını, kadının hamile kalacağını ve limana dönmek için doksan günlük zorunlu görevi yakmak zorunda kalacaklarını söyledi.

Bu sözler üzerine, hayır, imkânsız dedim. Denizaltındaki hayatlarının ne kadar iç içe olduğunu görecek kadar uzun süre kalmıştım orada. İki insanın seks yapmak için gereken mahremiyeti sağlayacak bir oda bulması imkânsızdı.

Başka bir denizci kollarını göğsünde birleştirip, sandalyesinde öne doğru eğilerek, "Yok canım, oluyor böyle şeyler!" dedi. Sırıtarak, yüksek sesle ve net bir biçimde, "Hem de çok oluyor!" dedi.

Sonra ne söylediğini fark etti. Görünmez filin varlığını kabul etmişti.

Odadaki herkes ona dik dik bakıyordu.

Bunu Donanma tarihinin en uzun öfkeli sessizlik anı izledi.

Bir başka gün, benden koridorda, günlük duyuruların asıldığı panonun karşısında beklemem istendi. İlk duyuru yeni mürettebat üyelerinin listesinden ve onların karşılanmasına dair bir nottan ibaretti. İkinci duyuru, Anneler Günü'nün yaklaştığına dair bir uyarıydı.

Üçüncü duyuru ise "kendi kendini yaralama" oranının denizaltılarda hiç olmadığı kadar yüksek olduğu yönündeydi. "Denizaltılarda kendi kendini yaralama vakalarının önlenmesi Donanma'nın birincil önceliğidir." Donanma'nın "intihar" eylemi için kullandığı ürpertici bir ifadeydi bu. Bir diğer görünmez fil de buydu.

King's Körfezi Deniz Üssü'nden ayrıldığım gün, subaylardan biri bana güzel bir yazı yazmamı söyledi. Orada durup, denizaltına son bir kez daha baktım ve subay, kendisinin en çok değer verdiği bu hizmete gitgide daha az insanın değer verdiğini söyledi.

Ben bu değeri verdim. O insanları ve yaptıkları işi takdir ediyorum.

Ama Donanma, denizaltında yaşanan zorlukları saklayarak bu insanları görkemli zaferlerinin büyük bir kısmından mahrum bırakıyor gibi görünüyor. Donanma, bu işi eğlenceli ve kolay göstermeye çalışarak, tam da zorlayıcı bir şey isteyen insanları kendinden uzaklaştırıyor olabilir.

Ne de olsa herkes kolay, eğlenceli bir iş istemiyor.

Hanımefendi

Bir arkadaşım "perili" bir evde yaşıyor, etrafı bahçelerle çevrili, güzel, beyaz bir çiftlik evinde ve iki üç haftada bir gece yarısı arayıp, "Bodrumda çığlık atan biri var. Şimdi silahımı alıp aşağıya iniyorum. Eğer beş dakika içinde seni tekrar aramazsam, polise haber ver!" diyor.

Çok dramatik falan ama biraz da böbürlenme kokan bir şikâyet bu. "Ay, elmas yüzüğüm de çok ağır!" ya da "Keşke bu tanga bikiniyi giydiğimde *herkes şehvetle peşime düşmese*!" demenin psişik karşılığı bu.

Arkadaşım hayaletine "Hanımefendi" diyor ve "Hanımefendi" bütün gece uyanık olduğu, duvarlardaki resimleri tıkırdattığı, saatleri değiştirdiği ve oturma odasında güm

güm sesler çıkararak yürüdüğü için hiç uyuyamadığından yakınıyor. Hanımefendi'nin "dansı" diyor buna. Ne zaman geç kalsa ya da üzgün olsa, müsebbibi genellikle "Hanımefendi" oluyor: Yatak odasının camının önünde bütün gece ona seslenmiş ya da ışıkları yakıp söndürmüştür.

Arkadaşım hayaletlere falan inanmayan gayet dünyevi bir insan. Ona yazıda "Patrick" diyeceğim. Bu çiftliğe taşınana kadar benim gibi biriydi: dengeli, dünyevi ve mantıklı.

Şimdi saçmasapan bir herif olduğunu düşünüyorum.

Bunu kanıtlamak için, o tatildeyken çiftliğini bana bırakmasını istedim. Yazmak için yalıtılmışlığa ve sessizliğe ihtiyacım olduğunu söyledim. Bitkileri sulayacağıma söz verdim. Neticede o, tatile gitti ve iki haftalığına beni orada bıraktı. Ben de küçük bir parti verdim.

Benim tek kafadan çatlak arkadaşım Patrick değil. Başka bir arkadaşım da –ona "Brenda" diyeceğim– geleceği görebildiğini söylüyor. Yemek yerken aniden yüksek sesle iç geçirip, ağzını eliyle kapatarak ve sonuna kadar açık gözleri ve yüzünde bir dehşet ifadesiyle sandalyesine yaslanarak, anlattığınız en iyi hikâyeyi bile berbat ediyor. Ne oldu yahu diye sorduğunuzda, "Yok bir şey... gerçekten" diye cevap veriyor. Sonra gözlerini kapatıyor ve o berbat görüyü zihninden atmaya çalışıyor.

Israr edip, onu korkutan şeyin ne olduğunu sorduğunuzda, gözlerinde yaşlar, masaya doğru eğiliyor. Elinizi tutuyor ve "Lütfen, lütfen, önümüzdeki altı yıl boyunca arabalardan uzak dur" diye yalvarıyor.

Önümüzdeki altı yıl boyunca!

Brenda ve Patrick garip tipler ama onlar benim arkadaşlarım ve daima ilgiye muhtaçlar. "Hayaletim çok gürültücü... Geleceği görmekten nefret ediyorum..."

Küçük ev partim için Brenda ile psişik arkadaşlarını çiftliğe davet etmeyi düşündüm. Duyular üstü yeteneğe sahip olmak gibi bir sıkıntısı olmayan sıradan, aptal arkadaşlarımı da çağıracaktım. Kırmızı şarap içecek ve müneccimlerin deliye dönmelerini, transa geçmelerini, ruhları çağırmalarını, sayıklamalarını ve masaları havaya kaldırmalarını, ağzımızı elimizle kapatıp kıs kıs gülerek izleyecektik.

Patrick tatile gittikten sonra bir düzine insan çiftliğe geldi. Brenda yanında hiç tanımadığım iki kadın getirdi: Bonnie ve Molly. Her ikisi de hissettikleri hayalet enerjisinden ötürü hemen kendinden geçiverdi. Birkaç adımda bir duruyor, şöyle bir sallanıyor ve düşmemek için bir sandalye ya da korkuluğa tutunuyorlardı. Tamam, kabul ediyorum, bütün arkadaşlarım biraz sallanıyordu. Ne var ki aklı başında olanları sallandıran şaraptı. Hep birlikte yemek masasına oturduk. Masanın ortasında birkaç mum vardı ve psişikler hemen işe koyuldu.

İlk önce arkadaşım Ina'ya yöneldiler. Ina Alman ve duyarlı. Duygularını ifade etme anlayışı, bir sigara daha yakmaktan ibaret. Bu müneccimler, Bonnie ve Molly, Ina'yla daha önce hiç karşılaşmamışlardı ama ona sırayla, yanında bir kadın ruhu olduğunu söylemeye koyuldular. Bu kadının adı "Margaret"tı ve onun üzerine minik, mavi çiçekler yağdırıyordu. Unutmabeni çiçekleriymiş bunlar. Ve Ina birden sigarasını söndürüp, ağlamaya başladı.

Ina'nın annesi yıllar önce kanserden ölmüştü. Annesinin adı Margaret'tı ve Ina her yıl mezarının üstüne annesinin en sevdiği, unutmabeni çiçeklerinin tohumlarını serpiyordu. Ina ve ben yirmi yıldır arkadaşız. Ne var ki bu ayrıntıları ben bile bilmiyordum. Ölen annesinden hiç bahsetmemiş olan Ina şimdi ağlıyor ve daha fazla kırmızı şarap istiyordu.

Arkadaşımı derinden sarsan Bonnie ve Molly, ardından bana yöneldi.

Yanımda bir adam olduğunu, omzumun hemen üzerinde durduğunu söylediler. Bu adamın, cinayete kurban giden babam olduğu konusunda hemfikirdiler.

Of, *lütfen ya*! Babammış. Buradaymış! Bu saçmalığa biraz ara verebilir miyiz?

Babamın ölümüne dair ayrıntıları herkes bilebilirdi. O tuhaf, ironik döngüyü. Babam üç yaşındayken babası karısını, yani babamın annesini vurup öldürmüş ve ağır adımlarla evde dolanarak öldürmek için babama bakınmış. Babamın en eski hatırası bu: Yatağın altına saklanmış. Babasının ona seslendiğini duyuyor, ağır botlarının önünden geçtiğini ve tüfeğin duman tüten namlusunun yere yakın bir yerde sallandığını görüyormuş. O saklandığı sırada, babası nihayet kendisini vurmuş. Babam daha sonra bütün hayatını bu sahneyi unutmaya çalışarak geçirmiş. Kız kardeşlerim, babamın birbiri ardına evlilik yaparak her kadında annesini aradığını, hayatını böyle geçirdiğini de söylüyorlar. Sürekli boşanıp, yeniden evlenmiş. Gazetede bir arkadaşlık ilanı gördüğünde annemden ayrılalı yirmi yıl olmuştu. İlanı veren kadınla çıkmaya başlamış. Şiddete eğilimli bir eski kocası olduğunu bilmiyormuş. Üçüncü buluşmalarının ardından eve geldiklerinde karşılarında kadının eski kocasını bulmuşlar. Adam ikisini de kadının evinde vurup öldürmüş. Tarih Nisan 1999.

Bu ayrıntılar her yerde yayımlandı. Bütün bu saçmalık mahkemeye taşındı ve katil idam cezasına çarptırıldı. Bonnie ve Molly'nin bunu bilmek için özel bir yeteneğe ihtiyaçları yoktu.

Ama yine de ısrar ettiler. Babamın ben dört yaşındayken bana yaptığı bir şeyden ötürü çok üzgün olduğunu söylediler. Bunun vahşice bir şey olduğunu biliyormuş ama bana ders vermek için düşünebildiği tek şey buymuş. O zamanlar çok gençmiş ve fazla ileri gittiğini fark edememiş. Bonnie ve Molly el ele tutuştular ve beni küçük bir çocukken, bir odun kırma kütüğünün yanında diz çökmüş halde gördüklerini söylediler. Babam yanımda, ayakta duruyormuş ve elinde ahşap bir şey varmış.

"Bir sopa" dediler. Sonra da, "Hayır. Değil. Bir balta..." diye düzelttiler.

Arkadaşlarım sessizdi. Ina'nın hıçkırıkları kıkırdamalarını bastırmıştı.

"Dört yaşındasın ve çok önemli bir karar vermek üzeresin. Hayatının geri kalanını şekillendirecek bir şey bu... " dedi Bonnie ve Molly.

Babamın baltasını bileyişini tarif edip, "Sen..." dediler, duraksadılar, sonra cümleyi tamamladılar: "Parçalarına ayrılmak üzere misin?"

Ina hâlâ ağlıyor. Aptal inek. Bir kadeh daha şarap doldurup, içiyorum. Bir tane daha dolduruyorum. Hayaletler dünyasındaki rehberlerimiz olan Bonnie ve Molly'ye lütfen devam edin diyorum. "Gerçekten büyüleyici bir şey bu."

"Baban şu anda çok mutlu" diyorlar. "Şu anda, yeryüzünde geçirdiği hayatında hiç olmadığı kadar mutlu."

Eee, zaten hep böyle olmaz mı? Yakınını kaybetmişlerin yüreğine biraz su serpersin. Bonnie ve Molly, tarih boyunca matemli insanları avlayan türde insanlardan ikisi. En iyi ihtimalle, kafası karışık birer aptal bu kadınlar. En kötü ihtimalle ise, manipulatif birer canavarlar.

Onlara söylemediğim şey şu: Dört yaşındayken parmağıma metal bir conta geçirmiştim. Bir türlü çıkaramıyordum. Parmağım şişip morarıncaya kadar bekleyip, sonra babamdan yardım istedim. Bize her zaman, parmağımıza kauçuk lastikler ya da başka herhangi sıkabilecek bir şey bağlamamamız, aksi takdirde kangren olacağımız ve parmağımızın çürüyüp, kopacağı söylenirdi. Babam parmağı kesmek zorunda olduğunu söyledi ve bütün öğleden sonrayı elimi temizleyip, baltayı bileyerek geçirdi. Bu esnada da bana kendi eylemlerimin sorumluluğunu üstlenmem konusunda vaaz verip durdu. Aptalca şeyler yapacak olursam, bedelini ödemeye hazır olmam gerektiğini söylüyordu.

Bütün o öğleden sonra söylediklerini dinledim. Dram, panik ya da gözyaşı yoktu. Dört yaşındaki aklıma göre, babam bana iyilik yapıyordu. Şiş, mor parmağımın kesilmesi acı verecekti belki ama iki hafta boyunca çürümesine izin vermekten daha iyiydi bu.

Odun kırma kütüğünün yanına diz çöktüm. Burada bir sürü tavuğun benzer bir yazgıyla yüzleştiğini görmüştüm. Elimi uzattım. Babama bana yaptığı bu iyilikten ötürü müteşekkirdim ve yaptığım aptalca şeylerden ötürü başkalarını suçlamamamaya karar verdim.

Babam baltayı şöyle bir savurdu ve tabii ki ıskaladı. Sonra içeri gitti ve contayı çıkarmak için su ve sabun kullandı.

Neredeyse unutmuştum bu hikâyeyi. Neredeyse unutmuştum çünkü kimseye anlatmamıştım, başkasının nasıl tepki vereceğini görmek için yüksek sesle dile getirerek hatırlamak gibi bir eylemde bulunmamıştım. Çünkü diğer insanların burada verilmek istenen dersi anlamayacağını biliyordum. Tek görecekleri şey babamın yaptıkları olacak ve bu davranışı gaddarca bulacaklardı. Anneme söylesem kıyametler kopardı. O haklı öfkesiyle patlayıverirdi. Babamın en eski hatırasının o öldürme sahnesi olması gibi, baltayla geçen o gün de benim en eski hatıram ve otuz altı yıldır benim sırrım olarak kaldı. Ve babamın. Ve şimdi bu aptal karılar, Bonnie ve Molly, bunu bana ve bütün sarhoş arkadaşlarıma anlatıyordu.

Onlara istedikleri tatmini yaşatmayacaktım. Ina ağlarken, ben şarap içmeye devam ettim. Gülümseyip, omuz silktim ve onlara çok ilginç laflar duyduğumu ama hepsinin saçmalık olduğunu söyledim. Birkaç dakika sonra kadınlardan biri hastalanıp, yere yığıldı ve arabasına gitmek için yardım istedi. Parti dağıldı. Ina ve ben baş başa kalıp, şarabı bitirdik ve zilzurna sarhoş olduk.

Bu aptal parti bende hakikaten hayal kırıklığı yarattı. Arkadaşlarımın bu saçmalığı bu kadar ciddiye aldıklarını izlemek falan. "Hanımefendi" hiç ortaya çıkmadı ama Patrick beni arayıp o aptal hayalet sorularını sorarak yakınmaya devam edecek. Brenda yine titreyecek ve kaçıkça önsezilerini ilan ederken yine beti benzi atacak. Bonnie ve Molly ise şanslıydılar. Bir çeşit numara yaptılar işte. Şimdi etrafımdaki herkes bir parça aldatılmış olacak.

Bonnie ve Molly'nin yaptıkları bu küçük sihirli numarayı açıklayamıyorum ama dünyada açıklayamadığım o kadar çok şey var ki!..

Babamın öldüğü gece, yüzlerce kilometre uzakta olan annem bir rüya görmüş. Babam kapısını çalıp, onu saklaması için anneme yalvarmış. Rüyasında babam yan tarafından vurulmuş –daha sonra adli tabip bunu onaylayacaktı– ve silahlı bir adamdan kaçmaya çalışıyormuş. Annem babamı saklamak yerine, çocuklarına utanç ve acıdan başka bir şey vermediğini söyleyip kapıyı suratına kapatmış.

Aynı gece kız kardeşlerimden biri rüyasında, büyüdüğümüz çölde yürüdüğümüzü görmüş. Babamızın arkasından yürüyor, ona ayrı düştükleri ve son zamanlarda onu aramadığı için üzgün olduğunu söylüyormuş. Babam onu durdurmuş ve geçmişin artık bir önemi olmadığını söylemiş. Kendisinin artık çok mutlu olduğunu ve onun da mutlu olması gerektiğini anlatmış.

Babamın öldüğü gece ben rüya falan görmedim. Ben uyurken, hoşça kal demek için yanıma gelen olmadı.

Bir hafta sonra polisler beni arayıp, bir cesedi teşhis etmemi istediler.

Ah keşke görünmez bir dünya olsaydı. Fiziksel dünyadaki bütün acı ve baskıların altını boşaltırdı. Ama bu ayrıca bankadaki paramı, mutevazı evimi ve bütün gayretkeş çalışmalarımı da değersizleştirirdi. Bütün sorunlarımız ve mutluluklarımız bir kenara bırakılabilirdi çünkü bir kitap ya da filmdeki olaylardan daha gerçek olmazlardı. Görünmez, ebedi bir dünya bu dünyayı bir yanılsamaya çevirirdi.

Bu ruhlar dünyası, pedofili ya da nekrofili gibi bir şey. Bunu hiç tecrübe etmedim; dolayısıyla kesinlikle ciddiye alamıyorum. Bana hep şaka gibi gelecek.

Hayalet diye bir şey yok.

Ama varsa da babam bunu bana bir zahmet kendisi söylesin.

Portreler

Sözleri Kendine Ait

"Bir keresinde" diyor Juliette Lewis, "birini sorular yazarak daha yakından tanımak istemiştim... Bu sorular, bana dair, günlüğüme yazacağım her şeyden daha fazla bilgi veriyor."

Juliette Hollywood Hills'de kiraladığı bir evin antika divanında otururken söylüyor bunu. Gayet beyaz ve dik, gayet Getty Müzesi işi olan bu evi –son derece modern ama antika eşyalarla dolu– Juliette ve kocası Steve Berra, Studio City'ye yakın yeni evlerine taşınana kadar kiralamışlar. Juliette elle yazılmış bir liste buluyor ve okuyor:

"Hiç birini bıçakladığın ya da keskin bir nesneyle kestiğin oldu mu?"

"Kuşkonmaz sever misin?"

"Göbek adın var mı?"

Chai içiyor. Televizyon izlemiyor. King's Corner ya da Kings Around the Corner gibi kart oyunlarını seviyor. İnsanda kaşmir süveter kullandığı hissini uyandıran o yeni süslü tuvalet kâğıdını, Cottonelle'yi kullanıyor. Bordum katında, Steve'in kopmuş başı var: *The Way of the Gun* filmi için, Juilette'in hamile karnını yapan aynı ekip tarafından bir kaykay videosu için tasarlanmış çok gerçekçi bir replika bu.

Juliette listeden okumaya devam ediyor: "Kediler evcil hayvan olarak sinirini bozuyor mu; yoksa başına buyruk hallerini takdir mi ediyorsun?"

Son yirmi dört saattir Juliette ailesinden, babasından (Geoffrey Lewis), kariyerinden, Scientology meselesinden, evlilikten ve şarkı yazmaktan bahsediyor. Şarkılar önemli; çünkü yıllarca başkalarının yazdığı senaryolardaki sözleri söylemiş, şimdiyse sözler kendine ait.

Juliette'in annesi Glenis Batley, "Tamam, harika bir hikâye anlatacağım" diyor.

Los Angeles'ta kahvaltı yapıyoruz. Glenis üst üste kahve içiyor. Gür, kızıl saçları var ve Juliette'in çerçeveletip evinin duvarına astığı eski bir fotoğrafta poz veren o güzel kadından hiçbir şey kaybetmemiş.

Glenis, "Hamile kaldığımda" diyor, "tamamen doğal, inanılmaz bir diyete başladım ve etrafımda kimsenin olmasını istemiyordum. Sancılar beş dakikada bir gelmeye başladığında hastaneyi aradım, istemediğim bir doktor çıktı ve "Ne yaparsanız yapın ama sakın ıkınmayın" dedi. Ben uzandım ve bir sancı daha geldi. Karşı konulmaz bir ıkınma dürtüsü hissettim ve 'Ufacık bir ıkınmanın zararı olmaz' dedim ve Juilette doğdu. Çok *gürültücüydü*. Her neyse, bebeği kucağıma aldım ve neredeyse düşürüyordum. Ne yaptığımı bilmediğimden iyice emindi artık; ağlayıp duruyordu. Sabahın ilk ışıklarıydı, güvercinler ötüşüp koklaşıyordu ve ben o ana kadar onun adının... Juliette olacağını bilmiyordum."

"İsmin Fransızca olanını tercih ettim; çünkü trajedi berbat bir şey."

Juliette elindeki listeden okumaya devam ediyor:

"Hiç bir herifin burnunu kırdın mı?"

"Kazandığın kavgaların yenildiklerinden daha fazla olduğunu söyleyebilir misin?"

Mutfakta bir yandan kahve çekirdeği öğütürken, "Çocukken beni en çok etkileyen şey" diyor, "müzikaller oldu. *Fame* gibi müzikaller. Hayalimdi bu benim; insanların şarkı söyleyip dans ettikleri bir okula gitmek isterdim. *Fame, Flashdance* ve *Grease*. *Hair*'i izledin mi? Ben gözyaşları içinde izledim. Tam anlamıyla bittiğim bir müzikaldir o."

"İlk başlarda şarkıcı olacaktım" diyor. "Aktris olmadan önce, şarkı söyleyecektim. İkinci iş olarak da oyunculuk yapacağımı düşünüyordum. Aklımda hep müzikaller vardı. Şarkı söyleyip, dans etmek. Hâlâ şarkı söylemek istiyorum; bu yüzden müzisyen bir arkadaşımla şarkılar yazıyorum. İşin en eğlenceli kısmı, sözlerin bana ait olması.

"Aldığım tek yardım babamın beni o küçük ajansa götürmesiydi. Merhaba, ben geldim. Yeni başlayan oyuncular için en büyük sorun *ajansa* kayıt olmaktır. Ajanslar SAG* kartınız olmasını ister ama sizi destekleyen bir ajans yoksa da SAG kartı alamazsınız. Tam bir kısırdöngü. Bu yüzden babam beni bir ajansa götürdü ama yine de seçmelere katılmam gerekiyordu. Bir parça okudum. İçimde bir cevher görmeleri gerekiyordu.

"Gençken beni görmeliydiniz; öyle sessizdim ki... Bir keresinde bir TV programına katıldım ve insanlar ajansıma,

---

* Screen Actors Guild: Sinema Oyuncuları Derneği. (ç.n.)

'Kız iyi değil mi? Morali çok bozuk gibi görünüyor da' diye sordular. Tipik yeniyetme saçmalıklarıydı işte. Herkese gülmemem ve nasıl olduklarını sormamam, üzgün olduğum anlamına mı geliyor?"

Antika divanda oturan Juliette elindeki listeden okumaya devam ediyor:

"Babana mı yoksa annene mi daha çok benziyorsun?"

Ses kayıt cihazı onu dinlemeye devam ediyor.

"On sekiz yaşındayken bile, '*Makyaj yapmam gerektiğini* hangi gizli kural kitabı söylüyor?' derdim. 'Şu fotoğrafı hemen çekemez misiniz?' diye çıkışırdım. İlk zamanlarda poz verdiğim dergilerde tam olarak makyajlı ya da makyajsız olmamamın nedeni bu. Bana 'alternatif kız' ya da 'kaçık kız' derlerdi çünkü öyle ha deyince takıp takıştırmazdım.

"Gençken, asla giymeyeceğim bir yığın giysi sunarlardı... Bir makyajcıları vardı... Ve ben de güya *kendimi temsil edecektim öyle mi?* Garip bir şeydi bu. Brando ya da De Niro gibi erkek seleflerime benzemek istiyordum. Bir adamı alırsınız ve filmde belgelersiniz, işte o kadar.

"Etrafa yaydığınız kokular, yani cinselliğiniz de benliğinizin bir parçasıdır. Açık bir ağız, parlak dudaklar ve parlak renkleri içeren, üretilmiş bir cinsel cazibe Amerika'daki pornografik seks cazibesidir ve bunun cinsellikle hiçbir alakası yoktur. Şişme bebek gibi bir şey bu. Bunu çok kolay yapabilirdim. Yapamadığımdan değil yani. Ama benim amacım asla bu olmadı.

"Şimdi bu işin bir şeyler satmaktan ibaret olduğunu fark ediyorum" diyor Juliette. "İşin aslı, gerçekte bir askıya dönüşüyorsunuz."

Juliette okumaya devam ediyor: "Gerçekten yaşlı bulduğun yaşlı bir kadınla çıktın mı? Sana ne öğretti?"

"Kadın bedenine dair ilk izlenimin neydi?"
"Bir kadın memelerine silikon taktırdığında saygı faktörü azalıyor mu?"

"De Niro'yla çalışırken onunla ilgili iki rüya gördüm" diyor. "Sanırım, o sahnenin heyecanıyla gördüm bu rüyaları. Çünkü benim için *büyük sahneydi* bu. Rüyalardan birinde havuzun altındaydık ve nefes almak için su yüzüne çıkıyorduk. O, dibe dalınca, ben de dalıyordum ve suyun altında birbirimize değip süzülerek karşılıklı yüzüyorduk. Bu tıpkı, birbirini seven iki çocuğun su altında oyun oynaması gibi bir şeydi. Flört etmek gibi bir şey. Sonra o rüyadan uyandım ve o anda De Niro'ya âşık oldum.

"Karakterlerimizin küçük bir tango yaptığı o sahnede bildiğim tek şey onun yanıma gelip, 'Danielle, sana sarılabilir miyim?' diyeceğiydi. Senaryoya göre beni öpmesi gerekiyordu ama Scorsese sadece, 'Bob bir şey yapacak, sahneye ayak uydur' dedi.

"Bu sahneden önce öpüşme sekansını çekeceğimizi biliyordum. Öğle yemeğini daha yeni yemiştim. Kedibalığı falan vardı menüde. 'Ağzımı çalkalamalı mıyım?' diye düşündüm. Ama çalkalamak istemedim çünkü bu benim bunun üzerine *düşündüğümü* belli ederdi. Öpüşmek üzerine düşünmüş gibi davranmak istemiyordum. Yapsan bir türlü yapmasan bir türlü. Yapmadım. Ağzımı çalkalamadım. Sonra sete gittim. Bob yanımdaydı ve ben *ağız gargarası* kokusu aldım. Ve o anda kafama dank etti –kendimi küçük bir çocuk gibi hissettim– çünkü 'Profesyonelce davranıyor. Düşünceli ve nazik olmaya çalışıyor' diye düşündüm. Ne var ki karavana dönmek için artık çok geçti. Bunun nahoş bir şey olup olmadığını bilmiyorum.

"İzlediğiniz sahne ilk çekim. İki kere çektik. Başparmağını dudağımın üzerine koydu. Çok gergin bir andı çünkü aramızda *azıcık* bir mesafe vardı ve doğrudan ona bakıyordum. Başparmağını ağzıma sokmaya yeltendi ve ben de parmağını ittirdim. Sonra o ısrar etti ve ben de izin verdim. Bu sahneden sonra insanlar cinsellikten ve o yaşta hızla gelişen cinsellikten bahsetmeye başladılar ama ben olaya hiç bu şekilde yaklaşmadım. Benim bakış açıma göre, başparmağıyla o hareketi yapmadan önce kızı *dinliyordu*, kıza ailesinin vermediği bir şekilde değer veriyordu ve sonra bu cinsel hareketi yaptı. Ancak, kız o başparmağı emdikten sonra adamın yüzüne bakarken gözlerimde gördüğünüz şey, 'İyi miydi? Hoşuna gitti mi?' gibi bir ifadeydi. Memnuniyet verici bir şeydi."

"Başparmağı çok *temizdi*" diyor.

Juliette listeden okuyor: "Hiç yaz kampına gittin mi? (Çünkü en güzel çocukluk anılarımdan biri yaz kamplarıdır.)"

"Lunaparktaki hızlı trenleri sever misin?"

"Uzun zaman önce bir kaykay turnedesindeyken" diyor Steve Berra, "bir benzin istasyonundan *Kaliforniya*'yı aldım. Sahnelerden birinde attığı kahkahayı taklit etmeye çalıştığımı hatırlıyorum. Beni benden almıştı bu kahkaha. Adele karakterinin attığı o küçük kahkaha. O kadar doğal ve gerçekti ki, on dakika boyunca onun gibi kahkaha atmaya çalıştım. Onu tanımıyordum. Nasıl bu kadar harika olabildiğini anlamıyordum."

Oturma odalarında filmin video kasetini izlerken, Juliette kahkalar atıyor ve o anda doğaçlama söylediği repliklere işaret ediyor.

"Küçük karakterim Adele'nin senaryoda, aralara serpiştirilmiş birkaç repliği vardı sadece" diyor Juliette. "Böylece ben de Dominic Sena'yla görüştüm. Enerjisi ve filme dair kafasında canlanan fikirler beni hakikaten etkiledi. Çok heyecanlıydı. Benim bu karakteri yaratmama izin verdi. O filmde yaptıklarımın yüzde doksanını çekimler esnasında uydurdum. Bu, oyunculuk açısından benim için bir dönüm noktasıydı çünkü ortaya hakikaten bir şeyler koymalı, hakikaten bir şeyler icat etmeliydim. Bence bu, o küçük Adele karakteri, benim ilk resmi karakterimdi."

Okumayı sürdürüyor: "Beden öldükten sonra insana ne olur sence? Bedene hapsedilmiş bir ruh olduğunu mu yoksa sadece bir beyin olduğunu mu düşünüyorsun?"

"Ardından şunu sormalı: Peki Mozart'ın yedi yaşında senfoni yazmasını nasıl açıklıyorsun? (Çünkü ben bunun yaratıcı becerinin ruhtan kaynaklanmasının kusursuz bir örneği olduğunu düşünüyorum.)"

"İyi oyuncularla çalıştığınızda" diyor Juliette, "-miş gibi yaptığınız bir gerçeklikten alternatif bir evren yaratıyorsunuz. Bunu açıklamak mümkün değil. Sihirli bir şey bu. Katışıksız inanç. Benim can simidim kameradır. Kameranın evrenini bilirim. Sadece *bu kadarını* kaydettiğini bilirim. Bu uzamda bir şeyler yapabileceğime dair bir güven ya da kesinliğe sahibim. Kameranın yoğunlaşmış gerçekliği diyorum ben buna.

"Bazen insan seyircilere dönüp, 'Bu arada, sevgili seyirciler, bu sahneyi çektiğimizde gecenin üçüydü ve dışarısı eksi otuz dereceydi. Bütün bunlara rağmen bu sahneyi kotardık' demek istiyor. *Cape Fear* [Korku Burnu] gösterime girmeden önce oynadığım *That Night* vardı mesela; 1962'de geçen bir aşk hikâyesiydi. Kenar mahalleli, son derece cazip, son derece tatlı bir çocuk vardı. Atlantic City'de bir limanda gece yarısı onunla buluşacaktım. Hava buz gibiydi ama biz o anda güya yaz mevsimindeydik. O sıcak ateşli gecelerden biri falan işte. Bu esnada ben biraz morarmıştım. Dudaklarımdan 'bırrrrrr' diye bir ses çıkıyor ve çenem titriyordu. Titremesin diye çenemi tutuyordum. Üzerimde yazlık bir elbise vardı. 'Evet, hazırız, gelebilirsin' denilene kadar paltom üzerimdeydi. Sonra onu çıkardım ve "Tanrım, deli gibi âşığım..." dedim.

"George Clooney'le birlikte rol aldığım vampir filmi *Gün Batımından Şafağa*'nın çekimleri esnasında Clooney, 'Yahu bütün arkadaşlarım, "Demek Juliette'le çalışıyorsun; harbiden kaçığın teki mi? Harbiden ihtiraslı mı?" diye soruyor' dedi. Halbuki öyle ihtiraslı biri falan değilimdir. Belki gençken biraz saplantılıydım. Belki bunun kötü bir şey olduğunu kabul edebilirim. Aslında benim işim biraz basit sayılabilir. Bir tipe girip çıkıyorum. Kamera açıkken ben de açılıyorum. Kapandığında, ben de kapanıyorum."

"İnsanlar yaptığınız şeyi nasıl yaptığınızı bilmek istediklerinde, bunu açıklama ihtiyacı hissediyorlar" diyor. " 'Evet, sen biraz kaçıksın, perdede bu kadar ihtiraslı olabilmenin sebebi de bu' diyebilmek onları rahatlatıyor. Bir açıklamaya ihtiyaç duyuyorlar. Benim açıklamam ise bunun sihirli bir şey olduğu yönünde."

Elindeki listeden okuyor: "Kadın anatomisi seni hiç afallatıp, korkuttu mu? (Çünkü beni korkuttu ve ben bu anatomiye sahibim.)"

Scientology Şöhretler Merkezi'nin önünden arabayla geçerken, "Scientology'nin bütün olayı, büyük düsturu şu" diyor. "Sizin için gerçek olan şey gerçektir. Yani burada dogma gibi bir şey yok. Uygulamalı bir dini felsefe bu. Ve 'İletişim Aracılığıyla Başarı Dersi' gibi küçük dersler var. Hayatınıza uygulayabileceğiniz şeyler sunuyorlar ama bu bir yanılsama değil, robot gibi uygulanacak bir şey değil. İşe yarayıp yaramadığını görebiliyorsunuz. İşe yarıyorsa yarıyordur. Bana çok yardımı dokundu."

Listeden okuyor: "Hiç doğal afet yaşadın mı?"

"Hiç sandaletin oldu mu?"

Yatak odasının kapısının hemen önünde, kendisinin ve Woody Harrelson'ın *Newsweek*'te çıkan çerçeveli, poster boyutunda bir fotoğrafına bakarak şunları söylüyor: " '*Katil Doğanlar*'da oynadıktan sonra, zamanla bu filmin bir hiciv ve canlandırdığım karakterin de, ben bu karaktere gerçek insani duygular yüklemiş olsam da, bir karikatür olduğunu anladım. Ama bence yapmacık bir film. Aptal bir film. Gerçeklerin ötesinde mübalağa edilmiş bir film. Filme biraz enerji katmak zorundaydım, bağırıp durduğum o açılış sahnesinde yaptığım gibi: *Bakın ne kadar da seksiyim*! Güçlü bir sesim var, dolayısıyla sesimi yükseltebiliyorum. Ne var ki kurgu yapılınca biraz aptalca göründü. Herkes, vaaavvvv, keçileri kaçırmış bu kız diye düşündü ama öyle değildi. Bence bu performans çok yapmacıktı."

İnsanların filme nasıl tepki verdiği konusunda ise, "Her şeyi homojenleştirseniz de" diyor Juliette, "patlayan insanlar olacaktır. Peki niye böyle? Sanırım, ellilerden bu yana psikiyatrik ilaçlardaki artış bu işte bir erezyona yol açtı... araştırma yaptım. Bazı Senato toplantılarında da söz aldım; ama altı yaşın üstünde, Ritalin kullanan altı milyon çocuk olduğunu düşünürseniz, bu onlar için çok daha büyük bir sorun. Bu yüzden görmezden geliyorlar. Sadece 'Lütfen filmlerde biraz daha az şiddet kullanır mısınız?' diyorlar.

"Mesela şu ünlü katil 'Sam'in Oğlu' var. Bir köpeğin havlayarak kendisine mesajlar ilettiği için insanları öldürdüğünü söylemişti. Şeytan, köpek aracılığıyla mı konuşuyordu? Eee, bu durumda bütün köpekleri kilit altına mı alıyoruz? Bu katilin söylediği şey yüzünden?"

Elindeki listeden okuyor: "Yeniyetmelik döneminde en sevdiğin laf hangisiydi? Şunlardan birine yakın mıydı:

Çok orijinal.
Çok kaltakça.
Çok adice.
Çok kıyak.
Ya da, çok seksi?.."

"Şimdiki zamanda bir şeyler yaratmak için geçmişinizi kullanmak zorunda olduğunuza inanmıyorum" diyor. "Yaşadığınız acı verici bir olayı filme uyarlayıp, kullandığınız farklı oyunculuk ekolleri var. Bence bu çok karmaşık bir şey. Ben kendimi malzemeye teslim ediyorum. Tek yapmam gereken teslim olmak.

"Bence, oyunculukta yapılması en zor üç şeyden ilki ağlamak çünkü ben bunu hayatımda çok nadiren yapıyorum. Gözlerim dolabilir ama ağlamam. İkincisi ise 'Gülmekten kendini alamıyor' dedirtecek kadar histerik kahkahalar atmaktır. Üçüncüsü ise şaşırmış ya da korkmuş gibi yapmaktır: 'Tanrım, beni çok korkuttun' der gibi. Geriye dönüp düşünmeniz lazım, 'Korktuğumda ne yaparım ki ben?' diye. Belki ilk şoktan sonra elleriniz titriyordur. Nefesinizi tekrar düzenlemek için bir dakika uğraşmanız gerekiyordur. O noktaya ulaşmak için çabalıyorsunuz.

"Ağlamak için, bunu yapmam gerektiği, aksi halde çuvallayacağım düşüncesinin bende yarattığı korku ve baskıyı kullanıyorum. Çuvallayacağım. Yönetmenim ve film de çuvallayacak diye düşünüyorum. İnsanlar benim bu duyguyu üretebileceğime inanıyor. *Ağlayamayacak* olmanın yaratacağı hayal kırıklığı beni gözyaşlarına boğuyor."

"Oliver Stone'la *Katil Doğanlar*'ı çekerken" diyor, "Woody Harrelson'la tepenin üzerinde tartıştığımız bir sahne vardı. O sabah regl olmuş ve bir önceki gece de iyi uyuyamamıştım. Bir saatlik uyku, artı o *kadın halinin* verdiği acı, tartışıyoruz ve kestik.

"Woody, 'Tekrar denemek ister misin?' dedi. Sahneyi bir kere daha almak istiyorum.'

"Ve Oliver da, 'Evet. Ne dersin Juliette? Tekrar denemek ister misin?' dedi.

"Ben de, 'Niye ki?' dedim. 'Berbat bir şey bu. Ne anlamı var ki? Berbatım işte. Bunu neden yaptığımı bile bilmiyorum. Daha iyisini falan yapamayacağım. Berbat bir şey bu! Rezalet!'

"Herkes bana bakıyordu ve Oliver, beni bir kenara çekip, 'Bak Juliette' dedi, 'hiç kimse ne kadar berbat olduğunu duymak istemiyor. Berbat olduğunu düşünmen falan buradaki kimsenin umurunda değil.' O andan itibaren, böyle davranmayı bıraktım. Tam bir dönüm noktasıydı benim için. Oliver çok iyi bir şey yaptı. Beni bu küçük saçmalığı sürdürmekten kurtardı."

Listeden okuyor: "Hiç, insan arkadaşlarınla konuştuğun gibi konuşmayı isteyecek kadar bir hayvana âşık oldun mu? (Çünkü ben kedilerime âşık olurum ve keşke aynı türden olsak da iletişim kurabilsek diye düşünürüm.)"

Westwood'daki bir partide, oyuncu ve senarist Marissa Ribisi, Juliette ve Steve'i tavuk yerken izliyor ve "Çok tatlılar. İki sıkı dost gibiler" diyor.

Partiden çıkarken, dolunay altında birer dilek kurabiyesi alıyorlar ve ikisine de aynı dilek çıkıyor: "Talihiniz Son Derece Açık."

Partiden arabayla eve doğru giderken Juliette, "Düğüne ilişkin düşündüğüm tek şey bir manzara yakalamaktı. Açıkhavada, bir falezin üzerindeydik. Onu ilk defa takım elbiseyle görüyordum ve acayip havalıydı. Kendi manzaramdı bu –çünkü ilk önce yürüyerek, tüneli kateden bu küçük patikadan geçmek zorundaydım; sonra park geliyor, sonra da faleze ulaşıyordum– ve ona doğru yaklaşırken, güneşin önünde duran bu adamın siluetini gördüm. İnanılmazdı" diyor.

" 'Duvağım açık mı olmalı kapalı mı? Açık mı kapalı mı?' diye düşünüp duruyordum. Duvak olayını seviyordum çünkü duvağın gerisinde kendinizi bir rüyada gibi hissediyorsunuz. Düğün günleri de böyledir zaten."

"Ayakkabım yoktu" diyor Steve. "Sadece takım elbise almaya vakit bulabilmiştim. Takım elbiseye uygun bir ayakkabım da yoktu. Arkadaşımın ayakkabılarını ödünç almak zorunda kaldım. Fotoğraf çektirmek için falezde ayakkabılarımızı değiştirdik."

Salondaki VCR bozuluyor, bu yüzden Steve'in kaykay videolarını yatak odasındaki televizyonda izliyorlar ve Juliette, "Kaykay videolarını ilk izlediğimde gözlerim doldu" diyor. "Birincisi, müzik çok güzeldi ve müziği, piyano müziğini o seçmişti. Ne denli estetik bulduğumu anlatamam: Kayıyor, zıplıyor ve fiziksel evreni ihlal ediyordu. İhlal ediyordu çünkü yapılmaması gereken bir şey bu. Normalde tekerlekli bir şeye binip, iskeleden falan atlamazsınız. Bu tam bir meydan okuma. Hayatımda ilk kez bir partnerim beni böylesine kendimden geçirmişti."

Üst katta Juliette, çerçeveli bir Marilyn Monroe fotoğrafına bakıp, "İnsanlar Marilyn'i bir seks sembolüne indirgediler" diyor. "Ama bu kadar etkili olmasının sebebi insanları neşelendirmesiydi. Etrafına bir keyif dalgası yayıyordu. Gülümseyişi adeta içinize işliyor. Dişi bir bedende, harikulade kıvrımlara sahip bir kadın ama insanları ona baktıklarında neşelendiren şey, yaydığı o çocuksu sevgi ışıltısı. Bence onu özel kılan şey buydu.

"Scientology'de bunun için kullanılan bir kelime var. Çocuklarda ortak olan şey... insanları neşelendirebilmeleri, keyif saçabilmeleridir ve buna *theta* denir. Bu, ruhun yaradılışında olan bir şeydir. Scientology'de ruha *thetan* denir, ruhun saçtığı şeye ise *theta*. Ben buna *sihir* diyorum."

Uzun zaman önceki aşk hikâyesinden kalma soru listesinden okumaya devam ediyor: "Hepimizin potansiyel olarak İsa gibi olduğumuzu hissediyor musun?"

"İnsanlık için umudun var mı? Eğer yoksa, bu umutsuzluk karşısında nasıl oluyor da yaşamaya devam edebiliyorsun?"

"Bu soruların doğru cevabı diye bir şey yok" diye vurguluyor.

HAMİŞ: Juliette'in evine giden yolu neredeyse yarılamışken şoförün telefonu çaldı. Derginin kredi kartından yapılan ödeme onaylanmamış ve ulaşımdan sorumlu şahıs da şoförün "ücreti yolcudan almasını" istemiş. Yarım günlük yolculuğun ücreti 700 dolardı. Bundan bir hafta önce bir otel bana derginin kredi kartıyla ilgili aynı hikâyeyi anlatmış ve sonra da hem benim hem de derginin kredi kartından çekim yapmıştı. Bu çifte ödeme olayından dilim yanmıştı, anlayacağınız. Şoföre, hayatta olmaz dedim. O da benim hırsız olduğumu söyledi. Ben de ona ilk trafik ışıklarında beni indirmesini söyledim. Kapıları kilitleyip, hayır dedi. Bu arada çantam da hâlâ bagajdaydı. New York'taki dergiyi aradım ama o saatte herkes evine gitmişti. Sonraki iki saat boyunca, Hollywood Hills'de, kapılar kilitli bir halde dolaştık. Şoför bağırıp çağırıyor, ücreti ödemekle yükümlü olduğumu söylüyordu. Hırsızmışım ben. Ücretini ödeyemediğim bir hizmetten faydalanmamalıymışım.

Ona, bütün ayarlamaları derginin yaptığını söyledim. Ve New York'u aramaya devam ettim. Yine de, "Vay be, bir limuzinde rehin alındım, ne acayip bir şey! diye düşünüyordum.

En nihayetinde 911'i arayıp, kaçırıldığımı söyledim. Bir dakika sonra şoför beni ve çantamı Juliette'in evinin önündeki su oluğuna attı.

Merdivenleri çıkıp, zili çaldım. Juliette'e olanları anlatmadım. Juliette ve Steve muhtemelen benim hep böyle titrek, terlemiş, mahvolmuş bir tip olduğumu düşünüyordur hâlâ.

Bu arada, derginin kredi kartında bir sorun yokmuş...

Niye Kımıldamıyor?

"Ben [Andrew Sullivan] İngiltere'nin güneyinde küçük, aslında çok küçük bir kasabada doğdum, İngiltere'nin güneyinden çok uzakta olmayan başka bir küçük kasabada büyüdüm, Oxford'dan burs kazandım, sonra '84'te Harvard'da yüksek lisans yapmak için başka bir burs daha kazandım ve Kennedy School'dan Kamu Yönetimi diploması aldım ve sonra refah reformunun regresyon analizi gibi şeylerle uğraşamayacağımı fark edip, felsefeye, temelde de siyaset felsefesine yöneldim ve takip eden birkaç yılda siyaset felsefesi, temelde de siyaset kuramları konusunda doktora yaptım ve bunu yaparken Washington'a gidip, *New*

Republic'te staj yaparak bir nevi ek işte çalışmış oldum, sonra dergiye dönüp önce editör yardımcısı ve sanırım 1991'de de *New Republic*'in editörü oldum ve bunu '96'ya kadar sürdürdüm, sonra bunu da bırakıp bir bakıma hayatımı toparladım."

"Benim... Ben hayatımdan nefret ediyordum. Nefret. Büyürken kendimi içinde bulduğum koşullara karşı içgüdüsel bir düşmanlık geliştirmiştim ve sanırım çok erken koptum her şeyden... annemle babam kavga ederken bundan hiç keyif almıyordum. Dehşete kapılıyor ve travma geçiriyordum... Bir dereceye kadar insan buna alışıyor. Annem her şey konusunda inanılmaz derecede dürüst ve dobraydı ve bu her şeyiyle çok... çiğdi. Babam hep kapıları çarpıyor, bağırıp çağırıyor, sarhoş oluyor ve ragbi oynuyordu. Annem ise hep yakınıyor ve bağırıyordu. Yani bu hep böyle devam ediyordu. Sanırım, bir yanım bütün bunlardan kendini soyutladı ve bütün bunları bir gösteri, bir maç gibi izledi. Öte yandan, diğer yanım tüm bunlardan travmatik bir şekilde etkilendi. Ama travma yaşıyor olsanız da olmasanız da bulunduğunuz yer eviniz. Bu korkunç bir travma olsa bile terapistlerin size söylediği şey bu ve bence bu çok manidar bir şey. Söz konusu derin bir mutsuzluk olsa bile, bu *sizin* mutsuzluğunuz."

"Belki de insan bundan sonra bu hali kopyalanan ilişkiler arıyordur..."

"Çocukken Sussex'teki Arundel Katedrali'ne kabul edildim. Ben Sussex'liyim ama ailem değil. İrlanda'nın bataklık bir bölgesinden geliyorlar. Sussex son derece Katolik bir İngiliz vilayetiydi, bir sürü İngiliz ermiş oralıydı ve bu da ben çocukken kimliğimin bir parçası olmuştu."

"Kiliseye kabul azizim, Aziz Thomas More'du... Ben bir İngiliz Katolik çocuktum ve sanırım bu belli bir kimlik türünü ve İngiltere'ye, İngiltere'nin bütün Katolik-karşıtı tuzaklarına karşı bir direnişi ifade ediyordu ve More da beni her zaman büyülemişti. Son derece büyüleyici bir insandı, bütün o bildik nedenlerden, dünyada olma/olmama çabasından ötürü. Boğazına kadar politikaya gömülmüştü. Ruhsal yaşamına daha da gömülmüştü. Dürüstlüğün, sadakatin ne olduğuna dair bütün soruları bünyesinde barındırıyordu."

"Beni gerçekten ilgilendiren tek konu kutsallıktır. Azizlerin ne olduklarıyla ilgilenirim. Çünkü bu... Onların ne olduğunu bilmiyorum ve aslında bilmem lazım. Sanırım, hepimiz bütün bunların ne olduğunu, altı üstü bir insan olan ama bir şekilde kutsal olan, başka bir şeyle diğer insanların kurduğundan daha derin bir iletişim kuran insanın nasıl bir şey olduğunu daha iyi kavramalıyız... Beni büyüleyen birçok aziz var ve onlar hakkında daha fazla şey öğrenmek isterim. Mesela Aziz Francis var. Bir de Aziz John..."

"Kendi ayakları üzerinde duran şahsiyetlerde –ve buna bir bakıma fazla anlam yüklediğime eminim– afallatıcı bir şey var. Öylece duran ve kımıldamayan insanlarda. İnsan kendine 'Niye kımıldamıyor? Neler oluyor? Neden? Neden? Neden?' diye soruyor."

"Eskiden [HIV] pozitif olan insanları kıskanırdım. Çünkü benim ulaşamadığım daha yüksek bir hayat yaşıyorlar gibi hissediyordum. İşte kutsallık burada devreye giriyor. Azizin tanımı şudur. Bu gece ölecekmiş gibi yaşayan insan. Azizler gerçeklikle, yani bizim faniliğimizle o kadar temas halindeler ki işte bu yüzden farklı bir yoğunluk seviyesinde yaşayabiliyorlar... Bir anda, HIV pozitif insanlara âşık olduğumu fark ettim... Böyle birkaç kişiyi anımsıyorum da; hastalıklarıyla baş etmeleri, hastalıklarıyla birlikte yaşamaları, hastalıklarını alt etmeleri ve ölürken bile hastalıklarıyla ışıldamaları bence gerçekten çok etkileyiciydi. Bunda bilhassa cazip olan bir şey var: Tıpkı şehitlerden ve intihar bombacılarından etkilenmemiz gibi... Bu insanların hiçbiri içinde bulunduğu durumda olmak istemiyordu ama aptallığa ve ıvır zıvır şeylere de hiçbirinin tahammülü yoktu."

"Çok fazla detaya girmeyeceğim. San Francisco'da karşılaştığım o kişiyle son derece fırtınalı ve kısa süreli bir ilişki yaşadım. Onunla bir cumartesi gecesi karşılaştım... Onunla son temasımız çok buyurgan ve kötücül bir e-posta yazışması oldu. Sonra onu gördüm ve onunla konuştum; sesimizi falan yükseltmedik. Biz konuşurken arkadaşlarım iki şey fark etmiş: Bariz bir şekilde öfkeliymişiz ama öte yandan aramızdaki ilişki inanılmaz derecede tutkuluymuş. Yan yana geldiğimizde ikimizin arasında bir şeyler çatırdıyordu. Ve sanırım bunu *seviyordum*. Sıkılmamı engelliyordu."

"Evli olmanız daha az yalnız olduğunuz anlamına gelmiyor. Eğer dikkat etmezseniz, ilişki en yoğun yalnızlık biçimi olabilir... Dostluk, insanın aşkta, romantik aşkta yaptığı gibi benliğinden ödün vermeksizin yalnızlığını hakikaten hafifleten ve gideren tek şey. More tamamen yalnız değildi. Çok yakın olduğu bir kızı ve harika dostları vardı."

"Çok önemli bir soru bu: 'Neden yalnızsınız?' Yani aslında, hepimiz yalnızız. Yalnızlık... hayatın ta kendisi. Önemli olan şey yalnızlığımızın niteliği. Söz konusu olan kaliteli bir yalnızlık mı değil mi? İşte asıl mesele bu. Ben yalnız bir insanım. Hep böyle oldum, çocukluğumdan beri. Bence zor bir şey... birini hayatıma almak için çok çaba sarf etmem gerekiyor."

"Bir keresinde biri şöyle demişti: 'Heteroseksüeller arasında sen bir eşcinselsin. İngilizler arasında Katolik'sin. İrlandalı bir Katolik. Amerikalılar arasında biraz İngiliz'sin. Akademik çevrede biraz serserisin. Serseriler arasında biraz akademiksin. Kendini hep belli bir gruptan ayırıyorsun."

"Bu savunmacı bir tepki olabilir. Yani, Cumhuriyetçiler benimle bir şey yapmak istemiyor. Demokratlar da öyle. Sağ görüşlü insanlar bana bir hayli şüpheyle yaklaşıyor. Sol görüşlü insanlar da... Kendim için düşünüp yazmaya çalıştığımı düşünmekten hoşlanıyorum ve bu da insanları, düzenli olarak kızdırdığınız anlamına geliyor. Yalnızlık bir yazar için son derece doğal bir haldir. Ama bu benim model aldığım bir şey değil... Mesela Orwell herhangi bir insan grubunun kahramanı değildi; demek istediğim, çok yalnız biriydi. Bağlılıklar beni irkiltiyor."

"Berbat bir şey bu: Herkesin benimle hemfikir olduğunu hissettiğim an fikrimi değiştirmek istiyorum. Ben böyle biriyim işte, muhtemelen editörlüğün yöneticilik kısmını pek becerememememin sebebi de buydu çünkü kibarca hepsini bir araya getirmektense bütün ekibimle zıtlaşmak bana kendimi hakikaten daha rahat hissettiriyordu. Okurlarımız [*New Republic* okurları] söz konusu olduğunda bile durum buydu; *herkesi diken üstünde tutmaya çalışıyordum her zaman*."

"Ben bunun üzerine bir dereceye kadar düşündüm elbette. Bunu şöyle ya da böyle sorunsallaştırmak istemiyorum. Ben böyleyim diye düşünüyorum... sanırım, bana kendimi güvende hissettiren şey bu, bu güvensizlik hissi."

"Hoş karşılanıp karşılanmamak beni ilgilendirmiyor. Böyle düşünmeye başladığınızda bence işiniz bitmiş demektir. Beni ilgilendiren tek soru şu: Acaba aktarmaya çalıştığım bazı şeyleri kurmaca yazarak, tartışmacı şeyler yazarak yapabildiğimden daha etkili bir şekilde aktarabilir miyim? Şimdilerde piyasada ya gerçeğe dayalı şeyler, biyografiler, tarihsel metinler ya da kurmaca eserler var. Jim Carville'in yazdığı türde 'ben haklıyım onlar haksız' havalarında çağdaş metinlere benzemeyen, birilerinin cidden okuyabileceği siyasi ya da ahlaki metinlerin sayısı çok az."

"*Virtually Normal* garip bir kitaptı. Ben aslında garip bir kitap olduğunu düşünmüyorum ama şu anlamda garipti: Duygu ve psikolojiye bu denli bulaşmış bir konuyu klasik rasyonalist bir biçimde ele almaya yönelik bir girişimdi. Bu kitap için örnek aldığım model, hayran olduğum, 19. yüzyıl polemikçileri ve risale yazarlarıydı. Bu risaleler çok uzun değillerdi; herkes okuyabiliyor ve bir tartışma başlatabiliyordu. 19. yüzyıldaki bu kitapçıklar harika şeylerdi."

"*Virtually Normal* 95'te yayımlandı, yani ben bu kitabı 94'te, hâlâ editörlük yaparken yazdım. 93'te *New Republic*'te yayımladığım bir makalede ["Eşcinselliğin Politikası"] argümanımın prototipini oluşturmuştum. Bu arada da başka birçok konuda yazmış ve İngiliz gazeteleri için de bir Amerikan yorumu yazmaya devam etmiş, sonunda iyi bir anlaşma yapıp, *Times* için yazmaya başlamış ve böylece de kiramı ödemenin bir yolunu bulabilmiştim. Ama *New Republic*'ten ayrıldıktan sonra editörlüğü bıraktım ve yazmaya daha fazla odaklandım."

"Ortada bir dram yoktu, bir enerji vardı. Bunun üretilmiş bir dram olduğunu sanmıyorum. Saf enerjiydi. Diğer editörlerle de böyle bir etkileşim içindeydim... Baştan çıkarıcı bir yerdi orası. Güçlü fikirlere sahip bir sürü önemli insan kafa çarpıştırıyordu. Bu tip yerlerin doğası bu. Benim gibi insanları cezp ediyor böyle yerler ve benim gibi insanlar benim gibi insanlarla anlaşamıyor."

"...her şeyden önemlisi, çocukken olmak istediğim şey buydu. Yöneleceğimi düşündüğüm şey buydu; seçim siyaseti... Bunu kısmen yaptığımı da düşünüyorum... Bence bu siyaset, siz ne yaparsanız odur... Ben ülkeyi dolaşıyor ve konuşuyorum. Liselerden siyasi mitinglere kadar her yere gidiyorum. Büyük bağış yemeklerinde falan da konuşuyorum. Ve bunu sürekli yapıyorum... Bu ilginç bir şey ama sanırım yapmaya çalıştığım şey hem hitabetle –ister Jerry Falwell ister Pat Buchanan'la karşı karşıya olun, karşınızdaki kişinin argümanını parçalara ayırıp, yetersizliğine işaret etmek– alakalı hem de bir örnek teşkil ediyorum: 'Ben de bir gay'im ve buradayım' diyorum. Bu gerçek, söz konusu tartışmayı tamamen farklı bir yöne kaydırıyor; çünkü konuştuğumuz şeyin bir kısmı da utançtan ve bu utanca direnip, bunu alt etme becerisinden oluşuyor. Bu, iddia olarak ortaya koyabileceğiniz bir şey değil. Bunu 'sergilemeniz' gerekiyor. Bunu gören insanların bunu hissetmesi, hazmetmesi, sonra da bunun etkisinden çıkıp, bizzat kendilerinin bunu yapması gerekiyor. Çoğu zaman yaptığım şeyin bu olduğunu hissediyorum. Yaptığım şeylerin yüzde doksan beşini, 'sergileyerek' başardığımı hissediyorum. Doğrudan gözlerinin içine bakıyorsunuz... Komik ama geçen hafta *Siyaseten Yanlış* programında Lou Sheldon'la birlikteydim ve Sheldon, 'Bunun bir hastalık olduğunu düşünmüyorum, bu bir bozukluk' dedi –eşcinsellikten bahsediyorduk– ve benim yaptığım tek şey şöyle demek oldu: 'Hey, ben buradayım dostum. Benim hakkımda sanki burada değilmişim gibi konuşma... Artık bizim hakkımızda böyle konuşamayacaksınız çünkü biz buradayız. Bizi ciddiye almak zorundasınız.' "

"Rolümün ne olması gerektiğini bilmiyorum. Bununla çok mücadele ettim. Hâlâ karşılaştığım bütün o düşmanca tavırları görseniz hayret ederdiniz... Bir mevkiye gelir gelmez, temsil etmem gereken insanların beni tamamen yok edeceğini düşünüyorum... Çok zorlu bir dünya... Gay ve lezbiyen dünyasında böyle bir liderliğe aşırı bir direnç gösteriliyor. Çok kavgacı bir yer burası... Bu kadar belirsiz ve kafası karışık konuşmaktan nefret ediyorum ama bilmiyorum işte. Sanırım, çok ihtiyatlı davranıyoruz. Ben çok ihtiyatlı davranıyorum."

"Tekrar, kendimize inanmama, alakasız ya da sığ şeyler olduğumuzu, eksiksiz duygusal yaşamlara, eksiksiz siyasi yaşamlara ihtiyacı olmayan insanlar olduğumuzu düşünme tuzağına düşmekten, bu düşüncenin geri gelmesinden korkuyorum. Ben muhafazakâr değilim. Bu şeylerin kaçınılmaz olduğunu düşünmüyorum. Bunun bir tercih meselesi olduğunu düşünüyorum. En azından bir kalıntı, AIDS mücadelesinin somut bir mirası olarak gay ve lezbiyen evliliği konusunda bu kadar ısrar etmemin sebebi de buydu; ama bu hakkı elde edemedik. Hawaii ve Alaska'da elde edilen sonuçlar, heteroseksüellerle konuşup onları, gerçeğin bu olduğuna, buna ihtiyacımız olduğuna ve bunu hak ettiğimize inandırmak için daha çok ama çok çalışmamız gerektiğini gösteriyor. Bunu hak ettiğimizi *kendimize* söylemek ve buna *inanmak* için de çok çalışmamız gerekiyor. Ama zor bir şey bu. Son derece zor."

"Bu kitabın [*Love Undedected*] birçok açıdan, hayatımın bir kısmının altını çizmek, kendimi sınamak ve yoluma devam etmek yönünde bir çaba olduğunu hissediyorum. Bunu yazmadan yapabileceğimi sanmıyordum. Arındırıcı bir etkisi oldu benim için. Muhtemelen de okuyanlarda böyle bir izlenim bırakıyor. Kusar gibi yazdım bu kitabı. Soyut kısımları bile kusar gibi yazdım. Bunu bitiremeyeceğimi çünkü dostluk hakkında söyleyecek bir şeyim olmadığını hissettiğim bir noktaya geldim ama sonra... [kusma sesi çıkarıyor] iki hafta içinde son kısmı yazdım. Günde sadece üç dört saat, hızla yazıyordum."

"Bu şeyler üzerine yazarken insan bazen, bir sonraki cümleyi yazmadan önce uzun bir uyku çekmeye, sonra da uyanıp, hayatını yeniden toparlamaya ihtiyaç duyduğu bir noktaya geliyor."

"Burada söylememem gereken şeyleri söylüyormuş gibi hissediyorum kendimi. Ama sanırım, önemli değil."

Amy'yi Kovalamamak

Tom Spanbauer'in atölyesinde minimalizm üzerine çalıştığınızda, okuduğunuz ilk hikâye Amy Hempel'in "The Harvest"ı oluyor. Sonra, Mark Richard'ın "Strays" adlı hikâyesini okuyorsunuz. Sonrasında da mahvoluyorsunuz.

Eğer kitapları seviyorsanız, eğer okumayı seviyorsanız, bu geçmek istemeyeceğiniz bir sınır olabilir.

Şaka yapmıyorum. Eğer bu noktanın ötesine geçerseniz, okuduğunuz neredeyse bütün kitaplar berbat gelecek size. Günümüz gazetelerinin haber sayfalarından alınma bütün o üçüncü tekil şahıs, olay ağırlıklı, kalın romanlar... Amy Hempel'den sonra hem zamandan hem paradan tasarruf edeceksiniz diyelim.

Ya da tam tersi. Her yıl gider pusulamda, Hempel'in üç kitabı *Reasons to Live, At the Gates of Animal Kingdom* ve *Tumble Home*'un yeni kopyalarını almak için daha fazla para harcadığımı görüyorum. Her yıl insan bu kitapları paylaşmak istiyor. Sorun şu ki o kitaplar bir daha geri gelmiyor. İyi kitaplar asla geri gelmez. Ofisimdeki rafların insanların çoğunun iğrenç bulduğu inceleme kitapları –çoğunlukla adli otopsi ders kitapları– ve nefret ettiğim tonlarca romanla dolu olmasının nedeni de bu.

Geçen sene New York'ta bir barda, East Village'deki KGB adlı bir "edebiyat" barında Hempel bana ilk kitabının baskısının tükendiğini söyledi. Bildiğim tek kopya Powell'ın nadir kitaplar dükkânında, vitrin camının ardında duruyor; 75 dolara satılan ciltli bir ilk baskı, imza yok.

Eserlerini sevdiğim insanların bizzat kendileriyle tanışma konusunda bir kuralım var. Bu kuralı sona saklıyorum.

Hempel'in kitapları yeniden basılmazsa, daha fazla para harcamaya ve daha az arkadaş edinmeye başlayabilirim. Bu kitapları zorla insanlara dayatıp, "Oku şunu" diyemezsiniz. "Sadece bana mı öyle oldu; yoksa seni de ağlatacak mı?"

Bir keresinde, *Animal Kingdom*'ı bir arkadaşıma vermiş ve "Eğer bunu sevmezsen, hiçbir ortak noktamız yok" demiştim.

Her cümle özenle işlenmiş demek az gelir; her cümleye *işkence edilmiş*. Bütün alıntı ve espriler, Hempel'in tam bir komedyen edasıyla yansıttığı tüm bu şeyler, yıllarca unutamayacağınız kadar komik ve derinlikli. Nasıl ki Hempel bunları hiç unutmuyor, el altında tutuyor, gerçekten parıldayacakları bir yer bulana kadar sarıp saklıyorsa, işte aynı şekilde. Ürkütücü bir mücevher metaforu kullanacağım ama onun eserleri çarpıcı taşlarla bezeli. "Matrix" usulü tatsız kurabiyelerden değil bunlar; ceviz parçacıklı gerçek birer kurabiye her biri.

Böylece onun yaşadığı tecrübe, sizin tecrübeniz oluyor. Öğretmenler, öğrencilerin bilgileri muhafaza etmeleri için duygusal bir kırılma, "aha!" dedikleri bir keşif anı yaşamaları gerektiğinden bahsederler. Fran Lebowitz halen, bir saate ilk kez baktığı ve zamanı söyleme mefhumunu kavradığı ana dair şeyler yazıyor. Hempel'in eserleri de tamamen bu ani aydınlanma anlarıyla dolu ve her aydınlanma anı size acı verici bir farkındalık hissi yaşatıyor.

Şu anda Tom Spanbauer, editörü, Spanbauer, Hempel ve Richard'a, Spanbauer aracılığıyla da bana minimalizmi öğretmiş Gordon Lish olan *The Quarterly* dergisinin eski bir sayısından "The Harvest"ı fotokopiyle çoğaltarak başka bir öğrenci grubuna ders veriyor.

İlk bakışta "The Harvest" uzun bir detaylar listesi gibi görünüyor. Yedi sayfanın sonuna geldiğinizde neden ağlamak üzere olduğunuzu anlamıyorsunuz. Biraz kafanız karışmış ve dengeniz bozulmuş oluyor. Birinci tekil şahsın ağzından yazılmış bir olaylar listesinden ibaret olmasına rağmen her nasıl oluyorsa parçalarının toplamından daha fazlasını ifade ediyor. Olayların çoğu acayip komik ama son anda, kahkahalarla süngünüzü düşürmüşken, içinizi burkuyor.

Evet, içinizi burkuyor. Her şeyden çok bunu yapıyor. O şeytan Amy Hempel bunu yapıyor. Tom'un size öğrettiği ilk şey bu. İyi bir hikâye sizi güldürmeli ve bir dakika sonra da içinizi burkmalı. Son öğrettiği şey ise *asla bu kadar iyi yazamayacağınızdır.* Bu kısmı bir sürü kâğıt harcayana, elinizde bir kalemle boş vakitlerinizi yıllarca çarçur edene kadar öğrenemeyeceksiniz. Berbat bir anınızda Amy Hempel'i elinize alabilir ve yazdığınız en iyi şeyin bile onun yazdığı en kötü şeyden ucuz bir apartma olduğunu görebilirsiniz.

Minimalizmin ne olduğunu iyice görüp kavramak için öğrenciler on hafta boyunca Spanbaeur'un mutfak masasında oturup, "The Harvest"ı parçalarına ayırıyorlar.

Çalışılan ilk unsur Tom'un atlar dediği şey oluyor. Buradaki metafor şu: Eğer Utah'tan Kaliforniya'ya bir atlı arabayla giderseniz bütün yol boyunca aynı atları kullanırsınız. Bu kelimeyi "temalar" ya da "koro" ile değiştirirseniz, olayı kavrarsınız. Minimalizmde hikâye bir senfonidir, sürekli yeni şeyler inşa edersiniz ama asıl melodiyi asla kaybetmezsiniz. Bütün karakterler ve sahneler, birbiriyle alakasız gibi görünen şeyler, hikâyenin belli bir yönünü ifade eder. "The Harvest"ta, böbrek bağışlarından, katılaşmış parmaklara ve televizyon dizisi *Dynasty*'ye kadar bütün detayların fanilik ve çözülmenin bir yönü olduğunu görüyoruz.

Bir sonraki unsur ise Tom'un "yanık dil" dediği şey. Bu bir şeyi okuru yavaşlatmak için yanlış söyleme, çarpıtma biçimidir. Böylece okuru soyut imgeler, kısa yol işlevi gören zarflar ve klişelere şöyle bir göz atmaktansa, daha dikkatli, hatta belki de iki kez okumaya zorlarsınız.

Minimalizmde klişelere "hazır metin" denir.

"The Harvest"ta Hempel şöyle yazıyor: "Bir cümleyi bitirmeye çalışan kopmuş bir kafa gibi günlerin içinden geçtim." Burada ölüm ve çözülmeyi hatırlatan "atlar"ı *ve* sizi yavaşlatıp, daha dikkatli bir okumaya sevk eden cümle yazımını görüyorsunuz.

Ha bu arada, minimalizmde soyut şeyler yoktur. "Uykulu bir halde", "sinir bozucu bir şekilde" ve "üzgün üzgün" gibi aptalca zarflar da kullanmayınız lütfen. Ölçüler, santimler, kilometreler, dereceler, bilmem kaç yaşındalar da yoktur. "On sekiz yaşında bir kız" ifadesi *ne* anlama gelir ki?

"The Harvest"ta Hempel şöyle diyor: "*Mandalin* yerine *mandalina* demeye başladığım yıl, pek tanımadığım bir adam kazara az daha beni öldürüyordu."

Yavan bir yaş ya da ölçü yerine, burada, daha sofistike bir hal alan birinin görüntüsüyle karşılaşıyoruz. Ayrıca bir de, yanık dil ve fanilik "atı"nı kullanıyor.

Bunların birbirine nasıl eklemlendiğini görüyor musunuz?

Minimalizmle ilgili öğrendiğiniz bir diğer şey de "kayıt meleği"dir. Yargıda bulunmadan yazmak anlamına gelir bu. Hiçbir şey okura "şişman" ya da "mutlu" diye sunulmaz. Olayları ve görünüşleri ancak okurun zihninde bir yargı oluşturacak şekilde betimleyebilirsiniz. Bu yargı her neyse artık, bunu detaylara serpiştirirsiniz ve okur bunları tekrar bir araya getirir.

Amy Hempel tam da bunu yapıyor. "The Harvest"taki erkek arkadaşın pisliğin teki olduğunu söylemek yerine, bize onu, kız arkadaşının kana bulanmış kazağı elinde, ona, "Sen iyileşirsin ama kazağın mahvoldu" derken gösteriyor.

Böylece az, çok oluyor. Bir genelgeçer detay akışı yerine, tek cümlelik paragrafların ağır ağır damladığını, her birinin kendi duygusal tepkisini oluşturduğunu görüyorsunuz. Hempel en iyi ihtimalle, davasını adım adım sunan bir avukat. Her seferinde tek bir kanıt sunuyor. En kötü ihtimalle ise, insanları kandıran bir büyücü. Ama onu okurken, nereden geldiğini anlamadan kurşunu yiyorsunuz her zaman.

Şimdiye kadar "atlar"dan, "yanık dil"den ve "kayıt meleği"nden bahsettik. Şimdi sıra "beden üzerine" yazmaya geldi. Hempel bize, bir hikâyenin okurun ilgisini zorla çekmeye yönelik kesintisiz bir zırvalıklar yığını olması gerekmediğini gösteriyor. Okurun iki kulağına birden yapışıp, her anı boğazına tıkmak zorunda değilsiniz. Hikâye dediğiniz şey leziz, hoş kokulu, dokunulası bir ayrıntılar dizisi de olabilir. Tom Spanbauer ve Gordon Lish buna, okurda hoş bir fiziksel tepkiye yol açmak, okuru içgüdüsel düzeyde olaya dahil etmek için "bedene işlemek" diyor.

Hempel'in fragmanlar sarayındaki tek sorun, alıntı yapmak. Herhangi bir parçayı bağlamı dışına çıkardığınızda, gücünü kaybediyor. Fransız felsefeci Jacques Derrida kurmaca yazmayı zihninizin donanımında çalışan bir yazılım koduna benzetiyor. Bir araya geldiklerinde bir etkiye yol açacak komutları birbirine bağlamaya benzetiyor. Bunu Hempel kadar iyi yapan bir yazar daha yok ama bütün hikâyeler o kadar yoğun ki, öyle bir damıtılıp çıplak gerçeklere indirgenmiş ki çömelip yüzünüzü yere eğerek methiyeler düzmekten başka bir şey gelmiyor elinizden.

İnsanlarla tanışma konusunda şöyle bir kuralım var: Eğer eserlerini seviyorsam, onları osururken ya da dişlerini karıştırırken görme riskini göze almak istemiyorum. Geçen yaz Union Square'deki Barnes & Noble'da gerçekleştirdiğim bir okuma gecesinde Hempel'i methetmiş ve dinleyicilere eğer Hempel yeterince yazsaydı bütün gün yataktan çıkmayıp onu okurdum demiştim. Ertesi gün Village'teki okuma geceme o da geldi. Ben yarım bira içtim ve yellenmemeyi başararak konuştuk.

Yine de onu bir daha görmemeyi ümit ediyorum. Ama 75 dolar verip o ilk baskıyı aldım.

Kendi Falına Bakmak

Marilyn Manson'ın çatı katındayız; vakit neredeyse gece yarısı.

Buraya, kemikleri yaşlılıktan kararmış, insan kafatasının yerine bir koç kafatası konmuş iki metre boyunda bir adamın çömelip oturduğu sarmal bir merdivenden çıkılarak varılıyor. İngiltere'deki eski bir Satanist kilisesinin altar panosuydu bu, diyor Manson. İskeletin yanında, bir adamın konserden sonra kendi gövdesinden çıkarıp Manson'a verdiği takma bir bacak var. Onun yanında da *Joe Dirt* filminden kalma aslan yelesi peruk.

On yıllık bir çalışmanın sonucu bu. Yeni bir başlangıç. Müzik piyasasındaki en nefret edilen, en korkulan sanatçı olmak için on yıl boyunca uğraşan adamın alfa ve omegası. Bu onun için bir baş etme yöntemiydi. Bir savunma mekanizması. Ya da sadece sıkıntıdan yaptığı bir şeydi.

Duvarlar kırmızı. Manson siyah halının üzerinde Tarot kartlarını karıştırarak otururken, "İnsanın kendi falına bakması zor" diyor.

Evde bir yerlerde, yedi yaşındaki bir Çinli çocuğun, parçalara ayrılmış ve plastik torbalara konmuş iskeleti var, diyor Manson.

"Ondan bir şamdan yapabilirim herhalde" diyor.

Bir yerlerde de, beyin hasarı korkusuna rağmen içtiği absent dolu bir şişe.

Bu çatı katında da resimleri ve yeni kitabının, yeni romanının taslağı bulunuyor. Yeni bir Tarot destesi için çizdiği desenleri getiriyor. Neredeyse her kartta onun resmi var. İmparator olarak Manson, elinde bir tüfek, protez bacaklarıyla tekerlekli sandalyede oturuyor ve arkasında, baş aşağı duran bir Amerikan bayrağı. Kafası kopmuş soytarı olarak Manson, bir uçurumdan atlıyor; arka planda ise grenli görüntüsüyle pembe döpiyesi içinde Jacki O ve bir JFK seçim kampanyası posteri yer alıyor.

"Tarot'u yeniden yorumladım" diyor. "Kılıçların yerine silahları koydum. Ve yargıcın adalet terazisinin bir kefesine İncil'i, diğer kefesine Beyni."

"Her bir kartın üzerinde bu denli farklı semboller olduğu için, bunun gerçekten büyülü, ritüelimsi bir yönü var" diyor. "Kartları kardığınızda, enerjinizi kartlara geçirmelisiniz. Aşırı duygusal bir şey gibi geliyor kulağa. Bu benim her zaman yaptığım bir şey değil. Kehanetlere bel bağlama uğraşından çok buradaki sembolizmi seviyorum."

" 'Bundan sonra ne olacak?' diye sormak makul bir soru olur sanırım" diyor, kartları açıp, falına bakmaya başlamak üzereyken. "Daha net bir şekilde soracak olursam: 'Bundan sonraki adımım ne olacak?' "

Manson ilk kartını açıyor: Rahip.

"Açtığınız ilk kart" diyor Manson, baş aşağı duran karta bakarak, "bilgelik ve öngörüyü temsil eder ve kart baş aşağı durduğu için bu tam zıddını da ifade ediyor olabilir elbet; yani böyle bir şeyin yokluğunu. Bir şey konusunda saftirik olabilirim. Bu kart, tam şu anda, benim yol açtığım doğrudan etkiyi ifade ediyor."

Bu fal oturumu, Rose McGowen, Hollywood Hills'te birlikte kaldıkları bu evden ayrıldıktan sonra gerçekleşti. Manson ve McGowen, Boston teriyerleri Bug ve Fester'la oynadıktan sonra, McGowen ona köpekleri için sipariş etmek istediği Cadılar Bayramı kostümlerinin yer aldığı kataloğu gösterdi. Yüzlerce insanın Boston teriyerleriyle Los Angeles parkı civarında yürüdüğü, "Boston Çay Partisi"nden bahsetti. Manson'ın anne babası için iki teriyer almak üzere Ortabatı'daki karla kaplı bir çiftliğe gitmek üzere 1975 model, toz mavi bir Cadillac limuzin –ki kiralık sadece tek bir tane var– kiraladıklarından bahsettiler.

McGowen'ın arabası ve şoförü dışarıda bekliyor. Alan Alda'yla bir film çektiği Kanada'ya yapılacak gece uçuşunu yakalaması gerekiyor. Mutfakta bir ekranda farklı güvenlik kameralarından görüntüler oynatılıyor ve McGowen, Alan Alda'nın aslında ne kadar farklı göründüğünden, ne kadar koca burunlu olduğundan bahsediyor. Manson da ona, yaşlandıkça erkeklerin burun, kulak ve testislerinin büyümeye devam ettiğinden söz ediyor. Hemşire olan annesi Manson'a, testisleri bacaklarının orta yerine kadar sarkan yaşlı heriflerden bahsedermiş.

Manson ve McGowen öpüşüp vedalaşıyor.

"Çok teşekkürler" diyor McGowen. "Artık Alan Alda'yla çalışırken, testislerinin ne kadar büyük olduğunu merak edeceğim."

Çatı katında Manson ikinci kartını açıyor: Adalet.

"Bu benim muhakeme yeteneğimi ifade ediyor olabilir" diyor, "dostluk ya da iş ilişkilerinde sezgilerimin ne denli güçlü olduğunu. Bu şu anda nerede olduğumu ifade ediyor. Ya dostlarımla olan ilişkilerimde ya da özellikle plak şirketimle aramdaki iş ilişkilerim konusunda biraz tecrübesiz ya da kararsız hissediyorum kendimi. Dolayısıyla bu gayet anlamlı bir şey."

Bir gün öncesinde, Manson, plak şirketinin Santa Monica Bulvarı'ndaki ofisinde deri bir koltukta oturuyor, üzerinde de deri bir pantolon var. Ne zaman hareket etse, birbirine değen deri yüzeyler, onun sesine şaşırtıcı bir şekilde benzeyen pes bir hırıltılı ses çıkarıyor.

"Çocukken yüzmeye çalışırdım ama burnuma kaçan suyla asla baş edemezdim. Su korkusu var bende. Okyanusu sevmiyorum. Okyanusta aşırı sonsuz bir şey var ve ben bunu tehlikeli buluyorum."

Duvarlar koyu mavi ve ışıklar yanmıyor. Manson klimanın kükrediği koyu mavi odasında güneş gözlüğü takmış, oturuyor ve kola içiyor.

"Sanırım, hiç uyumlu olmadığım yerlerde yaşamak gibi bir eğilimim var. Bu şey Florida'da başladı ve beni belki de bu uyumsuz yaptı. Beni çevremdekilerin zıddı olan her şeyi sevmeye ve cazip bulmaya iten şey buydu çünkü plaj kültüründen hoşlanmıyordum."

"Etrafa bakmayı severdim eskiden" diyor. "Florida'ya ilk taşındığımda, kimseyi tanımıyorken öylece oturur, insanları izlerdim. Konuşmalarını dinler ve gözlem yapardım. Eğer insanların gözlemleyip, dinleyeceği bir şey yaratma niyetindeyseniz, ilk önce onları dinlemelisiniz. Bu işin anahtarı bu."

Evde, beş katlı evinin çatı katında, kırmızı şarap içen Manson üçüncü kartını açıyor: Soytarı.

"Üçüncü kart benim amaçlarımı temsil ediyor" diyor, derinin deriye sürtünmesini andıran o sesiyle. "Soytarı, bir uçurumdan atlamak üzere. İyi bir kart bu. Bir yolculuğa çıkmayı, büyük bir adım atmayı temsil ediyor. Bu, yakında çıkacak albümü ya da çıkacağım yeni bir turneyi ifade ediyor olabilir."

"Kalabalık odalardan korkarım" diyor. "Etrafımda çok fazla insan olması hoşuma gitmiyor; ama sahnede, binlerce insanın önünde kendimi çok rahat hissediyorum. Sanırım, bu korkuyla böyle baş ediyorum."

Sesi o kadar pes ve yumuşak ki, klimanın uğultusunda kayboluyor.

"Çok garip ama ben son derece utangaç biriyim" diyor, "teşhirci olmanın, insanların gözü önünde olmanın ironisi de bu. Gerçekten çok utangacım."

"Tek başıma şarkı söylemeyi de seviyorum" diyor. "Ben şarkı söylerken mümkün olduğunca az insan işe dahil oluyor. Kayıt yaparken, bazen diğerlerinin *kayıt* tuşuna basıp dışarı çıkmalarını istiyorum."

Turneye çıkma konusunda ise şöyle diyor: "Ölüm tehdidi, hayatı çok daha yaşamaya değer kılıyor. Sıkıntıdan nihai kurtuluş bu. Her şeyin tam ortasında olmak. 'Söylemek istediklerimi yaymak için her şeyi o kadar uç noktaya taşımalıyım ki en dipten başlayıp, kendimi en çok tiksinilen insan haline getirmeliyim' diye düşündüm. 'Karşı olduğunuz her şeyi temsil edeceğim ve söyleyeceğiniz hiçbir şey beni incitemeyecek, bana kendimi daha kötü hissettiremeyecek. Daha da dibe vuramam ki ben!..' Bence bu, yani beni incitecek bir şey yapamayacakları hissi, son derece faydalı bir şeydi. Yapabilecekleri tek şey beni öldürmek olabilir. Çünkü ben her şeyin dibini temsil ediyorum. Olabildiğince kötüyüm, bu yüzden bana kendimi kötü gösteren bir şey yaptığımı söyleyemezsiniz; zira size tam şu anda bütün kötülüklerin bende toplandığını söylüyorum. İnsanların beni nasıl yere sermeye çalışacaklarını dert etmemek çok özgürleştirici bir şeydi.

"Eğer müziğimi sevmiyorsanız, umurumda değil. Hakikaten benim için sorun değil. Eğer görüntümü, söylediklerimi sevmiyorsanız, bu tam da istediğim şeyin bir parçası. Bana istediğim şeyi vermiş oluyorsunuz."

Manson dördüncü kartını açıyor: Ölüm.

"Dördüncü kart uzak geçmişinizdir" diyor. "Ölüm kartı en çok geçiş sürecini temsil eder ve sizi buraya, şu anda olduğunuz şeye taşıyan şeyin bir parçasıdır. Son on yılda büyük bir dönüşüm sürecinden geçtiğim göz önüne alınırsa, bu gayet anlamlı bir şey."

Plak şirketindeki koyu mavi odasında otururken, "Sanırım, annem bazı açılardan şu Munchausen sendromundan mustarip; insanların yanımızda daha uzun süre kalmak için sizi hasta olduğunuza ikna etmeye çalıştıkları şu sendromdan. Çünkü gençken annem aslında alerjim olmayan farklı şeylere alerjim olduğunu söyler dururdu. Yumurtaya, çamaşır yumuşatıcısına ve daha birçok garip şeye alerjim varmış güya. Bunda tıp da önemli bir rol oynuyor; zira annem hemşireydi."

Siyah deri pantolonunun paçaları çan gibi genişleyerek, kalın tabanlı ayakkabılarının üzerini örtüyor.

"Bir keresinde idrar yolum tıkanmıştı; sikime bir matkap ucu sokup, açmak zorunda kaldılar. Bir çocuğun başına gelebilecek en kötü şeydi bu. Ergenlik dönemini atlattıktan sonra, geriye dönüp bu dönemi tekrar atlatmam gerektiğini söylüyorlar. 'Hayatta olmaz. İdrar yolumun şu anda ne durumda olduğunu umursamıyorum. Geri dönmeyeceğim.' "

Annesi sünnet derisini hâlâ bir ilaç şişesinin içinde saklıyormuş.

"Ergenlik döneminde babamla anlaşamazdık. Ortaklıkta hiç görünmezdi. Onun hakkında konuşmamamın asıl sebebi buydu; onu hiç görmüyordum. Durmadan çalışırdı. Yaptığım şeyi iş olarak görmüyorum ama onun işkolik kararlılığı bana da geçmiş. Yirmili yaşlarıma gelene kadar babamın bana Vietnam'da bulunduğundan bahsettiğini hatırlamıyorum. Sonra bana öldürdüğü insanları ve Agent Orange'la yaptıkları şeyleri anlatmaya başladı."

"Babamın da benim de bir kalp rahatsızlığımız var" diyor, "kalp hırıltısı. Çocukken gerçekten hastaydım. Dört beş kez zatürree geçirdim ve hep hastanedeydim; kolayca dövülebilecek zayıf, cılız bir çocuk oldum hep."

Diğer ofislerde telefonlar çalıyor. Dışarıda dört şeritten trafik akıyor.

"Kitabı [otobiyografisini] yazarken" diyor Manson, "dedeme ne kadar benzediğimi fark edemedim. Kitabın sonuna gelene kadar kafama dank etmedi bu. Çocukken onu bir canavar gibi görürdüm: çünkü kadın kıyafetleri giyer, dildo falan kullanırdı. Hikâyemin sonuna geldiğimde gördüm ki ben dedemden çok daha feci bir haldeyim.

"Bunu daha önce hiç kimseye anlattığımı sanmıyorum" diyor Manson. "Geçen yıl, babamla dedemin hiç anlaşamadıklarını öğrendim. Babam Vietnam Savaşı'ndan döndüğünde, bir bakıma sokağa atılmış ve ona kendi kirasını ödemesi söylenmiş. Bu olayda, hiçbir zaman sevemediğim karanlık bir yön var. Ve geçen sene babam bana, dedemin onun gerçek babası olmadığını öğrendiğini söyledi ki bu benim duyduğum en acayip şeydi; zira ona yapılan kötü muameleyi ve aralarındaki tuhaf ilişkiyi açıklayan bir şeydi. Dedemin gerçek dedem olmadığını düşünmek gerçekten tuhaf."

"Bu kadar çok ölüm imgesi kullanmamın sebebi" diyor, "çocukken ölümden korkuyor olmam, uzun süre ölüm korkusuyla yaşamış olmam olabilir; çünkü her zaman hastaydım ve hasta akrabalarım vardı. Şeytandan da korkardım. Dünyanın sonunun gelecek olmasından da. İncil'de bile yer almadığını keşfettiğim bir Hıristiyan miti olan Vecd'den de. Sonuçta bizzat bu şeylere dönüştüm. Korktuğum şeye dönüştüm. Bu benim korkuyla baş etme yöntemimdi."

Çatı katında beşinci kartını açıyor: Asılmış Adam.

"Beşinci kart daha ziyade yakın geçmişinizle alakalıdır" diyor. "Ayrıca bir değişimi ifade eder. Bu durumda, benim, son zamanlarda fazlasıyla odaklanmış ve bazı açılardan da arkadaşlarımı ve ilişkilerimi ihmal etmiş olabileceğimi ifade ediyor olabilir."

"Ben 1969'da doğdum" diyor, "ve bu yıl çok fazla şey için, özellikle de *Holy Wood* isimli albüm için bir odak noktası oldu. Çünkü '69 birçok şeyin sonuydu. Tüm kültürel unsurlar büyük bir değişime uğradı ve bence benim o yıl doğmuş olmam da gerçekten önemli. Altmışların sonu. Huxley ve Kennedy'nin aynı gün ölmüş olması. Bence bu, olacak olan şeyler için bir yarık ya da geçit açtı. Her yerde paralellikler görmeye başladım. Altamonte, Woodstock '99 gibiydi. Stones üyeleri 'Let It Bleed'i yazarken şimdi yaşadığım evde yaşıyorlardı. Stones'un çektiği, *Cocksuocker Blues* diye bir film buldum; filmde Stones üyeleri yatak odamda 'Gimme Shelter'ı yazarken görünüyorlar. Ve 'Gimme Shelter' da bütün bir Altamonte trajedisinin özeti gibiydi. Manson cinayetleri de benim çocukluğumdan beri hep takıntılı olduğum bir şeydi. Bence bu olay medyada Columbine kadar ses getirmişti."

"Canımı sıkan şey" diyor, "hep aynı şeylerin yaşanması. Nixon yargılanırken suçlunun Manson olduğunu söylemişti çünkü Nixon bu kültürde ters giden her şeyden ötürü suçlanıyordu. Sonra aynı şeyi Clinton da yaptı. 'Bu çocuklar neden bu kadar vahşi davranıyor? Sebebi Marilyn Manson olmalı. Şu film olmalı. Bu oyun olmalı.' Sonra öteki yanağını çeviriyor ve bir avuç insanı öldürmek için denizaşırı yerlere bombalar gönderiyor. Sonra bu çocukların neden bombalarla oynayıp, birbirlerini öldürdüğünü merak ediyor..."

Manson yaptığı birkaç suluboya resmi getiriyor: McGowen'ın, Rorshsach testini andıran parlak ve karanlık tonlu portreleri. Bu resimleri suluboyadan çok, fırçasını temizlemek için kullandığı çamurumsu temizleme suyuyla yapmış. Resimlerden birinde, Eric Harris ve Dylan Klebold'un sırıtan kafaları barış işareti yapan bir elin üzerine oturtulmuş.

"Harris ve Klebold'un benim hayranım olmadıkları ortaya çıktı" diyor Manson. "Denver'lı bir muhabir, bu çocukların çok ticari olduğum için beni sevmediklerini kanıtlayacak kadar aşırı araştırma yaptı. Daha 'yeraltı' şeyleri seviyorlardı. Medyanın bir şeye saplanıp kalması ve bunun da bir çığ gibi büyümesi beni çok kızdırdı. Ben kolay bir hedeftim nasıl olsa. Suçlu görünüyordum. Ve o sıralarda da turnedeydim."

"İnsanlar bana, 'Eğer konuşabilseydin, onlara ne söylerdin?' diye soruyorlar" diyor. "Ben de şu cevabı veriyorum, 'Hiçbir şey söylemezdim. Onları dinlerdim.' Sorun da bu zaten. Kimse onların söylediklerini dinlememiş. Eğer dinleselerdi, yaşanacak şeyleri bilirlerdi."

"Garip ama" diyor, "müzik dinlenilen bir şey olmasına rağmen, ben müziğin de sizi dinlediğini hissediyorum; çünkü sizi hiç yargılamıyor. Bir çocuk müzikte özdeşleştiği bir şey bulabilir. Ya da bir yetişkin. Hiç yargılanmayacağınız bir yer burası. Burada size inanmanız gereken şeyi söyleyen biri yok."

Manson altıncı kartını açıyor: Yıldız.

"Bu kart geleceği ifade ediyor" diyor. "Yıldız, büyük başarı anlamına gelir."

"Uzun zamandan beri bu noktaya ulaşmamıştım" diyor. "Falda bundan ötesine hiç bakmamıştım çünkü ya kendimi yok edeceğimi ya da birinin beni öldüreceğini düşünüyordum. Yani bir bakıma şeytanın bacağını kırdım. Korkutucu bir şey bu. Her şeye yeniden başlamak gibi ama kötü bir şey değil; çünkü buna ihtiyacım vardı. Bu süreçte birçok küçük 'yeniden doğum' yaşadım; ama şu anda, yeniden doğup başladığım yere döndüğümü fakat farklı bir muhakemeye sahip olduğumu hissediyorum. Bir bakıma geçmişe döndüm ama şimdi dünyayla yüzleşmek için daha fazla cephanem, daha fazla bilgim var."

"Film işine girmek benim için doğal bir şey; ama her şey gerçekten benim istediğim gibi olmalı" diyor. "Oynamayı sevsem de oyuncudan çok yönetmen olmaya uygunum. *El Topo* ve *Kutsal Dağ*'ı çeken Jodorowsky'le konuşuyorum. Dali'yle çalışmış, İspanyol bir yönetmen kendisi. *Able Cain* diye bir senaryosu var; şahane bir şey. Yaklaşık on beş yıldır elinde tutuyor ve çekmek istemiyormuş ama benimle temasa geçti çünkü çalışmak istediği tek kişi benmişim. Senaryodaki karakter insanların bildiği, tanıdığı benden çok farklı ve senaryoyla ilgilenmemin tek nedeni de bu; çünkü insanların çoğu bana, kendimin farklı versiyonlarını oynamam için teklif getiriyor. Bu hiç de insanı kamçılayan bir şey değil."

2001 baharında Manson, *Holy Wood* isimli ilk romanını yayımlayacak; ilk üç albümünü çıkardığı süreci kapsayacak bir anlatı bu. Çatı katında yerde oturmuş, dizüstü bilgisayarından yükselen mavi ışığa doğru eğilerek, ilk bölümü yüksek sesle okuyor: Detaylarla dolu, geleneksel sıkıcı anlatılardan kendini kurtarmış, büyülü, sürreal, şiirsel bir hikâye. Büyüleyici ama şu an için son derece gizli bir hikâye.

Yedinci kartını açıyor: Baş Rahibe.

"Bu karttan" diyor, "emin değilim."

Halkla ilişkiler uzmanı, Manson'la röportaj yapmaya gelenlerden, odaya ne zaman bir kadın girse ya da odadan çıksa ayağa kalktığı gerçeğini yayımlamamalarını istiyor. Babası omurgasından yaralanıp, felç kaldıktan sonra Manson, ailesine Kaliforniya'da bir ev almış ve onlara destek olmuş. Otellere kayıt yaptırırken, Bret Easton Ellis'in *Amerikan Sapığı* romanının seri katili Patrick Bateman'in adını kullanıyor.

Sekizinci kartını açıyor: Dünya.

"Buraya çok uygun bir şekilde yerleştirilmiş olan Dünya kartı" diyor, "insana mani olabilecek çevresel ya da dış faktörleri simgeliyor."

"Dublin'de ilgi çekici, harika bir deneyim yaşadım" diyor. "Halkı son derece Katolik olduğu için Avrupa Turnesi'nde şöyle bir performans sergiledim. Elimde alev alev yanan TV'lerden oluşan bir haçla sahneye çıktım ve deri iç çamaşırım hariç çıplaktım. Kendimi katranla kapladım. Sahneye çıktığımda haç yanıyordu ve ön sıradaki insanların arkalarını dönüp, başka tarafa baktıklarını gördüm. İnanılmazdı. Bir performanstan ötürü aldığım en büyük iltifattı bu. O kadar rahatsız olmuşlardı ki –birinin bir şeyden bu kadar rahatsız olması benim için inanılmaz bir şey– arkalarını dönüp, başka tarafa baktılar. Yüzlerce insan."

Manson dokuzuncu kartını açıyor: Kule.

"Kule çok kötü bir karttır" diyor. "Yıkım anlamına gelir; ama, hemen hemen herkese karşı çıkacağım şeklinde yorumlanabilir elbette. Devrimci bir yıkım gerçekleşecek. Sonucun güneş olması, yıkılacak şeyin muhtemelen ben olmadığımı gösteriyor. Yıkılan şey muhtemelen yoluma çıkmaya çalışan insanlar olacak."

Romanı konusunda şunları söylüyor: "Eğer baştan alırsanız, bütün hikâye benim kendi hikâyeme paralel ilerliyor ama diğer insanların da ibret alabileceği metaforlar ve farklı sembollerle anlatılıyor. Tıpkı Âdem'in Düşüş'ten önce cennette olduğu gibi, masum ve naif olmakla alakalı bir hikâye bu. İnsanların kusursuz dünya, hepimizin ulaşması gereken, görünüş ve davranışlarımızı belirleyen bir ideal olarak gördüğü şeyin bir metaforu olarak kullandığım 'Holy Wood' hikâyesi, kendisine ait olmadığınızı düşünen, sizi sevmeyen, her adımda sizi hırpalayan bir dünyaya bütün hayatınız boyunca ait olmayı istemekle alakalı bir hikâye ve mücadele ede ede oraya ulaştığınızda, artık oraya vardığınızda, etrafınızdaki herkesin ilk başta sizi ittirip kaktıran insanlar olduğunu fark ediyorsunuz. Bu yüzden etrafınızdaki herkesten otomatikman nefret ediyorsunuz. Sizi, fark etmeden benimsediğiniz bu oyunun bir parçası haline getirdikleri için onlardan nefret ediyorsunuz. Bir bakıma bir hapishane hücresinden çıkıp, diğerine giriyorsunuz."

"Dünyayı değiştirebileceğinize inanacak kadar idealist olmanız" diyor, "bir bakıma devrimdir ama sonuçta kendinizden başka bir şeyi değiştiremeyeceğinizi anlarsınız."

McGowen, havaalanından arıyor ve uçak indiğinde tekrar arayacağına söz veriyor. Manson bir hafta içinde Japonya'ya gidecek. Bir ay içinde de Minneapolis'e gidip bir dünya turnesine başlayacak. Önümüzdeki bahar, romanı hayatının son on yılını temize çekecek. Sonra, Manson sıfırdan başlayacak.

"Uzun süreli bir projeyi bir süreliğine rafa kaldırınca, üzerimden bir yük değil ama bir ağırlık kalktığını hissettim" diyor. "Bu bana istediğim yere gitme özgürlüğü veriyor. On yıl önceki gibi, bu grubu ilk kurduğum zamanki gibi hissediyorum. Aynı dürtüleri ve ilhamı ve dünyaya karşı, beni insanları düşünmeye sevk edecek bir şeyler yapmaya iten aynı hoşnutsuzluğu hissediyorum."

"Artık sadece yaratamamaktan, ilham alamamaktan korkuyorum, başka bir şeyden değil" diyor Manson.

"Başarısız olabilirim ve bu şey işe yaramayabilir ama en azından bu benim seçtiğim bir şey. Mecbur kaldığım için yaptığım bir şey değil."

Onuncu kartını açıyor: Güneş.

Her iki Boston teriyer de siyah kadife bir koltuğa kıvrılmış, uyuyor.

"Bu nihai sonuçtur" diyor, "Güneş mutluluğu ve büyük bir şeyler başarmayı ifade eder."

Bodhisattvalar

"Miami'den geçip Tegucigalpa'ya uçtuk" diyor Michelle Keating, "dehşet verici beş günün ardından. Mayınlar vardı. Yılanlar vardı. Açlıktan ölmek üzere olan insanlar vardı. Tegucigalpa valisi bir hafta önce bir helikopter kazasında ölmüştü."

Bir yığın fotoğraf albümü içindeki fotoğraflara bakarak devam ediyor: "Mitch Kasırgası'nı yaşadık. Böyle bir felaketin tam ortasına düşeceğim hiç aklıma gelmezdi."

Ekim 1998'de Mitch Kasırgası, saatte 180 mil hızla esen rüzgârlar ve şiddetli yağmurlarla –günde metre kareye yetmiş santim yağmur– Honduras Cumhuriyeti'ni sarstı. Dağlar çöktü. Nehirler taştı. Orta Amerika'da 9701 kişi hayatını kaybetti. Sadece Honduras'ta ölenlerin sayısı 5657'ydi ve 8508 kişi de kayboldu. Bir milyon dört yüz bin kişi evsiz kaldı ve ülkenin tarım mahsüllerinin yüzde 70'i heba oldu.

Kasırgayı takip eden günlerde başkent Tegucigalpa, çamur ve cesetlerle kaplı açık bir kanalizasyona dönüştü. Sıtma patlak verdi. Ve sonra da dang humması. Fareler insanlara, ciğer ve böbrek yetmezliğinden ölüme sebebiyet veren leptospiroz bulaştırdılar. Deniz seviyesinden beş bin fit yükseklikte olan bu maden şehrinde binaların üçte biri yerle bir oldu. Şehrin valisi helikopterle hasar tespiti yaparken öldü. Her yer yağmalanıyordu.

Michelle Keating ve köpeği Yogi, 6.5 milyon insanın yüzde 50'sinin Birleşmiş Milletler'in belirlediği yoksulluk sınırının altında yaşadığı ve yüzde 30'unun da işsiz olduğu bu ülkeye gidip, ölülerin bulunmasına yardımcı oldular.

Keating, Yogi'nin bir American Airlines koltuğunda oturmuş, önündeki tepside duran, havayolu şirketinin menüsünden bir yemeği yediği fotoğrafa bakıyor.

Başka bir arama kurtarma gönüllüsünden bahsederken, "Harry dedi ki, 'Bu insanlar aç, senin köpeğini yemek isteyebilirler' " diyor. "Onunla görüştükten sonra arabayla eve giderken, 'Ölmek istemiyorum!' diye düşündüm ama oraya gitmek istediğimi de biliyordum."

Honduras'ta uyudukları itfaiye binasının fotoğraflarına bakıyor. Meksika'dan arama kurtarma köpekleri gelmiş ama pek de faydaları dokunmamış. Şehrin yukarı kesimindeki bir baraj gece ikide çökmüş.

"On metrelik bir duvarın gerisindeki su şehri bastı ve sonra geri çekildiğinde ardında yoğun mu yoğun çamur yığınları bıraktı" diyor Keating. "Su ve çamurun içinde, her yerde bir ceset vardı; kokuları duyabiliyordunuz. Meksika'dan gelen köpekleri şaşırtan şey de buydu. Bir o yana bir bu yana koşuşturuyorlardı."

Kabarmış, çamurlu Choluteca Nehri'nin fotoğraflarına bakarak, "Dang humması patlak vermişti" diyor. "Her yerde mikroplar vardı. Gittiğiniz her yerde burnunuza ceset kokuları geliyordu. Yogi de bundan kurtulamıyordu ve artık hiç hoplayıp zıplamıyordu. Su sıkıntısı vardı ama her şeyi elimizden geldiğince yıkıyorduk."

Fotoğraflarda hükümetin verdiği yiyeceklerin karşılığında sokaklardan çamurları küreyen insanlar vardı. "Çok keskin bir ceset kokusu vardı" diyor. "Tadını bile alıyordunuz."

"Ülkenin dört bir yanında on bin kişi hayatını kaybetmişti ve ölenlerin önemli bir kısmı Tegucigalpa'daydı çünkü burada toprak kaymaları da yaşanmıştı. Ayrıca, şehri basan baraj suyunda boğulan insanlar vardı. Futbol sahası da içe göçmüştü."

Yarısına kadar çamurla ve kırık mobilyalarla kaplı loş odaların fotoğraflarını gösterdi. "İlk gün, bir ailenin tüm fertlerinin öldüğü Çin restoranına gittik" diyor. "İtfaiyeciler cesetleri çıkaracaktı ve biz de onlara hem zaman kazandırdık hem de daha az ıstırap çekmelerini sağladık çünkü cesetlerin tam olarak nerede olduğunu tespit ediyorduk. Restoranın içine girerken burnumuza mentollü krem sürdük ve birer maske ile içerisi karanlık olduğu için birer lambalı kask taktık. Yengeç benzeri bütün yiyecekler çürümekteydi, kanalizasyon boruları patlamıştı ve dizimize kadar çamura batmıştık. Bir de etrafa yayılmış olan kirli pedler vardı. Yogi'yle mutfağa gittik ve ben, 'Tanrım, ne bulabilirim ki burada?' diye düşündüm."

Fotoğraflarda, ön tarafına lamba yerleştirilmiş bir madenci kaskı ve bir ameliyat maskesi takmıştı.

"Bütün kıyafetleri ve kişisel eşyaları çamura gömülmüştü" diyor. "İnsanların bütün hayatları çamura batmıştı."

Ezilmiş ve çarpılmış cesetleri nihayet bulmuşlar. "Cesetler bir platformun altından çıktı. Masa ve sandalyelerin üzerinde durduğu alçak bir platform vardı ve su, cesetleri oraya sürüklemişti."

Michelle oturma odasında, kanepede oturuyor; fotoğraf albümleri ise önündeki masada duruyor. Yogi ise yerde, onun dibinde yatıyor. Başka bir golden retriever –adı Maggie– de odanın diğer ucundaki deri bir koltuğa kıvrılmış. Her iki köpek de beş buçuk yaşında. Maggie'yi bir hayvan barınağından almış. Sokakta hasta ve açlıktan ölmek üzereyken bulunmuş. Muhtemelen bir besici artık daha fazla yavru veremeyecek kadar çok yavru verdikten sonra onu kendi kaderine terk etmiş.

Yogi'yi de bir besiciden almış; altı aylıkmış ve yürüyemiyormuş.

"Eklem displaizisi varmış" diyor. "Birkaç yıl önce onu Eugene'de bir veterinere götürdüm; bir ameliyat geçirdi ve yürümeye başladı. Eklem ameliyatla yerine oturtuldu. Bu küçük eklem destek işlevi görmesi gerekirken, bütün ağırlığı üstleniyor ve bu yüzden de yerinden oynuyormuş, bu da Yogi'ye büyük acı veriyormuş."

Deri koltuktaki köpeğe bakarak, "Maggie şu kızıl, küçük türlerden. Muhtemelen otuz beş kilo falandır. Yogi ise ailemizin büyük, sarı uzun tüylü üyesi. Kışın kırk beş kiloyu geçiyor. Türünün tipik koca kıçı onda da var" diyor.

Daha eski fotoğraflara bakarak, "Yaklaşık sekiz yıl önce falan Murphy diye bir köpeğim vardı" diyor. "Border collie ve Avusturalya çoban köpeği kırmasıydı. İnanılmaz bir köpekti ve 'Bir bağlılık ilişkisi geliştirmek ve belki de insanlarla tanışmak için iyi bir yol bu' diye düşündüm. O zamanlar Hewlett-Packard'da çalışıyordum, ofis işinde ve biraz dengeye ihtiyacım vardı."

"Bunu yapmaya devam ettikçe" diyor, "karşıma çıkan vakalar daha da fazla ilgimi çekmeye başladı. Köpek-odaklı bağlılık alıştırması olarak başladı ve gerçekten tutkunu olduğum bir şeye evrildi."

Honduras fotoğraflarında Michelle ve Yogi bir diğer gönüllü Harry Oakes Jr. ve bir border collie, schipperke ve Avusturalya çoban köpeği kırması olan köpeği Valorie'yle beraber çalışıyor. Oakes ve Valorie, Oklahoma City bombalama olayında Federal Mahkeme binasının yıkıntılarında arama kurtarma çalışmalarına katılmışlar.

"Valorie bir ceset –ya da aradığı şey her neyse onu– bulduğunda havlamaya başlıyordu" diyor Michelle. "Çok gür bir sesi vardı. Yogi ise kuyruğunu sallıyor ve fazlasıyla heyecanlanıyor, çok nadiren havlıyordu. Eğer bir ölü bulursa, inliyor, kuyruğunu kıstırıyor ve gergin olduğu zamanlarda verdiği tepkiyi veriyordu."

"Valorie kontrolden çıkıp, ağlamaya başlıyordu" diyor. "Eğer çamurun altında biri varsa kazmaya başlıyor; eğer suda biri varsa suya atlıyordu."

Yıkık evlerin fotoğraflarına bakarak, "İnsanlar gerginken, öfkeliyken falan epinefrin salgılarlar. Şiddet ya da ölüm vakalarında bu kokular daha da yoğun bir şekilde salgılanır. Bir de buna cansız bedenlerden yayılan gaz ve sıvıları ekleyin. Vahşi yaşamda bunun bir sürü için neden bu denli önemli olduğunu hayal edebilirsiniz. Bir hayvan için bu, 'Burada biri ölmüş, sürümden biri ölmüş' anlamına gelir. Köpekler bir insan öldüğünde çok üzülüyorlar çünkü biz de onların sürüsünün bir parçasıyız" diyor.

"Arama kurtarma çalışmalarının neredeyse yüzde doksanı, köpeklerin doğal olarak yaptıkları şeyleri insanların anlamasına yöneliktir" diyor. "Mesela Yogi'nin gergin olduğunda yaptıklarını okumak gibi."

"İtaat kontrolün sizde olduğunu gösterir" diyor. "Madem öyle, köpeklerden oyuncakları saklarsınız; bunu hâlâ yapıyorum. Bayılıyorum buna. Kim önce bulacak diye bir yarışa giriyorlar. Yapılan bir diğer şeyse, biri köpeği tutarken sizin koşup saklanmanızdır. Daha da karmaşık durumlarda bunu tekrarlayıp durursunuz. Nereye gittiğinizi göremezlerse, kokunuzu alırlar."

Bir grup insanın fotoğrafına bakarak, "Bu Venezuella itfaiye ekibi" diyor. "Kendimize Pan-Amerikan Kurtarma Timi derdik."

Başka bir fotoğrafı göstererek, "Burası araba mezarlığı dediğimiz yer" diyor.

Bayır aşağı kayan devasa bir çamur yığınını göstererek, "Burası o çöken futbol sahası" diyor.

Çamur dolu bir evin içini gösteren bir fotoğrafa bakarak, "Yağmalanan bu evde yürürken duvarlarda el izleri gördüm" diyor. "Yağmacıların dengelerini sağlamaya çalışırken bıraktıkları çamurlu izlerdi bunlar."

Bütün duvarlarda, geniş bir şerit halinde, kahverengi çamurdan oluşan kusursuz el izleri var.

Diğer fotoğraflarda, Yogi'nin devrilen duvarların, yatakların altında cesetler bulduğu odalar görülüyor.

Bir diğer fotoğrafta da dik bir çamur yamacından aşağı yuvarlanan evler.

"Bu tepedeki bütün evler çökmüştü" diyor. "Ama insanların evlerini neden terk etmediklerine dair yüzlerce hikâye anlatılıyordu: Yağmacıların, eşyalarını almalarını istemiyorlardı. Çocuklu bir kadın, kocasının bara gittiğini ve ona orada kalmasını söylediğini dile getiriyordu. İç paralayıcı, trajik hikâyeler."

Başka bir fotoğrafta Valorie kamyonetin arkasında uyurken görülüyor: Oldukça büyük, koyu renkli plastik torba rulosunun yanında cüce gibi kalmış.

"Valorie burada, ceset torbalarının yanında uyuyor; iyice yorulmuştu."

Yaptığı ilk aramadan bahsediyor: "Kelso'daydım. Bir adamın karısı kaybolmuştu. Kadının eve gelen çeşitli tiplerle takıldığına dair söylentiler dolanıyordu etrafta. Arabayla, son derece bakımlı bir çiftliğe gittik. Atlar ve içinde bir boğa bulunan bir otlak vardı. Kulübedeki köpekler büyük bir 'ölüm' uyarısı yaparcasına uludular. Kuyruklarını kıstırıyor ve işiyorlardı. Dışkılarını yapmaları normaldir bu durumda; aslında işemeleri, inlemeleri ve ağlamaları da. Sanırım, bu durum onların midesini de bulandırıyor. Yogi olay yerinden uzaklaştı. Oraya yaklaşmak istemedi. Valorie oraya doğru gidip, toprağı kazmaya ve havlamaya başladı, sonra da iyice kendini kaybetti çünkü bir şey anlatmaya çalışıyordu: 'Tam burada!'

"Bu ailenin dört yaşlarındaki küçük çocuğu babaannesine, 'Babam annemi suyun altına soktu' gibi bir şey söyledi. Sonra onu oradan uzaklaştırdılar ve tek başına kalmasına izin vermediler."

Başka bir Tegucigalpa fotoğrafında uzun bir beton kütlesi bir nehir yatağının orta yerinde yanlamasına uzanıyor.

"Bir köprünün kalıntıları" diyor Michelle.

Bütün fotoğraflarda, suyun dört bir yana saçtığı küçük kokmuş domuz yağı paketleri görülüyor.

"Aklıma geldikçe hâlâ boğazımın düğümlendiği, en iç burkucu an, otistik bir çocuğu arama çalışmasıydı" diyor. Çocuk dört yaşındaymış. Ailesi dış kapıyı daima kilitli tutarmış ama annesi üst katta ütü yaparken bir yolunu bulup kapıyı açmış. Dış kapıdan çıkar çıkmaz kıyafetlerini de çıkarmış. Bir sürü insan onu aramaya gönüllü oldu. Ne var ki bu ideal bir durum değil çünkü aynı güzergâhta yürüyen her bir şahıs kokuyu başka bir yere taşıyabiliyor."

Şimdi gösterdiği bu daha eski fotoğraflarda Michelle, Rusty'le birlikte çalışıyor. O da bir golden retriever.

Fotoğraflarda sık ağaçlıkların arasında koyu renkli, ağır ağır akan bir bataklık görülüyor.

"Oraya gittikten sonra bir saat içinde bataklığa ulaştık. Burası öncelikli noktaydı çünkü küçük çocuk oyuncaklarını bataklığa atıp, tekrar almayı severmiş. Bataklığın yanında, etrafı bitki kökleri ve ağaçlarla çevrili küçücük bir tümsekti burası."

"Rust gerçekten huzursuz ve üzgündü" diyor. "Burası çocuğun bataklığa girdiği ilk noktaydı; bu yüzden bir koku vardı ve bataklıktaki hafif akıntıyı takip ettikçe koku yoğunlaşmaya başladı. Böylece dalgıçları çağırdık. Bataklığın iki yakası arasında bir menfez vardı."

Fotoğraflara bakarak, "Çocuğun cesedi bu menfeze sıkışmış ve çamur altında kalmış" diyor.

Yogi'nin başını okşayarak, "Burası çok büyük bir bölgeydi ve etrafta dolaştıkça bu devasa bataklık alanda ölüm uyarıları alıyordum" diyor, "ve uyarıları aldığım her yeri işaretliyordum. Cesede değen her bir su damlasında ölüm kokusu vardı. Bazen, uyarıların geldiği noktaları birleştirerek bir üçgen oluşturup, cesedin nerede olduğunu tespit edebiliyorsunuz."

"Rüzgârın ne yönden estiğini, sıcaklığın kaç derece olduğunu, aramayı yapanın kim olduğunu ve saatin kaç olduğunu gösteren bir etiket hazırlıyoruz" diyor. "Bütün bunları bir haritaya yerleştiriyoruz ve cesedin nereye doğru sürüklendiğini bulmaya çalışıyoruz."

"Havayı koklamak... Söz konusu kişinin çıkış noktasını tam olarak bilmediğiniz durumlarda da havada bir koku vardır. Şöyle giden bir koku eğrisi..." diyor elini havada sallayarak. "Köpeğin bir Z çizerek ilerlemesini sağlayabilirsiniz. Bunu doğal olarak yapabiliyorlar. Köpeklerin kokunun kaynağına doğru gitmesini istiyoruz."

Yogi'nin başını okşamaya devam ediyor ve gözyaşlarıyla parıldayan gözlerini kırpıştırıyor. "Kafamı kaldırdığımda çocuğu menfezden çekip çıkardıklarını gördüm" diyor. "Bu benim gördüğüm ilk kazazedeydi çünkü çoğu zaman, Honduras'ta olduğu gibi, kazazedeleri biz gittikten sonra gelip çıkarıyorlar. Onu gördüğüm anda derin bir şok yaşadım ve fena halde ona, bu küçük çocuğa sarılmak istedim."

"Sonra eve geri döndük" diyor, "birkaç röportaj verdik ve eve girip, ailenin moralini düzeltmeye çalıştık. Güya köpeklerin ailenin moralini düzeltmesi gerekiyordu... Ve bir auranın, bir enerjinin içinde yürür gibi hissettik kendimizi; çevresel bir faktör vardı sanki... sisin içinde yürüyor gibiydik."

"Bu halin üstesinden gelemedik" diyor Michelle. "Eve döndüm, Rusty'yi oynaması için diğer iki köpeğin yanına bıraktım ve işe gittim. Rust yanımdayken hep böyle kendimi köşeye sıkışmış gibi hissederdim çünkü onunla konuşamazdım ve sanırım bunun üstesinden nasıl geleceğimi de bilmiyordum. O derin şok yüzünden, olup bitenleri idrak edemedim sanırım, ta ki Honduras'a gidene kadar.

"Köpeklerin yaşayan insanları da bulmasına izin vermeniz gerekiyor. Ben de öyle yaptım. Her şeyi yıkamanız gerekiyor. Köpeklere giydirdiğiniz şeyleri, kendi giydiklerinizi, üzerinizdeki her şeyi. Arabayı ve ölüm kokusuyla temas eden her şeyi yıkamalısınız. Koku belli belirsiz kalsa dahi köpekler hemen üzüntüye boğuluyor."

"Eve dönerken koku arabaya bayağı sinmişti" diyor, "yani arabayı da yıkamam gerekiyordu."

Rusty ve Murphy (Michelle'in border collie ve Avusturalya çoban köpeği kırması) tıpkı buldukları kazazedeler gibi artık hayatta değiller. Murphy, üç yıl boyunca omurgasındaki sorunlarla boğuştuktan sonra, on dört buçuk yaşındayken "uyutulmuş". Rusty de böbrekleri iflas ettikten sonra uyutulmuş.

Yogi'ye sarılan çocukların görüldüğü fotoğraflara ardı ardına bakarken Tegucigalpa'da küçük bir kız çocuğuyla tanışmasından bahsediyor. Bacakları stafilokok enfeksiyonuna kesmiş adeta; bir pis su birikintisinden su içiyormuş. Michelle kızın suyuna dezenfekte edici tabletler atmış. Bir gazeteci de bacaklarına antibiyotik krem sürmüş.

"Çoğu yerde yürümek zorunda kaldık" diyor, "çünkü her yer çamur kaplıydı. Yogi'yi gören herkes gülümsüyordu. Bir yerde durduğumuzda insanlar etrafımıza toplanıp, '*Dame lo*! *Dame lo*! Biraz sevelim şunu!' diyorlardı. Bu da Yogi'yi çok heyecanlandırıyordu. İlgi hoşuna gidiyordu. Yaptığımız işin ne kadar önemli olduğunun farkındaydı ve yolda ona hep, 'Bu çok önemli bir şey; insanlar için iyi bir şey yapıyorsun' diyerek durumu açıklamaya çalışıyordum." Çöken futbol sahasını gösteren fotoğrafta uzak bir köşede duran insan kalabalığına işaret ederek, "İnsanlar sahanın kenarında durup, bizi izliyorlardı" diyor, "ve şu çocuk da bize İngilizce teşekkür etmişti."

"Böyle şeyler beni mahvediyordu" diyor. "Böyle insani bir temas kurduğumda yüreğim parçalanıyordu."

Bir fotoğrafa bakıp gülümsüyor ve "Köpeklerin moralini yerine getirmek için bir yetimhaneye gittik" diyor. "Çocuklardan biri koşup saklanıyor ve köpekler de onu buluyordu."

Sonraki fotoğraf için de, "Burası bir ada" diyor. "Oraya ulaşmak için bir damperli kamyonun kasasında bozuk yol boyunca ilerleyip, keskin virajlardan geçip iki saat yol gittik. Burası kamyonun kasası, her yeri küf kaplı. Orada üç ceset bulduk."

Yogi'nin başını okşayıp, "Sanırım, bunlar onu yaşlandırdı. İki yaşındaki çoğu yavrunun karşılaşmayacağı şeyler gördü ve kokladı."

Başka bir fotoğraf albümünde Yogi çok zayıf; gülümseyen adamlarla otururken görülüyor.

"Bodhisattva'lara inanıyorum ben" diyor Michelle. "Budizm'de, aydınlanmış ve diğerlerine yardım etmek için geri dönen insanlar var. Sanırım, Yogi'nin benim yanımda bulunma amacı, benim daha iyi bir insan olmama ve bir şeyler yapmama yardımcı olmak. Eğer o olmasaydı, Bizim Ev'e girmek benim için çok zor olurdu; ama onun sayesinde kendimi yuvamda gibi hissettim."

Yogi'yi götürdüğü, AIDS'li hastalara bakımevinden bahsederken, "Zorlayıcı ve anlamlı bir şey yapmak istiyordum ve insanların Bizim Ev'den bahsettiklerini duymuştum" diyor. "İlk başta Reiki isteyip istemediklerini sordum; hayır dediler. Sonra da çok uslu bir köpeğim olduğunu söyledim; onlar da buyurun gelin dediler. Böylece her hafta oraya gitmeye başladık."

"Hastaların çoğu evcil hayvanlarını kaybetmiş" diyor. "Bazen şu, yatıştırıcı bir faktör oluyor: *Eğer evcil hayvanım olsaydı, Bizim Ev'e kabul edilmezdim*. Ayrıca, evcil hayvanlar ölüyor ve bununla özdeşleştirilen çok acı var burada. Bizim Ev'de yaşayan herkes bir parça sığınmacı aslında. En azından sevgililerini kaybetmişler. Ve maddi olarak da, evlerini."

Yogi'nin kulaklarını kaşıyarak, "Bu işin bir parçası da bu: rahatlatmak" diyor. "Bodhisattva ile kastettiğim şey bu: kendi rahatından çok başkalarını rahatlatmaya ve yardımcı olmaya odaklanması."

"Honduras yolculuğu benim için gerçekten ufuk açıcıydı" diyor. "Yaşadığım dönüm noktalarından biriydi. Bir açıdan her şeyin tavan yaptığı bir dönemdi. Oradayken amacım ne diye hiç düşünmedim çünkü her şey çok netti. Kendimi olayların akışına tamamen bırakabiliyordum."

Şehir dışındaki bu gri çiftlik evinde şimdi her iki köpek de deri koltukta uyuyor. Arka bahçeye açılan sürgülü cam kapılara etrafta koşuşturan köpeklerden çamur sıçramış.

"Okulu Honduras'a gitmeden hemen önce bitirmiştim" diyor Michelle. "Yüksek lisans diplomamı yeni almış ve Hewlett-Packard'dan ayrılmıştım. 'Bu aptal şirket kültürüne uyum sağlamanın ötesinde, çok yönlü koca bir dünya var' diye düşündüm. 'Bu dünyada anlamı *nerede* bulabilirim?' Honduras'ta arama yaparak geçirdiğim bir gün, iş dünyasında, şirkette geçireceğim yirmi yıldan katbekat daha anlamlıydı ve bunu daha oradayken düşünmüştüm."

"O kadar güzel ki!" diyor Michelle. "İster görme engellilere rehberlik eden bir köpek ister benim Yogi'm olsun, bir köpeği çalışırken gördüğümde için için ağlıyorum. Huşuya kapılıyorum."

Tegucigalpa, Honduras albümünü –Mitch Kasırgası'nın fotoğraflarını– kapatıyor ve albümü bir yığın albümün üzerine koyuyor.

"Sadece sekiz gün kaldık" diyor. "Sanırım, elimizden geleni yaptık."

İnsan Hatası

Brian Walker'ı muhtemelen televizyonda görmüşsünüzdür. Görmediyseniz de radyoda ondan bahsedildiğini duymuşsunuzdur. Conan O'Brien'la ya da *Good Morning America*'da konuşurken görmüşsünüzdür. Ya da bir sabah Howard Sten'in programında izlemişsinizdir.

Evet, işte o adamdan bahsediyoruz. Bend, Oregon'da arka bahçesinde kendi roketini yapan ve kendini uzaya fırlatan ilk insandan.

Kendisine "Roket Herif" diyor.

Evet, işte. Karşınızda *o adam*.

Şimdi hatırlıyorsunuzdur. Yüzlerce radyo ve televizyon haberinde, gazete ve dergi yazısında bu işin lojistiğinden bahsedildi. Roketinin fiberglastan yapılma olduğundan, gümüş kaplama bir bölmenin maruz kaldığı, yüzde 90'ı hidrojen peroksit olan bir solüsyon tarafından ateşlendiğinden bahsedildi.

"Sirke ve karbonatı karıştırdığınızda ortaya çıkan şey gibi bu" diyor Roket Herif. "Kimyasal bir reaksiyon gerçekleşiyor. Peroksit, gümüşe çarpıyor ve bu çarpışma peroksidi buhara çeviren katalitik bir dönüşüme yol açıyor. Sonra buhar genleşiyor. Temelde, peroksit bin üç yüz derecelik aşırı-ısınmış buhara dönüşüyor ve hacim olarak altı yüz kat genleşiyor."

Sıkıştırılmış hava patlaması roketin harekete geçmesine yardımcı oluyor. Roket elli mil hızla yukarı fırlıyor ve sonra bir paraşüt yardımıyla yavaş yavaş düşüşe geçiyor.

Walker, zengin bir oyuncak mucidi. İnternette tanıştığı ve Rus kozmonotlardan eğitim alırken görüştüğü güzel bir Rus kadınla nişanlı.

Evet, elbette Walker'ı ve "RUSH Projesini" (*Rapid Up Super High*) duymuşsunuzdur. Bu herif sadece lise eğitimi görmüş. Muhtemelen Art Bell'in radyo programında onu dinlemiş ve sonra e-posta göndermişsinizdir. Eğer gönderdiyseniz cevap da almışsınızdır. Roket Herif binlerce e-postaya cevap vermiş. Kendi icadınıza dair sorular sorduğunuz e-postalara, çocuklarınızın onun oyuncaklarını ne kadar sevdiğinden bahsettiğiniz e-postalara. Şaşırtıcı ve güzel olan şey size cevap vermiş olması. Belki bir de oyuncak göndermiştir.

O sizin kahramanınız. Ya da onun geveze bir dolandırıcı olduğunu düşünüyorsunuz.

Evet, *o adam*... Ne oldu o adama?

Ah, neyse ki hâlâ buradaymış! Aslında hem burada hem değil.

Eğer ona e-posta gönderdiyseniz *–www.rocketguy.com–* muhtemelen hâlâ bilgisayarındadır. Eğer ona e-posta gönderdiyseniz siz de meselenin küçük bir parçasısınız.

Aralık 2001'de Roket Herif, atölyesinde, roketini fırlatma alanına götürecek römorkunun hidrolik kaldıracı üzerinde çalışıyormuş. Dışarısı eksi otuz dereceymiş; çöl, ayak bileğine kadar karla kaplıymış. Brian Walker'ın yaşadığı elli dönümlük arazi –kasabadan arabayla bir şarkı süresi mesafede– çoğunlukla çam ağaçları ve volkanik kayalarla kaplı. Büyük bir kütük evde yaşıyor. Evin bulunduğu tepenin biraz aşağısında garajı ve atölye binaları var. Bunların yanında da "Roket Bahçesi". Burada, atmosfere yapacağı seyahate hazırlanmak için inşa ettiği bir dizi ekipman yer alıyor.

Füzeler, kapsüller ve roketler için köpük ve fiberglastan hazırlanmış parlak kırmızı ve sarı prototiplerin karın içinden dışarı uzandığını görebiliyorsunuz. Atölyesinin beyaz duvarlarında, icat ettiği oyuncakların prototipleri asılı. Brian Walker iriyarı ve sakallı; yarı-zamanlı yardımcısı Dave Engeman ise ufak tefek ve sinekkaydı tıraşlı; kar, oyuncaklar, çam ağaçları ve volkanik kayalarla birlikte bu iki adam Kuzey Kutbu'na yakın bir atölye kurmuşlar, astronottan çok birer peri gibi görünüyorlar.

Rica ederseniz, Roket Herif, oyuncakları duvardan indiriyor ve hiç satamadıklarını gösteriyor. "Bugünlerde bu oyuncakları yapmak zor iş" diyor. "Tüketiciyi Koruma İdaresi, bir şeyin yanlış ya da kötüye kullanılması ihtimaline karşı son derece hassas. Eskiden, eğer yanlış kullanırsanız gözünüzü ya da parmağınızı kaybedeceğiniz oyuncaklar alabiliyordunuz."

Neler yok ki burada? Ordu için tasarladığı, üzeri kapalı bir sedye. Bavul büyüklüğünde bir bebek arabası. Kasalarda saklanan başarısız projeleri, yüzlerce plastik ve ahşap prototipi göstererek, "'Daha İyi Yarınlar' adlı bir seri oyuncak yapmak istiyorum" diyor. "Çocuk belli bir IQ seviyesinin altındaysa, oyuncakla sağ kurtulamayacağı şekilde tasarlanacaklar. Böylece gen havuzunu çok geç olmadan ayıklayacaksınız. Aptal çocuklar da aptal yetişkinler kadar tehlikelidir; onları daha küçükken devre dışı bırakmakta fayda var. Kulağa gaddarca geldiğini biliyorum ama makul bir beklenti bu."

Kahkaha atıyor ve "Tabii ki şaka" diyor. "Tıpkı kör çocuklar için tasarlamak istediğim 'Gözüm Görmesin' adlı oyuncak serisi gibi..."

Roket römorkunun arka kısmına çelik bir tank monte ediyor. Fırlatma sonrasında ayrılacak dört uzun borunun altında duruyor tank. Fırlatma anında tanktan gelen yüksek basınçlı hava bört borudan geçerek roketin başlangıçtaki kalkışını sağlayacak.

"Hava patlaması rokete ivme kazandırıyor" diyor Brian. "Eğer altı bin kilo itme gücünde bir motorum ve dört bin beş yüz litre yakıt taşıyan beş yüz kiloluk bir roketim varsa, o zaman beş bin kiloluk bir kalkış ağırlığına ve altı bin kiloluk bir motor gücüne sahibim demektir. Eğer patlama beni havaya fırlatırsa, ağırlığım sıfıra iner ve böylece de altı bin kiloluk motor gücü hemen motora uygulanır ve ben yeryüzünü daha pozitif bir duruş ve daha tutarlı bir kalkışla terk edebilirim."

Buna özetle roket bilimi diyebiliz. En azından ilk deneme uçuşu için. Roketin içinde kontrol düğmeleri yok, dolayısıyla insan hatası ihtimali sıfır. Bu kadar basit.

"Ben roket bilimci değilim" diyor Brian. "Yaptığım her şey genelgeçer bilgilere dayanıyor. Elli yıllık uzay programından derlediğim bilgileri kullanıyorum. Roketimin dev bir oyuncak olduğunu söyleyebilirim. Steroidlerle çalışan dev bir oyuncak."

"Motorun valfini açtığım anda, hava akımı sağlanıyor" diyor. "Hava basıncını serbest bırakmadan önce motorun valfinin klapesinin tamamen kapalı olması gerekiyor. Eğer kalkış anında motor ateş almazsa, yaklaşık elli fit yükselir ve aynen geri düşerim. Paraşüt de işe yaramaz ve ağırlık o kadar fazla olur ki kapsülü yakıt tankından bile ayıramam. Motor klapesi açıldığı anda, sıkıştırılmış hava dışarı çıkar."

Hidrojen peroksit buhara dönüşüyor... Biraz hava veriyorsunuz; tıpkı Brian'ın Target ve Disneyland'dan satın alabileceğiniz Pop-It Roketi gibi... Ve Brian on metrelik roketin burnunda ayakta duruyor.

"Roket havalandığında, bumm! Gökyüzündeyim" diyor. "Apojeye, yani yörünge tepe noktasına ulaştığımda burun kısmındaki koni açılıyor ve paraşüt ortaya çıkıyor. Sonra, alçalırken, iki kapı kopup açılıyor, küçük katapult yuvası beni dışarı fırlatıyor ve ben gökyüzü dalışı yapmaya başlıyorum."

Bu kadar basit.

Ana motorun yakıtı bittiğinde Mach 4, ses hızında uçuyor oluyor. Kapsülü yakıt tankından ayrılıyor ve kalkışından yaklaşık altı dakika sonra en yüksek noktaya ulaşana kadar dört buçuk dakika boyunca yükselmeye devam ediyor.

"Hızlanma safhası doksan saniye" diyor, "ve kalkıştan inişe bütün uçuş yaklaşık on beş dakika sürüyor."

Basınçlı dökümle yapılmış stirofomdan imal edilen kanatçıklar roketin dengede durmasına yardım ediyor, sonra da iki aşamada düşerek, roket hız kazandıkça küçülüyorlar. İlk insanlı test roketi gökyüzünde yaklaşık beş kilometre yükseliğe ulaşacak ve sonra da aşağı yukarı aynı rotada dümdüz aşağı inecek.

"Çok fazla şey düşmeyecek" diyor. "Sekiz kanatçık bölmesi ve yakıt tankı düşecek. Yakıt tankını gelecek nesiller için saklayacağım çünkü kapsülümü, roketimi ve yakıt tankımı Smithsonian Müzesi ya da bir diğer önemli uzay ve havacılık müzesinde sergilemeyi planlıyorum. Smithsonian'la konuştum. Evet, eğer kendi özel roketimi yapar ve uçurmayı başarırsam ve bu da bir ilk olursa, kesinlikle sergileyeceklerini söylediler."

Plan bu: On beş dakikalık şöhret ve sonra doğrudan tarih kitaplarına geçmek.

Bütün bunlar Nevada'daki Black Rock Çölü'nde –her yıl Burning Man Festivali'nin yapıldığı yerde– gerçekleşecek. Brian'ın katılacağını umduğu çeyrek milyon insanı barındırabilecek tek yer burası.

Dokuz yaşından beri Brian'ın hayaliymiş bu. Babası on iki yaşındayken onu ilk havacılık gösterisine götürmüş. On altı yaşına girdikten iki hafta sonra ilk gökyüzü dalışını yapmış. 1974'te, on sekiz yaşındayken, otomatik atlayış yaparken az daha uçağın peşi sıra sürükleniyormuş. Donup kalmış, elleri kanada kenetlenmiş ve uçak, Brian kanadın üzerinde sallanırken iniş yapmak zorunda kalmış. On yedi yıl boyunca bir daha atlayış yapmamış.

Aldığı eğitim konusunda ise şunları söylüyor Brian: "Bende disleksi ve hiperaktiviteye bağlı dikkat eksikliği vardı ve okul benim için bir işkenceydi. İki dönem üniversitede mühendislik okumayı denedim; aslında bu babamı memnun etmek için yaptığım bir şeydi. OIT'de* iki dönem makine mühendisliği okudum ve sonra 'İstediğim şey bu değil' dedim. Partilerde içmekten neredeyse ölecektim. Akıl sağlığımı korumak için yapabildiğim tek şey mümkün olduğunca sarhoş olmaktı."

El ve ayaklarında sık sık siğil çıkarmış ve bunları yakmak için plazma kaynak makinesi kullanırmış. "Siğillerden kurtulmak için harika bir yöntem" diyor. "Ama ayağınızda küçük güzel bir krater bırakıyor. Tetiği çekip bıraktığım anda cildi buharlaştıran bir plazma akımı gönderiyor ve *acayip* acıtıyor."

"Bir keresinde de lehim aleti kullanmıştım" diyor.

Brian için beş saatlik uyku iyi bir gece uykusu demek. Yeni yastıklarına ve hafif yorganına rağmen, uykusuzluk hastalığından mustarip , tıpkı babası gibi. İcat yapmaktan başka bir hobisi yok. Tanrı'nın adını boş yere ağzına almı-

* Oregon Institute of Technology. (y.h.n.)

yor ve Britney Spears konserlerinin bir seks gösterisi olduğunu söylüyor. Büyücülük meselesi yüzünden Harry Potter kitaplarını da tasvip etmiyor. Evcil hayvanı yok, yani şu anda, 2001 yılında yok; ama eskiden, dokuz yaşındayken damar genişlemesinden ölen, Benny adında, uçan bir sincabı varmış. Ondan sonra bir şeker planörü olmuş. "Uçan sincabın keseli türü bu" diye açıklıyor. Hayatı filme çekilirse kendisini Mel Gibson ya da Heath Ledger'ın canlandırmasını istiyor.

"Gençlik yıllarımda" diyor, "hiç spor meraklısı değildim. Sporculara dair istatistiklere sahip olmadığım için yeterince erkek sayılmadığımı hissediyordum. Sporun, hak etmediği bir mertebeye yapay bir şekilde yükseltildiğine dair, bana bıkkınlık veren bir görüşe sahibim. Maçları ve oyuncuları analiz etme olayını bir sanata ve yaşam tarzına dönüştürmeye çalışıyorlar. Amerika'da hangi bara gitseniz televizyonda tek izlenen şey maçlar ve spor programları. Dürüstçe söyleyeyim, izlediğim hiçbir basketbol maçında –ki çok az izlemişimdir– yeni bir şey göremedim. Bir sporun bütün yönlerini bilen coşkulu, kemikleşmiş bir fan değilseniz gerçekten *adam gibi adam* sayılmamanız biraz canımı sıkıyor."

Bir kafede öğle yemeği yerken konuşmayı kesip, televizyondaki, şehrin üzerinde patlayan elektromanyetik pals "E bombası"nı gösteren bir bilgisayar grafiğine bakıyor. Üzerinde ekstra çiğ soğan dilimi olan bir Big Bad Bob Burger söylüyor. Aralık ayında bile buzlu su içiyor. Portland, Oregon'un Parkrose bölgesinde büyümüş.

Yemek esnasında Amerikalı astronotların vergi mükelleflerinin paralarıyla bütün hayat boyu eğitim ve deneyim kazanıp, sonra da bu deneyimlerle tıpkı şöhretler gibi servet kazanmalarından yakınıyor. Sonra da, Rus uzay yolculuklarına katılmak için para veren zengin Amerikan vatandaşlarının halk tarafından acımasızca eleştirilmesinden. Uzay yolculuğu hayalinin, hayat boyu sürecek askeri bir kariyer istemeyen insanlara da açılması gerektiğini söylüyor.

Gelir vergisinin yerine ulusal satış vergisinin konulmasını istiyor.

Brian şu anda, 2001 yılında, kırk beş yaşında ve "A Foreign Affair" adlı web sitesi sayesinde tanıştığı Natasha adlı bir Rus kadınla nişanlı.

Halihazırda tanıdığınız Roket Herif böyle biri işte. Tarçınlı Altoids'i sadesinden daha çok seviyor. Rus MIG avcı uçaklarında uçmuş ve kozmonot eğitiminde kullanılan "Kusmuk Kuyrukluyıldızı" uçağında, yerçekimsiz dalışlar esnasında kusmamak için kendini zor tutmuş. Hiç evlenmemiş ama artık evlenmeye hazır.

"Amacım" diyor, "dışarı çıkıp, bir şeyler ispatlama zorunluluğu hissetmeden hayatın keyfini sürebilecek bir kadın bulmaktı. Maalesef bizim kültürümüzde birçok kadın, bunu yapması gerektiğini hissediyor. Altmışların sonu, yetmişlerin başında feminist hareket kadınları çocuk sahibi olmanın ve evde oturup annelik yapmanın yalnız bir varoluş biçimi olduğuna ikna etti. Kariyeriniz yoksa bir hiçtiniz."

Hamburgerinin üzerinden, "Hayattaki görevlerimden biri de" diyor, "ABD ile Rusya arasındaki ilişkileri kuvvetlendirmek için elimden geleni yapmak. Soğuk Savaş bitti. Bırakın bunları artık. Ruslar bizim düşmanımız değil. Amerika'yı, bizi ve temsil ettiğimiz şeyleri gerçekten seviyorlar. Sanırım, Rus bir eşe sahip olmam bu role soyunmamı kaçınılmaz bir hale getirecek."

Yemekten sonra posta kutusunu kontrol ediyor ve bir İskoç radyo programına verdiği röportajın karşılığında gönderilen 55.06 dolarlık bir çek buluyor. Bunun Roket Herif şöhretinin yarattığı heyelandan kazandığı tek para olduğunu söylüyor.

İşte karşınızda, medyanın 2000 yılı Nisan ayında keşfettiği Brian Walker.

"Bana bir isim takılmasını istiyordum" diye hatırlıyor. "Ama 'Roket Adam' denmesini istemedim; kulağa çok resmi geliyordu. Aşırı kullanılmış bir şeydi. 'Roket Herif'in çok daha *arkadaşça* bir tınısı vardı. Kapı komşunuz olan şu herif gibi yani. Sokaktaki insan gibi. Roket Herif ismi hedefi on ikiden vurdu."

Florida'da bir gazeteye verdiği röportajdan sonra Roket Herif dünyaya geldi ve her gün iki ya da üç röportaj veren, uluslararası bir şöhrete dönüştü. O kadar çok telefon alıyor ki mesaj kutusu ilk yüz mesajdan sonra doluyor. Web sitesi bir saatte 380,000 kez tıklanıyor.

"Radyolara verdiğim onca röportaj içinde, radyocuların beni aptal durumuna düşürmeye çalıştığı sadece iki üç tane röportaj oldu" diyor. "Howard Stern'le yarım saat boyunca konuştuğumda bile benimle dalga geçmedi. Bana antika herifin tekiymişim gibi davranmadı. Lafı birkaç kez, 'artık daha fazla seks yapıyor musun'a getirdi ama bunu dev penis, seks hayatı, fallik sembol olaylarına dönüştürmedi."

Yine de, her çıkışın bir inişi vardır.

Roket Herif bile size şunu söylecektir: Atmosfere dönüş feci olabiliyor.

Brian ve Natasha yüz yüze ilk kez Nisan 2001'de görüşmüş. Bundan iki ay sonra, iki haftayı beraber geçirip, nişanlanmışlar. Temmuz 2002'de Natasha ve sekiz yaşındaki oğlu Serge bu nişan sayesinde aldıkları vizeyle Amerika'ya gelmiş.

"Büyük bir hata yapıyor olabileceğime inanmak istemiyordum" diyor Brian. "Bir buçuk sene içinde birbirimize bin yüz elli beş e-posta göndermiştik. Ona o kadar inanmak istiyordum ki şansımı denemeye hazırdım ama 15 Ekim 2002'de evlenmemizin hemen ardından işler sarpa sardı."

Natasha, Brian'dan on beş yaş küçükmüş; Rusya'da yedi kişiyle paylaştığı 300 metre karelik evi bırakıp gelmiş. Brian, oğlu Serge için bir yüzme havuzu yaptırmış. Lazerli göz ameliyatı için 4000, diş operasyonu için de 12000 dolar ödemeyi kabul etmiş. İki kişilik spor BMW arabasını satıp bir aile arabası almış. Yine de kavgaları bitmemiş. Natasha akşam yemeğinde İngilizce konuşmaya ya da sabahları sekizden önce kalkmaya yanaşmıyormuş.

Brian, Serge bütün gün okuldayken Natasha'nın kullanması için bir bilgisayar almış. Ve altı hafta sonra ona internette gezdiği siteleri sorduğunda...

"En kötü web siteleri hayvanlarla seks içeren sitelerdi" diyor Brian. "Neredeyse her gün bu sitelere girip bir-bir buçuk saat geçirmiş. Bilgisayarı almamızdan sadece altı hafta sonra evimden gitti. Rusya'dan kalkıp buraya gelmesini isteyip, evlenecek kadar çok sevdiğim bu kadının bu kadar sapık çıkması beni çok üzdü. Normal pornodan değil, insanın *midesini bulandıran* şeylerden bahsediyorum."

Natasha evlendikten altı hafta sonra internete gizlice ilan vererek yeni bir adam aramış. Mümkünse uzun sarı saçlı, şehirde bir çatı katında yaşayan sanatçı bir tip arıyormuş. Kütük evde yaşayan, kumral, sakallı Brian'ın tam zıddı birini yani.

"Natasha çok güzel bir kadın ama ruhu yok. Ruhsuzun teki" diyor. "Anladım ki ben onun için buraya geliş biletinden başka bir şey değilmişim."

Brian Walker'ın zihninde Proje RUSH, Roket Herif olmakla ve Natasha'yla evlenmekle bağlantılıymış. "Kendi naçizane bakış açımdan, bunun dünyayı bir araya getirmek için harika bir yol olduğunu düşünüyordum" diyor. "Eski düşmanlar arasındaki işbirliği ve bağlantıyı göstermiş olacaktık. Birlikte bir kitap yazabileceğimizden bahsediyorduk. İngilizce ve Rusça çocuk kitapları yazabilirdik. Bu ilişkiden fırsatlarla dolu bir dalın filizlendiğini görebiliyordum ama o dal ezildi."

Brian, Natasha'ya internette gezdiği sitelerden bahsettiği anda Natasha bavulunu toplamış, oğlunu almış ve komşuları olan Rus bir adamın yanına taşınmış; o zamandan beri de beraber yaşıyorlarmış.

"Bir sürü adam bana e-posta attı" diyor Brian. "Onların hikâyeleri de tıpatıp aynıymış. Bu herifler aşka inanmışlar ama eşleri oturma izni ya da yeşil kartı alır almaz onları terk etmiş. Natasha o kadar bile beklemedi. Evlendikten iki ay sonra gitti. Yasal statüyü elde edene kadar bile oynayamadı oyunu."

Bu noktadan sonra her şey dağılmış. Brian sekiz hafta boyunca hiçbir şey yiyememiş. Yirmi kilo vermiş, sakalını kesmiş ve roket üzerine çalışamaz olmuş.

"O kadar uzun zamandır o kadar çok çalışıyorum ki" diyor. "Bu roket projesine başlamamdan önceki zamana dönerseniz, on beş yıllık berbat bir başarısızlık dönemi görürsünüz. Bir denizaltı inşa ettim ama bunu bir işe dönüştüremedim. Bir kısmında başarılı olurken, başka bir kısımda tökezliyordum. İcat ettiğim sedyeler ve diğer yüzlerce şeyde de aynısı oldu. Aylarca, yıllarca boş yere uğraşıyordum. Sonra oyuncak sanayiinde başarılı olmaya başladım ve vites küçültmek yerine bu projeye atladım. Şu noktada bu proje bütün enerjimi alıyor."

Yaşadığı bir diğer şok da, atmosfere roket gönderecek ilk özel gruba on milyon dolar vaat eden "X-Prize" ödülü. Roket Herif kendini birdenbire, dünyanın dört bir yanından iyi para desteği alan ve iyi eğitim görmüş takımlarla rekabet içinde bulmuş.

Medyada gördüğü ilgi bile bir handikapa dönüşmüş. Kapısında yaklaşık iki bin kişi toplanıp, evini gezmek istemiş. "İnsanlara hayır demekte çok zorlanıyordum" diyor. "Beni son üç yılda yavaşlatan en feci şey, insanların isteklerini yerine getirme arzum oldu. Bu yüzden medyada yer aldım, e-postaları okuyup cevapladım, insanları burayı gezmeye davet ettim, okullarda bağış topladım, arada sırada da okullara gidip konuşmalar yaptım."

Brian'ınki heyecanlı bir yolculukmuş doğrusu. Para. Şöhret. Aşk. Ve bütün bunlar roket daha fırlatma rampasına değmeden yaşanmış.

Bandı hızla ileri sarıp Temmuz 2003'e geliyoruz ve arada geçen bu zaman diliminde Brian Walker günbegün kendine geliyor. Bir arkadaşı onu, yaşıtı, emlakçı bir Amerikalı kadınla tanıştırmış. Kadının adı Laura ve Laura'nın sesi daha şimdiden telesekreter mesajında yerini almış. Beraber gökyüzü dalışı yapmışlar. Brian'ın boşanma işlemleri tamamlanınca evlenmekten bile bahsediyorlar.

Ve hâlâ, oyuncaklarını seven çocuklar, ebeveynler ve öğretmenlerden yüzlerce mektup alıyor.

Bend, Oregon'da, Roket Bahçesi'ndeki çalışmalar sürüyor. Brian'ın yerçekimine karşı idman yaptığı bir santrifüj var. Roket motorlarını test ettiği bir kule var. Yapmaya başladığı geodezik kubbeyi ve üzerine yerleştirilen gözlemevini bitirmeyi planlıyor. Kubbenin içinde, açık ve koyu olmak üzere mavinin iki tonunda boyanmış roket duruyor. Aralık 2001'de yaptığı römorkun içinde hazır bekliyor. 2001'de her şey, aşk, şöhret ve aile mümkün görünüyordu.

Bir bakıma, hâlâ her şey mümkün.

Roketin içindeki aletler yerine, sadece dışarıdaki kameralara bağlanacak düz bir video ekranı ya da takabileceği video gözlükleri istiyor.

Kubbenin bir tarafına yerleştirilecek bir roket kızağı inşa etmek istiyor.

Şehirden şehire fırlatılabilecek planör-tipi bir uçak tasarlamak istiyor.

İki jet motoruyla çalışan bir go-kart inşa ediyor.

Ebay'dan alıp modifiye ettiği jet motoru 1600 derecelik egzozuyla bahçesindeki, araba yolundaki buzları eritecekmiş.

"Bu şey gürleyip çalıştığında, testisleriniz midenize çıkıyor" diyor. "Bu şeyin çalışmasını izlemek insanı adeta dehşete düşürüyor."

Ve bir de şirket desteği meselesi var. "Viagra'nın bana sponsor olmasını isterdim çünkü roket Viagra için çok sağlam bir sembol" diyor Brian Walker. "Yarış arabasından çok daha sağlam."

Daha yapacak çok işi var.

4500 kiloluk hidrojen peroksidi arıtması, e-postalarını cevaplaması gerekiyor. Kütük evinde Sovyet yapımı uzay giysisi onu bekliyor.

Bütün dünya onu bekliyor.

Evet, yakında Roket Herif'in bahsini çok daha fazla duyacaksınız.

Çok çok daha fazla.

Eğer kendi imkânlarıyla uzaya giden ilk insan olamazsa, o zaman roketlerden yapılan yüksek irtifalı gökyüzü dalışlarına öncülük etmek istiyor. Uzay turizmini başlatmak istiyor: İnsanlar uzay gemisi gibi bir şeyle Dünya'nın yörüngesinde dolaşacak ve istedikleri yeri ziyaret etmek için, liman gibi yerlerde inebilecekler. Bir mucit olarak başarısının sırrını açıklayan bir de kitap yazmak istiyor. Beş mil uzaklıktaki orman yangınlarını söndürmek için, 1500 litrelik su balonları fırlatabilecek karbon-fiber bir düzenek tasarlıyor.

Brian Walker on beş metre genişliğindeki geodezik kubbenin içine yerleştirmek istediği kırmızı, yeşil ve sarı halojen lambalardan bahsediyor. Diğer hayallerinden de... "Işınlanan Herif" olup, kendini Rusya'ya ışınlamaktan ya da "Zaman Yolculuğu Yapan Herif" olmaktan.

"Şu an için" diyor, "yapabileceğim tek makul şey kendimi uzaya fırlatmak. Zamanda yolculuk yapamam. Kendimi ışınlayamam."

Serin, karanlık kubbenin içinde, çöl güneşinden uzakta roketiyle baş başa dururken, "Özel efektli aydınlatmalar ve yankılı sesler çıkarabilecek hoparlörler istiyorum; böylece havalı sunumlar yapabilirim burada" diyor.

Roket Herif'in açıklamaları bize şunu gösteriyor: İnsanın aldığı asıl ödül, amaca –uzay yolculuğu, zaman yolculuğu, ışınlanma– ulaşmak değil. Amaca ulaşırken yolda keşfettikleriniz. Aya insan göndermenin bize Teflon tavaları kazandırmış olması gibi.

"Ve kendi, '*Kentucky Fried Filmi* mi çekmek istiyorum" diyor. "Televizyondaki *Zaman Tüneli* programını hatırlıyor musun?"

"Zaman Herif'in başrolde olacağı *Zaman Tüneli 2001*'i çekmek istiyorum" diyor. "Zaman Herif'in tek görevi zamanda geri gidip, önemli tarihsel çocuklar peydahlamak olacak; böylece kendi genlerini geleceğe yayabilecek. Mesela Kleopatra'yla beraber olmak için Mısır'a gidiyor ama oraya vardığı anda görüyor ki savaş arabaları onu ezmek üzere; bu yüzden onu tekrar geleceğe ışınlıyorlar. Marie Antoniette'le birlikte olmak için Fransa'ya gidiyor ve tam bıçak inmek üzereyken giyotinin içinde cisimleşiyor. Yani bu zavallı avanak zamanda her geri gittiğinde birkaç saniye içinde öleceği bir noktada buluyor kendini. Ve zavallı adamcağız nihayetinde hiçbir şey yapamıyor..."

Sevgili Bay Levin

Üniversitedeyken dişeti hastalığı olan insanların fotoğrafları konusunda yorumlar yapmak zorundaydık. Bunlar çürümüş dişetleri ve çarpuk çurpuk, lekeli dişlerin fotoğraflarıydı ve insanların bu görüntüleri görmesinin kendi diş bakımlarını nasıl etkileyeceği araştırılıyordu.

Gruplardan birine sadece biraz çürümüş diş etleri gösteriliyordu. İkinci gruba biraz daha fazla çürümüş dişetleri, üçüncü gruba ise diş etlerinin çekildiği, yumuşadığı ve kanadığı, dişlerin kahverengi ya da eksik olduğu korkunç, kararmış ağızlar.

İlk çalışma grubundaki insanlar diş bakımlarını her zamanki gibi sürdürdüler. İkinci gruptakiler dişlerini biraz daha fazla fırçalayıp, ağızlarını daha fazla çalkaladılar. Üçüncü gruptakiler ise pes etti. Dişlerini fırçalamayı ve ağızlarını çalkalamayı bırakıp, dişlerinin kararmasını beklemeye başladılar.

Bu çalışmada buna "anestezi" etkisi denmişti.

Sorun çok büyükse, çok fazla gerçeğe maruz kalıyorsak, kendimizi kapatma eğilimi gösteriyoruz. İstifa ediyoruz. Felaket kaçınılmaz göründüğü için eyleme geçemiyoruz. Kapana kısılıyoruz. Buna "anestezi" deniyor.

İnsanların dişeti hastalıklarıyla yüzleşmekten bile ölesiye korktuğu bir kültürde insanların bir şeylerle yüzleşmesini nasıl sağlarsınız? Kirlilikle, eşitsizlikle nasıl yüzleşirler? Onları mücadele etmeye nasıl sevk edersiniz peki?

Sizin yaptığınız, hem de çok iyi yaptığınız şey bu Bay Ira Levin. Tek kelimeyle insanları *büyülüyorsunuz*.

Kitaplarınız birer korku hikâyesinden çok, uyarı niteliğinde birer mesel gibi. İnsanlara bazı temel fikirleri aşılamak için kültürlerin her zaman kullandığı o geleneksel mitlerin –çocuk şarkıları ve vitraylar gibi– zekice güncellenmiş versiyonunu yazıyorsunuz. *Rosemary'nin Bebeği*, *Stepford Kadınları* ve *Sliver* gibi kitaplarınız kültürümüzdeki bazı en dikenli konuları ele alıp, bizi *büyüleyerek* bunlarla yüzleşmeye zorluyor. Bir eğlence biçimi olarak. Böylesi bir terapiyi eğlenceli hale getiriyorsunuz. Öğle yemeği aralarında ya da otobüs beklerken bizi bu Büyük meselelerle yüzleşmeye ve mücadele etmeye itiyorsunuz.

Ürpertici olan şey, bunların Amerikan halkının yüzleşmekten itinayla kaçındığı meseleler olması ama her birinde, yani her kitabınızda, bizi yaklaştığını gördüğünüz bir savaşa hazırlıyorsunuz. Ve şimdiye kadar hep haklı çıktınız.

1967'de yayımlanan *Rosemary'nin Bebeği*'nde savaş, bir kadının kendi bedeni üzerindeki denetimine dairdi. Sağlıklı olma ve kürtajı seçebilme hakkına dairdi. Kadın din, kocası, en yakın erkek arkadaşı ve erkek doğum uzmanı tarafından kontrol altında tutuluyordu.

Feminist sağlık hareketinden yıllar yıllar önce bütün bunları insanlara okuttunuz; insanların bunları okumak için *para vermesini* sağladınız. Boston Kadın Sağlığı Birliği, *Bizim Bedenimiz, Bizim Benliğimiz* sloganları ve kadınların bir çember oluşturacak şekilde oturup, ellerinde bir spekulum ve el feneriyle birbirlerinin rahim boynundaki değişimleri incelediği bilinçlendirme grupları sizden sonra ortaya çıktı.

Kadınlara nasıl *olmamaları* gerektiğini gösterdiniz. Ne *yapmamaları* gerektiğini. Pencere kenarları için yastık dikip, hiç soru sormadan evde *oturmayın* dediniz. Biraz sorumluluk alın. Eğer ilk buluşmanızda Şeytan size tecavüz ediyorsa, bu hamileliği sona erdirmekte tereddüt etmeyin. Ve evet, aptalca bir şey bu. Şeytan... Ve büyük, BÜYÜK bir aletinin olması. Rosemary'nin, fırtınalı bir havada geminin güvertesinde, kolları ve bacakları bağlanmış ve sonuna kadar açılmış bir halde görünmesi falan. Carl Jung bunlara ne derdi acaba? Fakat bizi olayın içine sokan şey bu. Bütün bunlar bir fanteziymiş, bu şey gerçek değilmiş, kürtaj gerçek bir mesele değilmiş gibi yapabiliriz. Rosemary'nin aldığı hazzı, kapıldığı dehşet ve öfkeyi hissedebiliriz.

Şu anda, yani otuz yıl sonra, bunların ürpertici bir biçimde tekrar yankı bulacağını, kürtaj hakkına karşı yürütülen kampanyanın birçok eyalette cenine yasal doğma hakkı tanıyacağını öngörmüş müydünüz? Mahkemelerde kadınlara "gestasyon sahipleri" ya da "gestasyon sürdürücüler" deniyor ve yasal olarak, istemedikleri çocukları taşımaya ve doğurmaya zorlanıyorlar. Ceninler, ortalıkta boy gösteren kürtaj düşmanlarının sembolü haline geldi. Tıpkı Rosemary'nin komşularının, siyah kumaş kaplı bebek arabası içindeki bebeğin etrafında toplanmaları gibi.

Bu işin tuhaf, tüyler ürpertici bir başka tarafı da, bedenimizin bunun gerçek olmadığını bilmemesi. Bu hikâyeye kendimizi o kadar kaptırıyoruz ki katartik bir tecrübe yaşıyoruz. Vekaleten, korkunç bir macera. Rosemary gibi biz de artık daha akıllıyız. Aynı hatayı tekrar yapmayacağız. Hayır. Artık zorba doktorlar yok. Adi kocalar yok. Sarhoş olup, Şeytan'dan hamile kalmak yok.

Ve ne olur ne olmaz diye, kürtajı makul, yasal bir seçenek haline getirelim. Dava kapanmıştır.

Bay Levin, önemli, tehditkâr bir hikâyeyi bir metafor aracılığıyla anlatma beceriniz belki de televizyonun "altın çağı"nda, Lights Out ve The United States Steel Hour gibi programlar için yazarlık yapmış olmanızdan kaynaklanıyordur. Bu dönemde, 1950 ve 60'larda televizyonda muhafazakâr seyircileri ve daha da muhafazakâr olan sponsorları kızdırmamak için her şeyi maskelemek ya da örtük hale getirmek gerekiyordu. Yazarların bir sandığın üstüne çıkıp, toplumsal meseleleri bağıra bağıra dile getirdiği *The Monkey Wrench Gang*, *Amerikan Sapığı* ve *Trainspotting* gibi "yıkıcı edebiyat" eserleri daha ortada yokken, kariyeriniz bu dönemde, maske, metafor ve örtmecenin her şey demek olduğu bir dönemde, olası en kamusal yazma biçimiyle başlamıştı.

İyi bir tiyatro ve toplumsal yorumun, sabun ve sigara reklamlarıyla iç içe geçmesi gerekiyordu.

Ama olsun, sonuçta işe yaradı. Ve hâlâ da işe yarıyor. Fabl, bir meseleyi belli bir zaman diliminden çıkarıp, yıllarca insanlar için önemli hale getiriyor. Metafor ise meselenin kendisi haline geliyor, meseleye bir espri zerk ediyor ve insanlara eskiden onları korkutan şeylere gülmek için yeni bir özgürlük bahş ediyor. Bunun en iyi örneği *Stepford Kadınları*'nda görülüyor.

1972'de yayımlanan bu kitap, profesyonel bir fotoğrafçı olarak kariyerine yeni yeni başlayan, evli bir kadını anlatıyor. Şehirden kırsala, Stepford kasabasına yeni taşınmıştır. Bu kasabada bütün kadınlar kocalarına ve ailelerine hizmet etmekten başka bir şey yapmıyor gibidir. Hepsi düzgün fizikli, iri göğüslü, tatlı, ideal kadınlardır. Temizlik ve yemek yaparlar. Ve... hepsi bu kadar. Kitabı okurken Joanna Eberhart ve iki arkadaşının teker teker kişisel isteklerinden vazgeçme ve kendilerini yemek ve temizliğe teslim etme süreçlerini takip ediyoruz.

İşin tüyler ürpertici kısmı şu ki Stepford'daki erkekler karılarını öldürüyorlar. Hep birlikte hareket ederek, kadınların yerine kendilerinden istenen her şeyi yapan sevimli, verimli robotlar koyuyorlar.

Daha da tüyler ürpertici olan kısım ise bunu, Amerikan kültürünün geri kalanının, erkeklerin kadın özgürleşmesine karşı başlattığı "saldırıyı" fark etmesinden en az on yıl önce yazmış olmanız. Susan Faludi'nin yazdığı, Pulitzer ödüllü *Backlash*'e kadar erkeklerin kadınları geleneksel rollerine sadık kalmalarını sağlamak için örgütlenip mücadele edebileceği fikrini kabul eden sizden başka biri olmamıştı.

Ve evet, *Backlash* harika bir kitap ve argümanlarını, erkek moda tasarımcılarının kadınları nasıl giydirdiğini, kürtaj karşıtlarının kadınları doğmamış bir ceninin aracı olarak nasıl önemsizleştirdiklerini tarif ederek ortaya koyuyor ama verilen mesaj çok... keskin. Burada büyüleyici bir şey yok. Bayan Faludi bir soruna işaret ediyor ve delilleri üst üste yığıyor ama kitap bittiğinde bize bir çözüm, bir özgürlük, kişisel bir dönüşüm sunmuyor.

Daha da kötüsü –tıpkı "yıkıcı edebiyat"ta yazarın sorunlardan uluorta yakındığında olduğu gibi– anestezi baş gösteriyor. Mesaj o kadar uluorta ve pervasızca veriliyor ki insanlar mesajı duymaz oluyor.

Ama *Stepford Kadınları*'nda Bobbie ve Joanna'yla birlikte kahkahalar atıyoruz. Kitabın ilk yarısında çok gülüyoruz.

Sonra Charmaine yok oluyor. Sonra zavallı Bobbie. Sonra da Joanna. Korku çemberi tamamlanıyor. Çok geç olana kadar aptal rolü yapıp gerçeği inkâr ettiğimizde neler olduğunu görüyoruz. Artık temiz, güneşli mutfaklarda turta hamuru açan bütün o güzel dişi kuşları kusurlu, maniple edilmiş ve şekillendirilmiş yaratıklar olarak, Stepford kadınları olarak görüyoruz.

O aptal, çılgınca robot metaforunuz o kadar... şahane ki! Çılgınca görünmesine rağmen, ev işlerinin zorlayıcı falan filan olduğuna dair o köhnemiş, dogmatik safsataları çürütüyor. Disney-dişi-robot-seks-kölesi-ev hanımı metaforunuz koca-sikli-Şeytan-tecavüzü metaforunuzdan bile daha iyi.

Bize şu açık mesajı veriyorsunuz: ev işi = ölüm. Basit, akılda kalıcı, modern bir fabl. Kimsenin sizi bir Stepford kadınına dönüştürmesine izin vermeyin. Bir kadın, bir eş olmanın ötesine geçen bir kariyer edinin.

Her kitabınızda, bizi Büyük bir meseleyle yüzleştiren ama ümitsizliğe kapılıp, inzivaya çekilmemize de yol açmayan bir metafor yaratıyorsunuz. İlk önce bizi mizah duygusuyla büyülüyor, sonra da olası en kötü senaryoyla dehşete düşürüyorsunuz. Bize, kapana kısılan, çok geç olana kadar tehlikenin farkına varmaya ve bununla uğraşmaya yanaşmayan birini gösteriyorsunuz.

Bana katılmayabilirsiniz ama 1991'de yayımlanan *Sliver*'da bile başkarakter artık çok geç olana dek durumu kavrayamıyor.

Dünyanın geri kalanı "reality showlara" ve solaryum salonları, soyunma odaları ve halka açık tuvaletlerdeki gizli kameralara ayak uydurmadan on yıl önce, yeni yayın ve video teknolojisi karşısında mahremiyet için verilecek savaşı öngörmüştünüz. *Sliver*'da Kay Norris, Manhattan'da "uzun ince" bir binanın yirminci katına taşınıyor. Binada yaşayan, kendisinden genç bir adama âşık oluyor ama adamın binanın sahibi olduğunu bilmiyor. Adam bütün daireleri, bir eğlence olarak kiracıları seyretmek için gizli kameralarla donatmıştır.

Bu "korku dolu gökdelen"in karanlık sırrı ise şudur: İnsanlar telefonlarının dinlendiğini ve evlerinin gözetlendiğini öğrendiklerinde, genç bina sahibi onları öldürmektedir. Cinayetleri bile kaydedip, kasetleri saklamaktadır.

Tıpkı Rosemary Woodhouse ve Joanna Eberhart gibi, Kay de dairesinin harika bir yeni başlangıç olduğunu düşünüyor. Etrafındaki diğer kiracıların teker teker ölmesine rağmen, olanları inkâr ediyor ve yaşadığı aşk ilişkisiyle zihnini dağıtmaya çalışıyor. Burada ilginç bir evrim söz konusu: Rosemary'nin bir kariyeri yoktu, Joanna birkaç fotoğraf çekmişti sadece, Kay Norris'in editörlük mesleği ise onun bütün vaktini alıyor. Hiç evlenmemiş. Ve farkına varamadığı gerçek onu mahvetmiyor. Ama bunun tek nedeni kedisinin imdadına koşması. Yani kendisi pek bir şey yapmıyor.

Devletlerin, birinin bavulunda kamera taşıyıp, sonra kalabalığın ortasında durarak kadınların eteklerinin altını filme çekmelerini yasaklayan yasaları olmadığını fark etmelerinden on yıl önce, bizi uyarmaya çalıştınız. Olası bir şeydi bu. Teknoloji, yasaların çok ötesine geçmişti ve böyle bir şey yaşanacaktı. Sonra yine bizim dikkatimizi çekmek için bir fabl yarattınız ve bir metafor aracılığıyla, yanlış davranış timsali olan bir karakter aracılığıyla bizi korkuya karşı aşıladınız.

İddialarını, bariz bir kusuru olan bir hikâye anlatıp, dinleyenlerin hatayı bulmasına izin vererek ortaya koyan Platon muydu? Kim olursa olsun, bu yöntem okurlara bir farkındalık anı, duygusal bir "a-ha!" anı veriyor. Eğitim uzmanları, bu kaos anı ve ardından gelen fark etmenin sağladığı duygusal rahatlama olmadan hiçbir şeyin akılda kalmayacağını söylüyorlar. Böylece siz bizi, Bay Ira Levin, karakterlerinizin yaptığı hataları hatırlamaya zorluyorsunuz.

Ah be Bay Ira Levin, nasıl yapıyorsunuz bunu? Bize geleceği gösteriyorsunuz. Sonra da bu yeni korkutucu dünyayla baş etmemize yardımcı oluyorsunuz. Bizi hızla bir "en kötü durum" senaryosunun içine atıyor ve bu senaryoyu yaşamamızı sağlıyorsunuz.

"Taşırma" denilen terapi türünde psikologlar hastayı, en feci korkularına dair abartılı bir senaryoyla yüzleşmeye, duygularını aşırı yüklemeye zorluyorlar. Örümceklerden korkan biri örümceklerle dolu bir odaya kilitlenebilir. Yılanlardan korkan biri yılanları eline almaya zorlanabilir. Buradaki fikir, temas ve aşinalığın hastanın irdeleyemeyecek kadar çok korktuğu şey karşısındaki korkusunu geçersizleştireceğidir. Gerçek deneyim, yılanın derisinin nasıl olduğu ve yılanların nasıl hareket ettiğine dair gerçekler hastanın beklentileriyle çatışarak korkuyu ortadan kaldırıyor.

Olay bu mudur Bay Levin? Peşinde olduğunuz şey bu mu?

Yoksa yaptığınız şey sadece teselli etmekten mi ibaret? Bize en kötüsünü gösteriyorsunuz ki kıyasladığımızda kendi hayatlarımız daha iyi görünsün. Doktorumuz ne kadar despot olursa olsun, en azından bir şeytan bebek doğurmuyoruz. Banliyöler ne kadar sıkıcı olursa olsun, en azından birileri bizi öldürüp yerimize robotları koymuyor.

Meslektaşınız Stephen King bir keresinde korku romanlarının bize kendi ölümümüzün provasını yapma şansı verdiğini söylemişti. Korku yazarı, Galler efsanelerindeki "günah yiyici" gibidir; kültürdeki kusurları kendi bünyesinde toplar ve sonra da neşrederek, okurun ölüm korkusunu azaltır. Siz Bay Levin, bunun tam tersi gibisiniz. Komik, ürkütücü ve kapsamlı bir şekilde kusurlarımızı, fark etmekten çok korktuğumuz sorunları teyit ediyorsunuz.

Ve yazarak bizim hayattan daha az korkmamızı sağlıyorsunuz.

Bu çok ama ÇOK ürpertici Bay Levin. Ama kötü bir ürperticilik değil bu. Güzel bir ürperticilik. Harika bir ürperticilik.

Kişisel

Refakatçi

Refakatçilik yaptığım ilk gün, ilk "randevulaştığım" kişinin tek bacağı vardı. Isınmak için bir gay hamamına gitmiş. Öyle dedi bana. Belki de seks için gitmiştir. Saunada, ısıtıcının yanında uyuyakalmış. Biri onu bulana kadar, sol baldırındaki etler tamamen "pişene" kadar, bilinci yerine gelmemiş.

Adam yürüyemiyordu ve annesi Wisconsin'den onu ziyarete geliyordu. Bu durumda bakımevinin de, ikisini arabayla yerel turistik yerlere götürecek, şehir merkezinde alışverişe çıkaracak, plajı ve Multnomah Şelalesi'ni gezdirecek birine ihtiyacı vardı. Hemşire, aşçı ya da doktor değilseniz, gönüllü olarak yapabileceğiniz tek şey buydu.

Refakatçilik yaptığım bu yer, sigortası olmayan genç insanların gidip ölümü beklediği bir bakımeviydi. Adı neydi hatırlamıyorum bile. Tabela falan yoktu ve buraya girip çıkarken her şeyi gizli tutmanızı istiyorlardı sizden çünkü komşular sokaklarındaki bu devasa, eski binada neler olup bittiğini bilmiyorlardı. Metruk evlerle dolu, insanların arabaların camlarından ateş ettikleri bir sokaktı burası ama yine de hiç kimse bu şeyin yanında yaşamak istemiyordu: Oturma odasında dört, yemek odasında iki kişi ölmek üzereydi. Üst kattaki her yatak odasında en az iki kişi yatağında ölümü bekliyordu ve çok sayıda yatak odası vardı. Bu insanların en azından yarısı AIDS'liydi ama ev ayrım gözetmiyordu. Oraya gidip, herhangi bir nedenden ötürü ölebilirdiniz.

Oraya gitmemin nedeni işimdi. İşim de, üzerimde tulum, göğsüm boyunca ve bacaklarımın arasından geçip ayaklarıma kadar uzanan yüz kiloluk bir ağır kamyon şaftıyla, tekerlekli tahtanın üstüne sırtüstü yatmaktan ibaretti. Montaj hattında ilerleyen kamyonların altına girip, bu şaftları takmaktı. Sekiz saatte yirmi altı şaft. Kamyonlar geçip, beni birkaç metre aşağıdaki devasa, alev alev yanan boya fırınlarına doğru çekerken, hızla çalışmak zorundaydım.

Gazetecilik diplomam bana saatte beş dolardan fazla kazandırmıyordu. Fabrikadaki diğer herifler de aynı diplomaya sahipti ve biz, sanat seminerlerinde kaynak yapmayı da öğretselerdi bari de fabrikada kaynak yapabilenlere ödenen fazladan iki doları alabilseydik diye şakalaşıp dururduk. Biri beni kendi kilisesine çağırmıştı ve ben de kendimi son derece çaresiz hissettiğim için gitmiştim. Kilisede, "Fedakârlık Ağacı" dedikleri, saksıda yetiştirilen bir kauçuk ağacı vardı ve ağaç, üzerinde yapacağınız bir iyiliğin yazılı olduğu kâğıtlarla süslenmişti.

Benim kâğıdımda şu yazıyordu: Bakımevindeki bir hastayla "randevulaş".

Kullandıkları kelime buydu: "randevu." Ve bir telefon numarası vardı.

Tek bacaklı adamı, sonra da onu ve annesini her yere götürdüm; manzaralı yerlere, müzelere falan. Katlanabilir tekerlekli sandalyesi on beş yıllık Mercury Bobcat'imin bagajındaydı. Annesi sessizce sigara içip duruyordu. Adam otuz yaşındaydı ve annesi iki haftalık izindeydi. Geceleri annesini otoban kenarındaki Travel Lodge'a götürüyordum; o da arabamın kaportasında oturup sigara içiyor, oğlundan geçmiş zaman kullanarak bahsediyordu. Piyano çalardı, dedi. Müzik bölümünü bitirmiş ama nihayetinde alışveriş merkezlerinde elektrikli piyano satmaya başlamış.

Duygularımız tükendiğinde böyle konuşmalar yapıyorduk.

Yirmi beş yaşındaydım ve ertesi gün, üç dört saatlik uykuyla tekrar kamyonların altına giriyordum. Ama artık kendi sorunlarım çok kötü gelmiyordu bana. Ellerime ve ayaklarıma bakıyor, kaldırabildiğim ağırlıklara, fabrikadaki pinömatik gürültüye rağmen sesimi duyabiliyor olmama şaşıyordum. Bütün hayatımın bir hata değil bir mucize olduğunu hissediyordum.

İki hafta sonra adamın annesi evine döndü. Üç ay sonra da adam öldü. Öldü, göçtü gitti. Kanserli hastaları son bir defa görmeleri için okyanusa götürdüm. Hâlâ vakitleri varken bütün dünyayı görebilsinler diye AIDS'li hastaları Mount Hood'a götürdüm.

Birilerinin ölüm döşeğinin kenarında otururken hemşire bana ölüm anında nelere dikkat etmem gerektiğini anlattı; böbrek yetmezliğinden ötürü ciğerleri su toplayan birinin uykusunda boğulurken nefes nefese kalması ve şuursuzca çırpınması gibi. Hastaya morfin enjekte edildikçe monitör beş ya da on saniyede bir "bip" sesi çıkarıyordu. Hastanın gözbebekleri geriye devriliyor, gözler öne doğru çıkıyor ve tamamen beyazlaşıyordu. Başka bir refakatçi imdadınıza yetişene ya da artık siz hissizleşene kadar hastanın soğuk ellerini saatler boyunca tutuyordunuz.

Wisconsin'den bir anne bana tığ ile işlediği, mor ve kırmızı renkli bir el örgüsü battaniye gönderdi. Refakat ettiğim başka bir anne ya da büyükanne de mavi, yeşil ve beyaz renkli bir battaniye gönderdi. Başka bir battaniye de kırmızı, beyaz ve siyah renkliydi. Üzerinde nine işi kareler, zikzak desenler olan battaniyeler. Ev arkadaşlarım bunları tavan arasında saklamayı önerene kadar koltuğun bir kenarında üst üste yığıldılar.

Tek bacaklı adam ölmeden, bilincini kaybetmeden hemen önce eski dairesine gitmem için bana yalvardı. Seks oyuncaklarıyla, dergiler, dildolar, deri kıyafetlerle dolu küçük bir oda varmış. Annesinin bunları bulmasını istemiyormuş. Ben de hepsini atacağıma söz verdim.

Böylece küçük stüdyo daireye gittim. Mühürlenmişti ve boş kaldığı aylar içersinde ağır bir koku sinmişti içeriye. Bir yeraltı mezarlığı gibiydi, diyebilirim ama doğru kelime bu değil. Kulağa çok dramatik geliyor. Ucuz pavyon şarkıları gibi. Belki de sadece acıklı demeliyim.

Seks oyuncakları ve anal zamazingolar daha da acıklıydı. Öksüz kalmışlardı. Bu da doğru kelime değil ama aklıma ilk gelen bu.

El örgüsü battaniyeler hâlâ tavan arasında, kutuların içinde duruyor. Her Noel ev arkaşlarımdan biri ağaç süslerini aramak için tavan arasına çıkıyor ve kırmızı, siyah, yeşil, mor battaniyeleri, her biri ölü birini, bir oğul ya da kızı ya da bir torunu ifade eden battaniyeleri kendi yataklarımızda mı kullansak yoksa bir yardım kuruluşuna mı bağışlasak diye soruyor.

Ve her Noel ben, hayır diyorum. Hangisinin beni daha fazla korkuttuğunu bilmiyorum; bütün o çocukları atmak mı yoksa onlarla birlikte uyumak mı?

Niye diye sormayın diyorum insanlara. Bu konuda konuşmaya bile yanaşmıyorum. On yıl önceydi bütün bunlar. Bobcat'i 1989'da sattım. Refakatçiliği bıraktım.

Belki de buna, tek bacaklı adam öldükten, seks oyuncakları çöp torbalarına tepildikten, çöp konteynirinde ezildikten, dairenin camları açılıp da deri, lateks ve bok kokusu gittikten, daire iyi görünmeye başladıktan sonra karar verdim. Koltuk leylak rengi, duvarlar ve halılar krem rengiydi. Mutfak tezgâhı meşe kaplamaydı. Banyo bembeyaz ve tertemizdi.

Keyifli bir sessizlik içinde orada oturdum. Orada yaşayabilirdim.

Herkes orada yaşayabilirdi.

Kaliforniyalı Gibi

Bugün posta kutusundaki paketi aldığımda, kazınmış kafamdaki enfeksiyon nihayet iyileşmeye başlamıştı.

İlk romanım *Dövüş Kulübü*'nden uyarlanan senaryo elimdeydi.

20th Century Fox göndermişti. New York'taki ajansım bunun olacağını söylemişti zaten. Yani bu konuda uyarılmıştım. Hatta sürece bir parça da dahil olmuştum. Los Angeles'a gidip, hikâyeyi evirip çevirdiğimiz iki günlük toplantıya katılmıştım. 20th Century Fox'takiler bana Century Plaza'da bir oda ayarladılar. Kalıcı stüdyoyu gezdik. Bana Arnold Schwarzenegger'i gösterdiler. Otel odamda devasa bir jakuzi vardı. Orta yerine oturdum ve köpük jetlerini açabilmek için yaklaşık bir saat boyunca yeterince dolmasını bekledim. Elimde küçük, mini-bardan çıkma cin şişesi vardı.

Kafamdaki enfeksiyon Hollywood'a gitmeden bir gün önce baş göstermişti. LAX'e uçuyordum, Gap'e koşup balkabağırengi, polo yaka bir tişört aldım. Amaç Güney Kaliforniyalı gibi görünmekti.

Bu enfeksiyonu, bir tüy dökücü krem tüpünün üzerindeki kullanma talimatını okumadığım için kapmıştım. Nair ya da Neet gibi bir şeydi bu ama siyahi erkeklerin yüzlerini tıraş etmeleri için tasarlanmıştı.

Magic marka, erkekler için tüy dökücünün tüpünün üzerinde büyük harflerle JİLETLE KULLANMAYINIZ yazıyor. Hatta cümlenin altı bile çizilmiş. Yani bu enfeksiyon Magic'teki ambalaj tasarımcılarının suçu değildi. Bandı hızla ileri sararak Century Plaza'da, jakuzimde oturduğum zamana gidiyoruz. Su hızla akıyor ama jakuzi o kadar büyük ki yarım saat sonra bile kazınmış kafam ve elimde cinimle, küçük bir ılık su birikintisinde popomu oynatıyorum. Jakuzinin kenarları mermerden ve klimadan ötürü buz gibi olmuş. Badem özlü küçük sabunları bavuluma attım bile.

Film uyarlaması için avans olarak verilen para banka hesabıma geçti bile.

Banyo devasa aynalarla kaplanmış ve gizli aydınlatmalar var; yani kendimi her açıdan görebiliyorum. Çıplağım ve elimde ısınan içkimle bir karış suyun içinde debeleniyorum. Bu tam da gerçekleşmesini istediğim şeydi. İnsanın beyninde o kadar da Zen meraklısı olmayan bir polip, LAX'e *first class* uçmak ister. Kitap kapağı fotoğrafı için poz vermek istersiniz. Uçaktan indiğinizde bir gazeteci kalabalığının sizi bekliyor olmasını ve baş döndürücü bir röportajdan şaşaalı bir kitap imza gününe götürülmek, hayır götürülmek de değil, özel şoförle götürülmek istersiniz.

Hayaliniz budur. Kabul edin. Muhtemelen bundan daha da sığ olursunuz. Muhtemelen David Letterman Show'da konuk olarak sahneye çıkmadan hemen önce yeşil odada Demi Moore'la ayak tırnağı bakım tüyoları hakkında konuşmak falan istersiniz.

Evet. Hadi bakalım, edebiyat piyasasına hoş geldiniz!

Kitabınız resmen bir fiyasko ilan edilmeden önce kitapçı raflarında yaklaşık yüz gün durur.

Bundan sonra, kitapçılar kitaplarınızı yayınevlerine iade etmeye başlarlar ve fiyatlar da düşüşe geçer. Kitaplar yer değiştirmezler. Kâğıt öğütücüyü boylarlar.

Kalbinizden sunduğunuz o küçük parça, o küçük ilk romanınız, kalbiniz yüzde yetmiş indirime girer ama yine de kimse onu istemez.

Sonra kendinizi Gap mağazasında pastel tonlarda tişörtler denerken bulursunuz ve aynaya bakarken iyi gibi görünmek için kıvranırsınız. Kaliforniyalı gibi görünmek için. Kitabınızı kurtaracağını ümit ettiğiniz, desteklemeniz gereken bir film anlaşması vardır. Büyük bir yayıncının ilk kitabımı yayımlamış olması beni çekici kılmıyor. Tembel ve aptal tanımları geliyor aklıma. Mesele çekici ve eğlenceli görünmek olduğunda, kimseyle aşık atamazdım. Saçlarım boyalı, üzerimde polo yaka tişört, Los Angeles'ta uçaktan inmek, vaziyeti kurtarmayacaktı.

O büyük yayınevindeki yayıncının herkesi aramasını ve benim çekici ve eğlenceli biri olduğumu söylemesini sağlamak insanları boş yere umutlandırmaktan başka bir şey olmazdı.

LAX'e çirkin gitmekten daha feci olan tek şey, oraya çirkin gidip, iyi görünmek için gerçekten çaba sarf ettiğinizi belli etmektir. Elinizden geleni yaparsınız ama nafile. Saçınız düzgün kesilmiştir, teniniz bronzdur, dişleriniz fırçalanmıştır, burun kıllarınız kesilmiştir ama yine de çirkin görünüyorsunuzdur. Gap'ten alınma, yüzde yüz pamuklu, spor bir tişört vardır üzerinizde. Ağzınızı da çalkalamışsınızdır. Göz damlası ve deodorant da kullanmışsınızdır ama uçaktan indiğinizde birkaç kromozomunuz eksiktir.

Benim başıma böyle bir şey gelmeyecekti.

Kimsenin iyi görünmeye çalıştığımı düşünmemesini sağlayacaktım. Her zaman giydiğim şeyleri giyecektim. Kötü saç stili riskini göze almamak için, saçımı kazıyacaktım.

Bu, saçımı ilk kazıyışım değildi. *Dövüş Kulübü*'nü yazarken çoğu zaman kafam kazınıktı. Sonra, ne diyebilirim, saçım tekrar uzadı. Hava soğuktu. Kitap kapağı için fotoğrafımı çektirme zamanı geldiğinde, saçım uzamıştı ama işe yaramadı.

Fotoğrafçılar, henüz çekim aşamasındayken, fotoğrafların kötü çıkacağını açıkça söylediler ve bu onların suçu değildi.

Balkabağırengi, toprakrengi, safran sarısı ve uçuk yeşil de dahil olmak üzere bütün polo yaka tişört seçeneklerini Gap'te bırakıp, eve gittim ve tüy dökücü kremin tüpü üzerindeki kullanma talimatını okumadım. Kremi kafama sürdüm ve kafatasıma jiletle darbeler indirmeye başladım. Yapabileceğiniz daha feci tek şey, tüy dökücü kremi suyla temas ettirmekti. Ben de kafamdan aşağı bir güzel sıcak su döktüm.

Kafatasınızın jilet kesikleriyle dolu olduğunu ve kesiklerin üzerine de alkali çözelti boca ettiğinizi düşünün.

Ertesi gün Hollywood'a gidecektim. O gece kafatasımdaki kanamayı durduramadım. Şişmiş kafatasımın her yerine küçük tuvalet kâğıdı parçaları yapışmıştı. Kâğıt hamurundan yapılmış bir şey gibiydi ama içinde beynim vardı. Kafa derim kabuk bağlamaya başladığında biraz daha iyi hissettim kendimi ama kırmızı kısımlar hâlâ şişti. Saçın mavi kökleri kabukların altından çıkmaya çalışıyordu. Kabukların içinde uzayan saçlar, sıkmak zorunda kaldığım küçük beyaz sivilceler oluşturuyordu.

Vaziyet şuydu: Fil Adam Hollywood'a gidiyor.

Havaalanındaki insanlar beni hızla uçağa bindirdiler, sanki bağışlanmış bir organ gibi. Koltuğumda geri yaslandığımda, kafamdaki kabuklar koltuğun baş kısmındaki kılıfa yapışıp kaldı. Biz indikten sonra, hostes kabukları kılıftan soyup çıkarmak zorunda kalmıştır. Bu muhtemelen *onun* da gün içinde yaşadığı en iyi tecrübe değildi.

İşte bu yüzden yazıyorum.

Kafamdaki enfeksiyon daha da kötüleşti. Tanıştığım bütün herifler muazzam görünüyordu, sanki hepsi birer JFK Jr.'dı. Bütün kadınlar da Uma Thurman. Gittiğimiz bütün restoranlarda Warner Brothers ve Tri-Star yöneticileri yanımıza gelip, en son projelerinden söz ediyorlardı.

İşte *tam da* bu yüzden yazıyorum.

Hiç kimse benimle göz teması kurmak gibi bir hata yapmadı. Herkes en son dedikodulardan bahsediyordu.

Dövüş Kulübü'nün yapımcısı bana Fox'un stüdyolarını gezdirdi. *NYPD Blue*'yu çektikleri yeri gördük. Televizyon izlemediğimden bahsettim. Ağzımdan kaçıracağım en kötü bilgi bu değildi oysaki.

Malibu Colony'ye gittik. Venice Beach'e gittik. Gitmek istediğim tek yer Getty Müzesi'ydi ama bir ay önceden rezervasyon yaptırmanız gerekiyordu.

İşte bu yüzden yazıyorum. Çünkü çoğu zaman hayatınız ilk seferinde eğlenceli değildir. Çoğu zaman, ona zar zor katlanırsınız.

Kafatasım kanayıp duruyordu. Şirkette önemli bir yere sahip olmayan birinin arabasına biniyordum. Bana o beton el ve ayak izlerini gösterdiler ve ben kafalarını eğip Marilyn Monroe'yu arayan diğer turistler gibi etrafta dolaşırken, onlar bir kenara çekilip, *Kasırga* ve *Görevimiz Tehlike*'nin yaptığı hasılatı tartışmaya koyuldular.

Beni arabayla Brentwood, Bel-Air, Beverly Hills ve Pacific Palisades'te gezdirdiler.

Sonra da beni otele bıraktılar. Akşam yemeğine hazırlanmak için iki saatim vardı. Odamdaydım ve karşımda yağmalanmayı bekleyen bir mini-bar ve yaşadığım yerden daha büyük bir banyo vardı. Banyo aynalarla donatılmıştı ve ben her yerdeydim, çırılçıplaktım ve kafamda patlayan sivilcelerin içinden nihayet temiz bir sıvı akıyordu. Minibardan çıkma, küçük cin şişesi elimdeydi. Devasa küvet doluyor, doluyor ama asla birkaç santimden fazla derinleşmiyordu.

Yıllar yılı yazıp duruyorsunuz. Karanlıkta oturuyor ve günün birinde... diyorsunuz. Bir kitap sözleşmesi. Bir kitap kapağı fotoğrafı. Bir kitap turnesi. Bir Hollywood filmi. Ve günün birinde bunları elde ediyorsunuz ama planladığınız gibi olmuyor.

Sonra posta kutunuzda kitabınızın senaryolaştırılmış halini buluyorsunuz, üzerinde "Jim Uhls'un kaleminden *Dövüş Kulübü*" yazıyor. Evet, işte karşınızda Bay Senarist! Bu yazının bir hayli aşağı kısmında, parantez içinde, senaryonun sizin romanınızdan uyarlandığı belirtiliyor.

İşte bu yüzden yazıyorum çünkü hayat ancak geri dönüp bakıldığında bir şeye benziyor. Ve yazmak da geri dönüp bakmanızı sağlıyor. Yazıyorum çünkü hayatınızı kontrol edemediğinize göre, en azından kendi versiyonunuzu kontrol edebilirsiniz. Çünkü ılık Los Angeles suyunun oluşturduğu o birikintide otururken bile, bana bu seyahati sorduklarında arkadaşlarıma ne anlatacağımı düşünüyordum. Onlara kaptığım enfeksiyondan, Malibu'dan ve dipsiz küvetten bahsedecektim ve onlar da bana şöyle diyecekti:

Bunları yazmalısın.

Dudak Dolgunlaştırıcı

Brad'in dudaklarından ve dudaklarına ne yaptığından ilk Nina bahsetmişti. Brad'le geçen yaz Los Angeles yakınlarında, San Pedro'da, Crip ve Blood çetesinin dört bir yanda kolgezdiği, altı dönümlük beton, çorak bir bölgenin orta yerinde tanışmıştık. Çok da hatırlamadığım bir romanımdan uyarlanan bir filmin setindeydik. Bundan hemen önce, komşulardan biri buradaki bir otobüs durağının oturağına bağlanmıştı. Bağlanıp, silahla vurulmuş adamı set ekibi bulmuş. Ekip milyon dolarlık, Viktoryan tarzı, metruk bir konak inşa ediyormuş.

Bütün bunlar, inşa edilen şeyler, bütün bu dekor sayesinde çok aptal görünmüyorum.

Bütün mesele Brad Pitt'le alakalıymış gibi görünecek.

Ina'yla birlikte oraya gittiğimizde gece bir ya da iki civarıydı. Prodüksiyon üssünde figüranlar biçimsiz siyah kütleler gibi arabalarında kıvrılmış uyuyor, sıralarını bekliyorlardı. Arabayı park ettikten sonra bir güvenlik görevlisi gelip, filmin çekildiği yere kadar iki sokak boyunca korumasız yürümek zorunda olduğumuzu açıkladı.

Yakındaki karanlık bölgeden bir silah sesi, sonra bir silah sesi daha geldi.

Arabadan açılan ateş, dedi güvenlik görevlisi. Sete ulaşmak için başımızı eğip, koşmamız gerektiğini söyledi. Hadi koşun, dedi. Hemen!

Biz de koştuk.

Ina'ya göre Brad'in olayı, dudaklarını yalaması. Hem de çok. Yine Ina'ya göre, bu rastlantı değil. Ina'ya göre, Brad'in harika dudakları var.

Kız kardeşim bir ara bana Oprah Winfrey'in video kasedini gönderdi; Brad'le röportaj yapılıyordu ve Ina gerçekten haklıydı.

İlk tanıştığımız gün Brad gömleğinin düğmeleri açık bir halde, bronzlaşmış teni ve gülümsemesiyle önümden koşarak geçmiş ve "Kariyerimin en acayip rolünü verdiğin için teşekkürler!" demişti.

Bütün hatırladığım bu.

Bu ve bir de dolgun dudaklara sahip olmak istediğim.

Dolgun dudaklar her yerdeydi. Mankenlerde, film yıldızlarında. Oregon'da yaşadığım ormanlık bölgede dünyanın büyük bir kısmını görmezden gelebiliyorsunuz. Ne var ki günün birinde posta kutumuzda bir katalog bulduk ve içinde Dudak Dolgunlaştırıcı vardı.

Brad bu film için ön dişlerindeki kaplamaları çıkarttırmış ve bunun yerine çarpuk çurpuk, iğrenç dişler takılmıştı. Saçını da kazıtmıştı. Çekimler arasında kostümcüler kıyafetlerini yerde toza buluyordu. Ve Brad hâlâ o kadar iyi görünüyordu ki Ina iki lafı bir araya getiremiyordu. Civar mahallelerden gelen kızlar iki sokak ötedeki barikatların arkasına yığılmış, "Brad! Brad!" diye bağırıyorlardı.

Benim de öyle dudaklarım olmalıydı.

Facial Sculpting Inc.'deki görevliler kolajen dudak enjeksiyonu yapılabildiğini ama bunun uzun ömürlü olmadığını söylüyorlar. Kolajen dudaklar size yılda 6880 dolara mal oluyor. Ayrıca kolajen, dudağın içinde hareket ediyor, bu da sarkık dudaklı görünmenize neden oluyor. Ayrıca, enjeksiyon işlemi, iyileşmesi bir haftayı bulabilen morarma ve şişmelere neden olabiliyor ve her ay da yeni bir kolajen enjeksiyonu yapılması gerekiyor.

Dürüst olmak gerekirse, Oregon'da dudak ameliyatı yapan beş plastik cerrahı da aradım ve Dudak Dolgunlaştırıcı'dan bahsetmek bile istemediler. Yüz dolarlık muayene ücretini ödemeyi kabul etmeme, diz çöküp yalvarmama rağmen.

Ah Dr. Linda Mueller, siz kim olduğunuzu çok iyi biliyorsunuz.

Dudak Dolgunlaştırıcı bana yirmi beş dolara mal oldu; birkaç dolar da kargoya ödedim. Bir de üstüne, siparişi alan heriflerin o küçümseyen ses tonuna maruz kaldım. Bu ürün erkeklere pazarlanmıyor aslında. Biz erkeklerin böyle şeyleri aşmış olması gerekiyor. Ama yine de Dudak Dolgunlaştırıcı, piyasadaki sayısız, penis büyütme yöntemlerine benziyor.

Bunlar, satın alıp kullandıktan sonra hakkında komik, aptal yazılar yazarak paranızın bir kısmını iade alabileceğiniz yöntemler. Söylemeye bile gerek yok; böyle birçok "yöntem" şimdi benim posta kutumda duruyor.

Buradaki anahtar kelime "emiş gücü". O penis büyütme yöntemleri gibi, Dudak Dolgunlaştırıcı da dudaklarınızı şişirmek için hafif bir emiş gücü kullanıyor, yani onları vakumluyor. Temelde bu, bir ucu mühürlenmiş iki parçalı bir teleskop borusuna benziyor. Borunun açık kısmını dudaklarınıza yerleştiriyor, sonra da mühürlenmiş kısmı ileri doğru çekip, teleskop borusunu uzatıyorsunuz. Bu işlem, dudaklarınızı borunun içine doğru çeken bir emiş gücü yaratıyor ve yaklaşık iki dakika içinde size dolgun, şişkin dudaklar sağlıyor.

Kullanma talimatındaki güzel genç kadının dudakları tüp tarafından o kadar çok vakumlanmış ki kadın öpücük atan bir gurami balığı gibi görünüyor.

Bu işlem bazı insanların ağzının etrafında kocaman bir iz oluşmasına neden oluyor. Bu, çocukken plastik bir bardağı ağzınıza ve çenenize dayayıp ta ki ağzınızın çevresinde, Fred Flintstone ya da Homer Simpson'ın bir günlük sakalı gibi görünen bir morluk oluşana kadar bütün havayı içinize çektiğinizde oluşan şeye benziyor.

Şeker hastasıysanız ya da herhangi bir kan hastalığınız varsa, Dudak Dolgunlaştırıcı kullanmamanız gerekiyor.

Kataloğa göre, dolgun ve şişkin yeni dudaklarınızın ömrü yaklaşık altı saat.

Sindirella da kendini böyle hissetmiş olmalı.

Meme uçlarınızı büyüten, dikleştiren benzer emiş sistemleri de var.

Yakın gelecekte bütün önemli geceler, saatlerce öncesinden kendinizi vücudunuzun çeşitli yerlerini birkaç saatliğine dolgunlaştıran çeşitli aletlere emdirmenizle başlayacak. O zaman bütün bir gece, bu çeşitli yerleriniz küçülüp tekrar asıl haline dönmeden önce soyunup sevişmek için bir yarış halinde geçecek.

Testislerinizi büyütmek için bile bir yöntem var.

Dudak Dolgunlaştırıcı sitesindeki 921. ziyaretçiydim.

Herhangi bir penis büyütücü sitesinde ise 500.000 bilmem kaçıncı ziyaretçiydim.

Dudak Dolgunlaştırıcıyı kullandığınız ilk hafta dudaklarınıza günde iki defa bakım yapmanız gerekiyor. Bu bakım dudaklarınızı hafifçe emdirdiğiniz kısa seansları da içeriyor. Ama bu kulağa geldiği kadar heyecan verici bir şey değil.

İnce dudakları da, kalın dudakları da öpmüşlüğüm vardır. "Karma" denilen türde dudaklara sahibim. Altdudağım kalın, üstdudağım ise neredeyse yok gibi. Bazı kültürlerde insanlar yüzlerine bıçakla yara izleri açıyor. Bazı kültürlerde bebeklerin başı özel beşik levhalarıyla düzleştiriliyor. Bazı kültürlerde boyunlar bobinlerle uzatılıyor. Arabamda, Dudak Dolgunlaştırıcı'yı sımsıkı ağzıma yapıştırmış, dudaklarımı tüpün içine doğru çekerken ve kafamı önerilen kırk beş derecelik açıyla geriye doğru atmış bir halde otururken, bütün bu *National Geographic* görüntüleri aklımdan geçiyordu. Güzellik, kültürün inşa ettiği bir şeydir. Üzerinde uzlaşmaya varılmış bir standarttır. Hiç kimse George Washington'a, o ahşap rengi dişlerine ve pudralı peruğuna bakıp, Moda Kurbanı demiyordu.

İki dakika sonra –tavsiye edilen maksimum uygulama süresi– Brad gibi falan görünmüyordum. Konuşmaya çalıştığımda bütün ünsüz harfleri B gibi telaffuz etmeye başladım; Cumartesi sabahları Şişko Albert adlı çizgi filmde dev dudaklı karakterin biraz ırkçı bir tavırla konuşturulduğu gibi.

"Biştt Bişko Alberb" dedim dikiz aynasına, "bu bubaklar basıl börünüyo?"

Dudaklarım, sanki kovalar dolusu tuzlu patlamış mısır yemişim gibi kıpkırmızı ve şişti.

Dudak Dolgunlaştırıcı ürünlerin tanıtım broşürlerinde yer alan güzel mankenlerin neden hiç gülmediğini anlayabiliyordum.

Arabadan hızla çıktım; halen, dudaklarım büzülüp hiçe dönüşmeden ve sıradan, normal halime geri dönmeden önce bana tanınan kısa zaman dilimi içersindeydim. Yazar atölyesine gittim ve arkadaşım Tom bana, "Senin bıyığın yok muydu?" diye sordu.

Brad'in Oprah'ın programında yaptığı gibi yalamaya çalıştım dudaklarımı.

Arkadaşım Erin bana doğru eğildi, gözlerini iyice kıstı ve "Sen bugün dişlerini mi yaptırdın?" diye sordu.

Aklıma Brad geldi; kaplamalarını çıkarttırıp, daha kötü görünsün diye kırık dişler takılırken dişçi koltuğunda çektiği acıyı düşündüm. Bir gün güzel dişlere sahip olmamız gerekirken ertesi gün kırık ve ufalanmış dişlere sahip olduğumuzu. Her kaplamanın dişçide geçirilecek daha fazla zaman ve çekilecek daha fazla acı anlamına geldiğini.

Ne garip; insan kendini belli bir şekilde görüyor ve herhangi bir değişimi anlamak zor oluyor. Daha iyi mi yoksa daha mı kötü göründüğüme karar veremedim. Bence bu tüyler ürpertici bir şey, tıpkı eski çizgi romanlardaki, "zenci dudakları" ya da "Yahudi burnu" ısmarlayabildiğiniz o reklamlar gibi. Bir şeyin karikatürü bu. Bu durumda, güzellik karikatürü.

Paketten çıkan kılavuza göre, Dudak Dolgunlaştırıcı'yı sabun ve suyla yıkayabiliyorsunuz. Web sitesine göre, harika bir hediye bu. Şu anda aleti yıkayıp, paketledim ve Ina'nın doğum günü 16 Ekim'de.

Posta yoluyla, herhangi bir kamyon kasasında ya da kargo uçağında, çeşitli emiş sistemleri halen benim adresime doğru yol alıyor. Diğer insanlara da on binlercesi gönderiliyor. Bizi kurtaracak bir şey. İhya edecek bir şey. Mutlu edecek bir şey. Ve evet, böyle bir özel efektin bir oyuncu için kabul edilebilir olduğunu söyleyebilirsiniz. Zira oyuncu rol yapıyordur. Ben de o zaman size, "Kim yapmıyor ki?" diyeceğim.

Anlayacağınız, bu yazı Brad'le alakalı değildi.

Her şeyle alakalıydı.

Maymun Düşünür, Maymun Yapar

Geçen yaz bir kitapçıda genç bir çocuk beni kenara çekip, *Dövüş Kulübü*'nde yemekleri pisleten garsonlardan bahsettiğim kısmı çok sevdiğini söyledi. Kitabını imzalamamı istedi ve beş yıldızlı bir restoranda çalıştığını, ünlülerin yemeklerine neler neler kattıklarını anlattı.

"Margaret Thatcher" dedi, "benim spermimi yedi." Elini havaya kaldırdı, parmaklarını açtı ve "En az beş kez" diye ekledi.

O romanı yazarken, porno filmlerden tek tek sahneler alıp toplayan ve bunlardan slaytlar hazırlayan bir makinistle tanışmıştım. İnsanlara bu sahneleri "Genel İzleyici" sınıflandırmasına giren aile filmlerine eklemekten bahsettiğimde, "Yapma, sakın böyle bir şey yazma" dediler. "İnsanlar bunu okur ve yapmaya başlarlar..."

Daha sonra, *Dövüş Kulübü* filme çekilirken Hollywood'daki bazı büyük isimler kitabın hedefi on ikiden vurduğunu zira kendilerinin de birer yeniyetme kızgın makinistken filmlere porno kareler eklediklerini söylediler. Ve çeşitli insanlar, fast food restoranlarında çalışırken hamburgerlerin içine sümkürdüklerinden bahsettiler. Kozmetik mağazalarında saç boyası kutularını değiştirip, sarıyı siyahın, kızılı kahverenginin içine koyduklarından ve kızgın, tuhaf saçlı insanların mağaza müdürüne bağırışlarını keyifle izlediklerinden... Bu bahsettiğim dönem, *Amerikan Sapığı*'yla başlayıp, *Trainspotting* ve *Dövüş Kulübü*'yle devam eden "yıkıcı romanlar" dönemiydi. Bunlar, yaşadıklarını hissetmek için her şeyi denemeye hazır, sıkılmış, kötü çocuklara dair romanlardı. İnsanların bana anlattığı her şeyi kitaplaştırıp, satabilirdim.

Her kitap turnesinde insanlar bana, uçakta acil çıkış kapısının önündeki koltuğa oturduklarında, uçuş boyunca o kapıyı açmamak için nasıl mücadele verdiklerini anlattılar. Uçaktaki hava dışarı boşalır, oksijen maskeleri düşer, çığlık çığlığa bir kaos baş gösterir ve "İmdat! İmdat!", acil durum inişi... Her şey bu kadar açık ve nettir. O kapı beni açın diye yalvarır adeta.

Danimarkalı filozof Soren Kierkegaard korkuyu, bu sizi yok edecek olsa bile özgür olduğunuzu ispatlamak için yapmanız gereken şeyin bilgisi olarak tanımlıyor. Buna örnek olarak, Cennet Bahçesi'nde Tanrı kendisine Bilgi Ağacı'nı gösterip, "Bu ağacın meyvesini yeme" diyene kadar mutlu ve halinden memnun yaşayan Âdem'i gösteriyor. Âdem o andan itibaren özgür değildir. Bu onu mahvedecek olsa bile özgürlüğünü ispatlamak için ihlal edebileceği, ihlal etmesi gereken bir kural vardır. Kierkegaard bir şeyi yapmamız yasaklandığı anda, bu şeyi yapacağımızı söylüyor. Bu kaçınılmazdır.

Maymun düşünür, maymun yapar.

Kierkegaard'a göre, yasaların hayatını kontrol etmesine izin veren, mümkünün yasadışı olduğu için namümkün olduğunu söyleyen kişi hakiki bir hayat sürmemektedir.

Portland, Oregon'da birileri tenis toplarını kibrit başlarıyla doldurup, bantla kapatıyor. Topları sokağın ortasına bırakıyorlar. Bulan kişi bir tekme attığında ya da tutup fırlattığında toplar patlıyor. Şimdiye kadar bir adam ayağını, bir köpek de kafasını kaybetti.

Graffiticiler dükkân ve araba camlarına yazı yazmak için asitli cam gravürü macunları kullanıyorlar. Banliyödeki Tigard Lisesi'nde kimliği belirsiz bir yeniyetme, kakasını erkekler tuvaletinin duvarlarına sürüyor. Okulda "Una-Kakacı"* olarak biliniyor. Hiç kimsenin ondan bahsetmesi istenmiyor çünkü okul yönetimi taklitçilerinin türemesinden korkuyor.

Kierkegaard'ın söyleyeceği gibi, ne zaman bir şeyin mümkün olduğunu görsek, o şeyi gerçekleştiririz. Kaçınılmaz hale getiririz. Stephen King, akranlarını öldüren liseli kaybedenler hakkında yazana kadar okul cinayetleri bilinmiyordu. Carrie ve Rage bunu kaçınılmaz hale mi getirdi?

Kurtuluş Günü filminde Empire State Binası'nın yıkılmasını seyretmek için milyonlarcamız gidip bilet aldık. Savunma Bakanlığı, terörist saldırı senaryolarına dair beyin fırtınası yapmaları için, *Dövüş Kulübü*'nde Century City gökdelenini çökerten David Fincher da dahil Hollywood'daki en yaratıcı insanları işe aldı. Olası bütün saldırı şekillerini bilmek istiyoruz ki hazırlıklı olabilelim.

Unabomber Ted Kaczynski yüzünden, postane memurunun kontrolünden geçmeden paket gönderemiyorsunuz. Otobanlara bowling topları atan insanlar yüzünden otoban üstgeçitlerinin etrafında ter örgü var.

* "Unabomber" olarak bilinen Ted Kacznyski'ye gönderme. (ç.n.)

Bütün bunlar, sanki kendimizi her şeyden koruyabilirmişiz gibi verdiğimiz tepkiler...

Babamı öldürmekten hüküm giyen Dale Shackleford geçen yaz şöyle dedi: "Hey, devlet onu ölüm cezasına çarptırabilirdi; ama Kaczynski ve beyaz ırkın üstünlüğüne inanan arkadaşları bir sürü anthraks bombası yapıp, bunları Spokane, Washington civarına gömdüler. Eğer devlet onu öldürseydi, günün birinde bir iş makinesi gömülmüş bombalardan birini parçalayacak ve on binlerce insan ölecekti." Kovuşturma ekibindekiler kendi aralarında bu tip açıklamalara "Shackle-Freudiyen yalan" demeye başladılar.

Evet, işte karşımızda hayatımızı yaşamamamız için milyonlarca sebep var. Başarılı olma ihtimalinizi inkâr edip, suçu başkasının üzerine atabilirsiniz. Her şeye, Margaret Thatcher'a, mülk sahiplerine, o kapıyı uçuşun orta yerinde açma dürtüsüne... mış gibi yaptığınız her şey sizi yatıştırır. Kierkegaard'ın bahsettiği hakiki-olmayan hayatı yaşayabilirsiniz. Ya da Kierkegaard'ın İnanç Sıçraması dediği şeye ulaşabilir ve koşullara bir tepki olarak yaşamayı bırakıp, olması gerektiğini söylediğiniz şeyi destekleyen bir güç olarak yaşayabilirsiniz.

Evet, işte karşımızda devam etmek için milyonlarca sebep!

Bizden çıkan şey ise katartik bir yıkıcı roman.

Thelma ve Louise gibi filmleri izleyenlerin, *The Monkey Wrench Gang* gibi kitapları okuyanların hem anlayıp hem kahkaha atması pek olası değil. Hadi şimdilik, en kötü düşmanımız kendimiz değilmişiz gibi davranalım.

Son Dakika Kahramanlığı

O barda bira şişenizi masaya koyamıyordunuz zira hamamböcekleri şişeye tırmanıp, kendilerini birada boğuyorlardı.

Biranızı her masaya koyduğunuzda, bir sonraki yudumda ağzınıza ölü bir hamamböceği geliyordu. Gösteri aralarında ipkinileriyle bilardo oynayan Filipinli striptizciler vardı. Beş dolar karşılığında, bira kutusu yığınları arasındaki gölgelere birer plastik sandalye çekiyor ve size kucak dansı yapıyorlardı.

Oraya giderdik çünkü Good Samaritan Hastanesi'ne yakındı.

Ağrı kesiciler onu uyutana kadar Alan'ın başında durur, sonra da Geoff ve ben bira içmeye giderdik. Geoff bira şişesiyle, masada koşuşturan hamamböceklerini ezerdi.

Striptizcilerle, diğer masalardaki heriflerle laflardık. Gençtik, yani genç sayılırdık, yirmilerin sonlarındaydık ve bir gece garsonlardan biri, "Daha bu yaşta böyle bir batakhanede dansçıları izliyorsanız, yaşlandığınızda ne yapacaksınız siz?" diye sordu.

Yan masada bir sürü bilgi veren yaşlıca bir doktor oturuyordu. Sahnenin, dansçıların vücutlarındaki morlukları ve iğne izlerini gizlemek için kırmızı ve siyah ışıklarla aydınlatıldığını söyledi. Tırnaklarının, saçlarının ve gözlerinin çocukken geçirdikleri hastalıkları nasıl ele verdiğini gösterdi bize. Dişleri ve ciltleri iyi beslendiklerine işaret ediyordu. Yüzünüze vuran nefeslerinden ve ter kokularından, muhtemelen nasıl öleceklerini anlayabilirdiniz.

Barda yerler, masalar, sandalyeler, her şey yapış yapıştı. Biri bana Madonna'nın Portland'da *Body of Evidence*'ı çekerken bu bara sıkça gittiğini söyledi; ama o zamanlar ben oraya gitmeyi bırakmıştım. O zamanlar Alan ve kanseri artık namevcuttu.

Daha önce anlattığım hikâyelerden birinde, bir arkadaşıma, eğer tıp fakültesindeki kadavraları parçalara ayırmasına yardım etmeme izin verirse onu Brad Pitt'le tanıştıracağıma söz vermiştim, hatırlarsanız.

İşte o arkadaşım, hazırlık sınıfında üç kez kalmıştı. Ne var ki babası doktordu ve bu yüzden denemeye devam etti. Benim şimdi olduğum yaşta, yani orta yaşlıydı ve sınıfındaki en yaşlı hazırlık sınıfı öğrencisiydi ve biz, ertesi gün birinci sınıf öğrencileri inceleyebilsin diye üç kadavrayı parçalara ayırdık.

Her bir bedenin içi, hep bahsini duyduğum ama ziyaret edeceğimi hiç düşünmediğim bir ülke gibiydi. İşte karşımda dalak, kalp ve ciğer duruyordu. Kafanın içinde hipotalamus, Alzheimer'ın yol açtığı plak ve düğümler. Yine de beni en çok, orada olmayan şey şaşırttı. Bu sarı, tıraşlanmış, kösele gibi bedenler testere ve bıçaklarla kendilerini doğrayıp biçen arkadaşımdan çok farklıydı. Hayatımda ilk kez insanların bedenlerinden ibaret olmayabileceğini anladım; ruh diye bir şey de olabileceğini.

Brad'le tanıştığı gece, Fox stüdyolarındaki 15 Nolu hangardan çıkıyorduk. Saat gece yarısını geçmişti ve *Hello, Dolly!*'de Barbra Streisand için kurulduğundan beri milyonlarca yapımda kullanılan kalıcı, karanlık New York dekorlarının içinden geçtik. Yanımızdan New York plakalı bir taksi geçti. Sahte rögar kapaklarından buharlar yükseliyordu. Kaldırımlar kışlık kıyafetlerini kuşanmış, Gumps ve Bloomingdales alışveriş çantaları taşıyan insanlarla doluydu. Bir dakika sonra, bize –üzerinde şort ve tişört olan ve sırıtan– biri el sallayarak *NYPD Blue*'nun Noel bölümüne girmemize engel oldu.

Başka bir tarafa doğru yürüdük. Açık bir hangarda, mavi ameliyat önlükleri giymiş, üzerlerine spot ışığı tutulan aktörler bir ameliyat masasının üzerine eğilmiş, birinin hayatını kurtarır gibi yapıyorlardı.

Bir keresinde mutfakta yerleri silerken sağ tarafımdaki bir adeleyi incitmiştim. Yani başta böyle olduğunu hissettim.

Üç gün boyunca pisuvarın başına gittim ama işeyemedim ve işten çıkıp, doktorun ofisine giderken, acıdan kıvranıyor, ördek gibi yürüyordum. Striptiz bardaki o doktor artık benim doktorumdu. Sırtıma dokundu ve "Hastaneye gitmen lazım yoksa bu böbreği kaybedersin" dedi.

Birkaç gün sonra doktoru, bir çiş ve kan birikintisi içinde oturmuş, Kaliforniya şampanyası içip, ağzıma Vicodin atarken aradım. Telefonda ona, "Taşı düşürdüm" dedim. Elimde ise, her biri ustura keskinliğinde, dokuz milimetrelik minik oksalik asit kristalleri tutuyordum.

Ertesi gün Spokane'e uçtum ve Pasifik Kuzeybatı Kitapçılar Birliği'nin *Dövüş Kulübü* için verdiği ödülü kabul ettim.

Bir hafta sonra, ikinci muayene için randevu günüm geldiğinde, biri beni arayıp doktorun öldüğünü söyledi. Gece vakti kalp krizi geçirmiş ve yatağının yanında, yerde yapayalnız ölmüş.

Fiberglas küvetimin etrafında hâlâ kan kırmızı bir halka var.

Siyah ve kırmızı ışıklar. Kalıcı dekorlar. Mumyalanmış kadavralar. Doktorum, arkadaşım, yatak odasının zemininde cansız yatıyor. Şimdi bütün bunların sadece birer hikâye olduğuna inanmak istiyorum. Fiziksel bedenlerimizin sadece birer sahne dekoru olduğuna inanmak istiyorum. Hayatın, fiziksel hayatın bir yanılsama olduğuna.

Ve öyle olduğuna da inanıyorum ama sadece bir an için.

Ne gariptir ki babamı canlı olarak en son kayınbiraderimin cenazesinde görmüştüm. Kayınbiraderim kalp krizi geçirdiğinde gençti, genç sayılırdı, kırklarının sonundaydı. Kilise bize bir menü verdi ve iki ilahi, bir mezmur, bir de dua seçmemizi istedi. Çin yemeği sipariş etmek gibi bir şeydi.

Kız kardeşim kocasının naaşını gösterdikleri odadan çıktığında, annemize hayır anlamında el sallayıp, "Bir hata olmalı" dedi.

Tabutun içinde yatan, bedensi sıvılardan arındırılmış, giydirilmiş ve boyanmış o şey Gerard'a hiç benzemiyordu. Kız kardeşim, "Bu o değil" diyordu.

Babam, bu onu en son görüşümde bana mavi çizgili bir kravat uzattı ve nasıl bağlayacağını sordu. Ona kıpırdamamasını söyledim. Gömleğinin yakasını kaldırıp, kravatı boynuna geçirdim ve bağladım. "Yukarı bak" demiştim ona.

Bu, bana mağaranın çevresinde koşan tavşanın yaptığı numarayı gösterip, ilk ayakkabılarımı bağladığı anın tam tersiydi.

Yirmi otuz yıldan beri ilk defa ailecek kiliseye gidiyorduk.

Ben bunu yazarken annem arayıp dedemin üst üste kalp krizi geçirdiğini söylüyor. Yutkunamıyormuş ve ciğerleri su toplamış. Bir arkadaşım, belki de en iyi arkadaşım arayıp akciğer kanserine yakalandığını söylüyor. Dedem beş saatlik bir mesafede. Arkadaşım kasabanın diğer ucunda. Ama benim yapacak işlerim var.

Garson, "Yaşlandığında ne yapacaksın?" demişti.

Ben de, "Yaşlanınca düşünürüz onu" demiştim.

Eğer yaşlanabilirsem.

Bu yazıyı teslim tarihine ucu ucuna yetiştiriyorum.

Kayınbiraderim bu davranışa "son dakika kahramanlığı" derdi; şeyleri son ana kadar erteleyip, olaylara daha büyük bir dram ve stres katmak ve zamana karşı yarışarak kahraman gibi görünmek.

"Doğduğum yerin" diyordu Georgia O'Keeffe, "ve nerede, nasıl yaşadığımın önemi yok."

"Sizi ilgilendirmesi gereken şey" diyordu, "bulunduğum yerde ne yaptığım olmalı."

Bütün bunlar biraz aceleyle ve çaresizce kaleme alınmış gibi görünüyorsa, kusura bakmayın.

Öyleler hakikaten.

Şimdi Hatırlıyorum...

Kalem 1: Yirmi yedi kutu Sevgililer Günü mumu: 298 dolar.

Kalem 2: On dört adet konuşan robotik kuş: 112 dolar.

15 Nisan tarihi yaklaştıkça, muhasebecim Mary arayıp, "Bunlar ne böyle?" diye soruyor.

Kalem 3: Carson, Kaliforniya'daki Carson Hilton'da iki gece konaklama. Tarih 21 Şubat 2001.

Mary niye Carson'da olduğumu soruyor. Yirmi biri benim doğum günümdü. Bunu işle alakalı diye gösterip, vergi indirimi alamaz mıyız?

Sevgililer Günü mumları, konuşan kuşlar, Carson Hilton'da geçirilen geceler... Bunlar beni o kadar mutlu ediyor ki faturaları saklıyorum. Saklamasam aklımda hiçbir şey kalmazdı. Bir sene sonra, bu bir bir sayılan kalemlerin neyi ifade ettiğine dair hafızamda hiçbir şey canlanmazdı.

Memento'da Guy Pearce'ı gördüğüm an, birinin nihayet benim hikâyemi anlattığını hissetmemin sebebi de buydu. İşte zamanımızın baskın sanatsal formuna ilişkin bir film:

Not almak.

Palm Pliots ve cep telefonu kullanan bütün arkadaşlarım yapacakları şeyleri hatırlamak için kendilerini arıyor ya da hatırlatıcı not bırakıyorlar. Kendimize Post-it'lerle not bırakıyoruz. İstediğiniz her bir boku gümüş kaplama bir kutunun üzerine kazıdıkları o dükkâna gidiyor ve bütün özel olaylar için bir hatırlatıcı ediniyoruz zira hayat bizim hatırlayamayacağımız kadar hızlı akıyor. Bir ses çipine mesaj kaydedebildiğimiz o resim çerçevelerinden alıyoruz. Her şeyi video kasete kaydediyoruz! Ha bir de şimdi şu dijital kameralar var; böylece kendi fotoğraflarımızı her yere anında e-postayla gönderebiliyoruz. O sıkıcı, tatil slaytı gösterilerinin bizim yüzyılımızdaki eşdeğeri bu. Her şeyi düzenliyor ve yeniden düzenliyoruz. Kaydediyor ve arşivliyoruz.

İnsanların *Memento*'yu sevmiş olması beni şaşırtmıyor. Filmin Oscar'ı kazanamamış ve kaydedilebilir CD'ler, boş sayfalı kitaplar, Diktafonlar, GünZamanlayıcılar ve hayatımızı kayıt altına almak için kullandığımız diğer bütün gereçlere yönelik o devasa piyasayı yok etmemiş olmasına da şaşırmıyorum.

Dosyalama sistemim benim için bir fetiş. Freightliner Corporation'dan ayrılmadan önce tanesi beş dolardan –kelepir fiyatı– dört tane dört çekmeceli çelik siyah dolap aldım. Şimdi faturalar, mektuplar, sözleşmeler ve diğer şeyler yığılıp biriktiğinde, CD çalara yağmur sesi kaydı koyup, dosyalama işlemine başlıyorum. Halkalı klasörler ve her rengi ayrı bir şeyi kodlayan plastik dosya etiketleri kullanıyorum.

Ben Guy Pearce'ın kaslı ve yakışıklı olmayan haliyim. Her şeyi tarihine ve harcama kalemine göre düzenliyorum. Aklıma gelen hikâyeleri ve tuhaf gerçekleri düzenliyorum.

Geçen yaz Palouse, Washington'da bir kadın bana kolza tohumunun bir yiyecek ya da kayganlaştırıcı madde olarak üretilebildiğinden bahsetti. Tohumun iki çeşidi varmış ve kayganlaştırıcı yapılan çeşidi maalesef zehirliymiş. Bu yüzden ülkedeki bütün eyaletlerin, çiftçilerin, kolza tohumunun yiyecek mi yoksa kayganlaştırıcı madde olarak mı üretmesine izin verme konusunda bir karara varması gerekiyormuş. Bir eyalette yanlış tohum türünden birkaç tane olsa bile insanlar ölebilirmiş. Ayrıca barajları yıkmaya yönelik tabandan örgütlenen hareketi finansal olarak destekleyenlerin balıkları kucaklayan ve raftinge bayılan çevreciler değil, hidroelektrik gücü istemeyen Amerikan kömür endüstrisi olduğunu söyledi. Böyle olduğunu biliyormuş çünkü onların web sitelerini kendisi tasarlıyormuş.

Tıpkı robotik kuşlar gibi bunlar da ilginç gerçekler ama bunlarla ne yapabilirim ki?

Bunları dosyalayabilirim. Bir gün bir işe yarayacaklardır. Tıpkı babamın ve dedemin işe yaramaz eşyaları ve hurda arabaları, bedava ya da ucuz olup da gelecekte kullanılma ihtimali olan her şeyi eve getirmeleri gibi ben de şimdi olayları ve rakamları not ediyor ve gelecekteki bir proje için dosyalıyorum.

Andy Warhol'un ağzına kadar kitsch nesnelerle, kurabiye kavanozları ve eski dergilerle dolu olan kır evini düşünün. Benim zihnim de tıpkı öyle işte. Dosyalar zihnim için bir ek hizmet binası gibi.

Kitaplar da bir diğer ek hizmet binası aslında. Yazdığım kitaplar artık yakın dönem hafızamda tutamadığım hikâyeler için kullandığım bir taşma engelleyici sistem gibi. Okuduğum kitaplar da daha fazla hikâye için olay toplamamı sağlıyor. Mesela şu an itibariyle, Sokrates ile Phaedrus adlı genç bir Atinalı arasındaki hayali bir sohbeti kayda geçiren *Phaedrus*'u okuyorum.

Sokrates, genç adamı konuşmanın yazılı iletişimden –ya da film de dahil herhangi bir kayıtlı iletişimden– daha iyi olduğuna ikna etmeye çalışıyor. Sokrates'e göre, antik Mısır'daki Tanrı Theuth rakamları, cebiri, kumarı, geometriyi ve astronomiyi icat etmiş... ve bir de yazıyı. Sonra da icatlarını büyük Tanrı-kral Thamus'a sunup, bunlardan hangisinin Mısır halkına armağan edilmesi gerektiğini sormuş.

Thamus, yazının *pharmakon* olduğuna kanaat getirmiş. "İlaç" kelimesi gibi bu da hem iyi hem kötü anlamda kullanılabilir. Hem zehirleyebilir hem de iyileştirebilir.

Thamus'a göre, yazı insanların hafızalarını güçlendirip, bilgileri paylaşmalarına olanak tanıyacaktır. Ama daha da önemlisi, yazı insanların bu dışsal kayıt araçlarına çok fazla bel bağlamalarına yol açacaktır. Kendi hafızamız zayıflayacak ya da yok olacaktır. Notlarımız ve kayıtlarımız zihnimizin yerini alacaktır.

Daha da kötüsü, Thamus'a göre, yazılı bilgi insanlara bir şey öğretemez. Yazılı bilgiyi sorgulayamazsınız ve insanlar yanlış anladığında ya da yanlış sunduğunda, yazılı bilgi kendisini savunamaz. Yazılı iletişim, insanların, Thamus'un "sahte bilgi kibri" dediği şeye, yani bir şeyler anladıklarına dair yanlış bir katiyete ulaşmalarını sağlar.

Peki, çocukluk yıllarınıza dair bütün o video kasetler kendinizi daha iyi anlamanızı sağlayacak mıdır? Yoksa kusurlu hafızanızı su yüzüne mi çıkaracaktır? Oturup, ailenize soru sormanızın yerini alabilir mi bunlar? Dede ve ninelerinizden bir şeyler öğrenmenizin yerini alabilir mi?

Eğer Thamus burada olsaydı, ona hafızanın kendisinin bir *pharmakon* olduğunu söylerdim.

Guy Pearce'ın mutluluğu tamamen geçmişine dayanıyor. Pek hatırlayamadığı bir şeyi tamamlaması gerekiyor.

Çok acı verici olduğu için yanlış hatırlıyor bile olabileceği bir şeyi.

Guy ile aramızda bir göbekbağı var.

Carson, Kaliforniya'da geçirdiğim iki geceyi, kredi kartı makbuzuna bakarak hatırlayabiliyorum. Bir bakıma. *GQ* dergisi için poz veriyordum. İlk başta benim bir kauçuk dildo yığını arasına uzanmamı istediler ama sonra orta yolu bulduk. Grammy Ödülleri'nin verildiği geceydi, bu yüzden L.A.'deki bütün düzgün otel odaları tutulmuştu. Başka bir fiş de bana taksiyle fotoğraf çekimine gitmenin bile yetmiş dolara mal olduğunu gösteriyor.

Şimdi hatırlıyorum.

Moda tasarımcısı bana Şivava'sının kendi penisini yalayabildiğinden bahsetmişti. İnsanlar köpeğini severmiş, ta ki partilerde orta yere çıkıp, kendi sosisini emmeye başlayana dek. Bu olay evindeki birkaç partinin dağılmasına neden olmuş. Fotoğrafçı da bana Minnie Driver ve Jennifer Lopez'in fotoğraf çekimleri esnasında yaşanan korku hikâyeleri anlattı.

Abercrombie & Fitch kataloğu için yapılan benzer bir çekimde, fotoğrafçı bana Şivava'nın "ereksiyon kaybetme bozukluğu"ndan mustarip olduğunu söylüyor. Küçük köpek ne zaman erekte olsa, bu Abercrombie fotoğrafçısının duruma müdahale edip, köpeğin minik penis ucu derisinin çok gergin olup olmadığını kontrol etmesi gerekiyormuş.

Anılar sel olmuş akıyor şimdi.

Artık gece gündüz kafamda şu not var: ASLA ŞİVAVA ALMA.

GQ'daki fotoğraf çekiminden sonra –pahalı kıyafetler giymiş ve film stüdyosunda yaratılmış bir uçak tuvaleti taklidi içinde poz vermiştim– bir film yapımcısı beni Santa Monica'da, sahil kenarında bir otele götürdü. Büyük ve pahalı bir oteldi; okyanus üzerinde batan güneşi gören gösterişli bir barı vardı. Grammy Ödül Töreni'nin başlamasına bir saat kalmıştı ve güzel, meşhur insanlar gece kıyafetleri içinde kaynaşıyor, akşam yemeği yiyip, içki içiyor ve telefon edip limuzinlerini çağırıyorlardı. Günbatımı, insanlar... Bu arada ben biraz sarhoştum ve *GQ* için yapılan makyaj hâlâ suratımdaydı; profesyonel bir sanat yönetimi ürünüydüm. Ölmüş ve Hollywood cennetine gelmiştim, ta ki tabağıma bir şey düşene kadar.

Bir tel toka.

Saçımı yokladım ve elime onlarca tel toka geldi; hepsi de kafamdaki spreyli saç kütlesinden dışarı fırlamıştı. Müzik aristokrasisinin önünde, sarhoş bir Olive Oyl'dum, kafam tokalarla doluydu ve kafamı her oynatışımda birkaç toka düşüyordu.

Ne garip! O fişler olmasa bunların hiçbirini hatırlamazdım.

Pharmakon'la kastettiğim şey bu. Hiç zahmet edip not etmeyin bunları.

Teselli Ödülleri

Başka bir garson da bana, "o herif" olduğum için yemek ısmarladı.

Ben o kitabı yazan herifim. *Dövüş Kulübü*'nü. Kitapta dövüş kulübü kültünün bir üyesi olan sadık bir garsonun anlatıcıya bedava yemek verdiği bir sahne var. Film versiyonunda ise Erward Norton ve Helena Bonham Carter birlikte bedava yemek yiyor.

Sonra bir dergi editörü öfkeli ve heyecanlı bir ses tonuyla beni arıyor; bir yazarı kendi bölgesindeki yeraltı dövüş kulübüne göndermek istiyor.

"Hiç endişelenme" diyor New York'tan. "Bana nerede olduğunu söyleyebilirsin; merak etme, işin içine etmeyiz."

Öyle bir yer olmadığını söylüyorum ona. Koca koca adamların birbirlerini pataklayıp, boş hayatlarından, içi boş kariyerlerinden ve ilgisiz babalarından yakındığı öyle bir gizli kulüpler falan yok. Dövüş kulüpleri uydurma şeylerdir. Oraya gidemezsiniz. Ben uydurdum onları.

"Hadi bakalım" diyor. "Öyle olsun. Bize güvenmiyorsan, cehenneme kadar yolun var."

Yayıncımdan bir mektup destesi daha geliyor: New Jersey, Londra ve Spokane'de dövüş kulüplerine gittiklerini söyleyen gençlerden gelen mektuplar bunlar. Bana babalarından bahsediyorlar. Bugünkü posta kutusundan kol saatleri, rozetler ve kahve fincanları çıkıyor; babamın kız kardeşlerimle beni her kış soktuğu yüzlerce yarışmadan kazanılan ödüller.

Dövüş Kulübü'nün bazı kısımları gerçekti. Bu bir romandan ziyade arkadaşlarımın hayatlarını anlatan bir antoloji aslında. Ben de uykusuzluk çekiyor ve haftalarca uyumadan etrafta dolaşıyorum. Yemeklere pislik karıştıran kızgın garsonlar tanıyorum. Kafalarını da kazıyorlar. Arkadaşım Alice sabun yapıyor. Arkadaşım Mike aile filmlerine müstehcen kareler ekliyor. Tanıdığım bütün erkekler babalarının onları yüzüstü bıraktığını hissediyor.

Babam bile babasının onu yüzüstü bıraktığını hissediyor.

Ama artık, kurmaca olan az sayıdaki kısım da gitgide gerçeğe dönüşüyor.

1995'te, kitabın birkaç yüz sayfa kâğıttan ibaret olan taslağını bir yayıncıya göndermeden önceki gece, bir arkadaşım şakayla karışık, Brad Pitt'le tanışmak istediğini söylemişti.

Ben de şakayla karışık, bütün gün dizel kamyonlar üzerinde çalışan bir teknik yazar olarak işten ayrılmak istediğimi söylemiştim.

Şimdi o sayfalar David Fincher'ın yönettiği, Pitt, Norton ve Bonham Carter'ın oynadığı bir filme dönüştü. Ve ben de işsizim.

20th Century Fox birkaç arkadaşımı film çekimlerine götürmeme izin verdi ve biz de Santa Monica'da her gün aynı kafede kahvaltı ettik. Her kahvaltıda garsonumuz, film yıldızı görünümlü Charlie'ydi. Charlie'nin gür saçları vardı, ta ki kasabada geçirdiğimiz son sabaha kadar. O sabah Charlie saçlarını kazıtmış bir halde çıktı mutfaktan. Charlie artık filmde oynuyordu.

Anarşist, kafaları kazınmış garsonlar olan arkadaşlarıma şimdi kafası kazınmış yalandan bir anarşisti canlandıran bir aktör olan gerçek bir garson yumurta servisi yapıyordu.

Bu, berberde iki ayna arasına girip de sonsuza dek yansımalarınızın yansımasını iç içe gördüğünüzde kapıldığınız hisle aynı şey.

Şimdi garsonlar benden para almıyor. Editörler homurdanıyor. Kitap imza günlerinde bazı adamlar beni kenara çekip o bölgedeki kulübün nerede toplandığını öğrenmek için yalvarıyor. Kadınlar kısık ve ciddi bir sesle, "Kadınlar için böyle bir kulüp var mı?" diye soruyor.

Tanımadığınız birini seçip, ikinizden biri yere serilinceye kadar yumruklarınızı savurabileceğiniz bir gece yarısı dövüş kulübü yok mu?

Bu genç kadınlar, "Evet, böyle bir şeye gitmeye gerçekten ama gerçekten ihtiyacım var" diyorlar.

Alman bir arkadaşım, Carston, sadece komik, modası geçmiş klişelerle İngilizce konuşmayı öğrenmişti. Carston için bütün partiler "herkesin şarkı söylediği, herkesin dans ettiği piyesler"di.

Şimdi Carston'ın hantal, melez kelimeleri milyonlarca insan karşısında 15 metre yüksekte duran Brad Pitt'in ağzından dökülüyor. Arkadaşım Jeff'in dökük getto mutfağı

Hollywood stüdyolarında yeniden yaratıldı. Aşırı doz Xanax alan arkadaşım Jeff'i kurtarmaya gittiğim gece, şimdi Brad'in Helena'yı kurtarmaya gittiği sahnede hayat buluyor.

İnsan geri dönüp baktığında her şey daha komik, sevimli ve fiyakalı geliyor. Yeterince uzakta durursanız, her şeye gülüp geçebilirsiniz.

Artık bu hikâye benim hikâyem değil. David Fincher'ın hikâyesi. Edward Norton'un yuppie apartman dairesi için hazırlanan film seti, David'in eskiden kaldığı bir dairenin yeniden yaratılmış hali. Edward da kendi repliklerini yazdı, sildi ve yeniden yazdı. Brad dişlerini kırdırttı ve saçlarını kazıdı. Patronum bunu kendi *talepkâr* patronunu memnun etme mücadelesinin hikâyesi olarak gördü. Babam ise bu hikâyenin, karısını ve kendini av tüfeğiyle öldüren babasının, yani benim dedemin hikâyesi olduğunu düşündü.

Babam, 1943 yılında, anne babası kavga ederken ve on iki kardeşi ormanlık alana doğru kaçarken yatağın altına saklandığında dört yaşındaymış. Sonra annesi ölmüş ve babası elinde av tüfeğiyle, ona seslenerek, onu arayarak evin içinde dolaşmış.

Babam, babasının çizmelerinin yatağın önünden geçişini ve tüfeğin namlusunun yere yakın bir mesafede sürüklenişini hâlâ hatırlıyor. Sonra da cesetleri arı ve sineklerden korumak için üstlerine kova kova talaş döktüğünü.

Kitap ve şimdi de film, bütün bu insanların ürünü. Ve üzerine eklenen her şeyle birlikte dövüş kulübü hikâyesi daha güçlü, daha berrak bir hal alıyor; sadece bir hayatın değil bir kuşağın kaydına dönüşüyor. Sadece bir kuşağın kaydın'a da değil, insanların kaydına.

Bu kitap, Nora Ephron, Thom Jones, Mark Richard, Joan Didion, Amy Hempel, Bret Ellis ve Denis Johnson'ın ürünü çünkü ben bu insanları okuyorum.

Ve şimdi eski arkadaşlarımın çoğu; Jeff, Carston ve Alice, ya taşınıp gitti ya evlendi ya öldü ya mezun oldu ya da çocuk yetiştirdi. Geçen yaz biri Idaho dağlarında babamı öldürdü ve cesedini yaktı; ondan geriye sadece birkaç parça kemik kaldı. Polis ellerinde gerçek bir şüphelinin olmadığını söylüyor.

Bana ölüm haberini Cuma günü yayıncım verdi; Latah Eyaleti Şerif Ofisi'ndekiler onu internet aracılığıyla bulmuş. Zavallı yayıncım Holly Watson telefon edip, "Pis bir şaka olmalı bu ama Moscow, Idaho'daki bir dedektifi araman gerekiyor" dedi.

Şimdi, bedava yemeklerle dolu bir masada oturuyorum. Bedava bento ve balığın tadının harika olacağını düşünebilirsiniz ama her zaman öyle olmuyor.

Hâlâ geceleri uykusuz dolaşıyorum.

Geriye kalan tek şey bir roman ve şimdi de bir film; komik, heyecan verici bir film. Yırtıcı, şahane bir film. Başkaları için kamçılayıcı, vahşi bir yolculuk olan bu şey, arkadaşlarım ve benim için nostaljik bir kupür albümü gibi. Bir yadigâr gibi. Öfkemizin, hayal kırıklıklarımızın, çabalarımızın ve hıncımızın bizi birbirimize ve şimdi de dünyaya nasıl birleştirdiğine dair büyüleyici, iç rahatlatıcı bir kanıt bu.

Geriye kalan, gerçeği yaratabileceğimizin kanıtıdır.

Brad'in kafasını kazıyan kadın, Frieda, Noel kartlarım için bana Brad'in saçlarını vereceğine söz verdi ama unuttu. Ben de bir arkadaşımın golden retriever'ının tüylerini kırptım. Babamın arkadaşı olan başka bir kadın kendini kaybetmiş bir halde arıyor. Onu beyaz ırkın üstünlüğüne inanan ırkçıların öldürdüğünden eminmiş ve Idaho'da Hayden Gölü ile Butler Gölü civarına "üstü kapalı şeyleri" aydınlatmak üzere gitmek istiyormuş. Benim de ona eşlik etmemi ve "destek ünitesi" vazifesi görüp, onu "kollamamı" bekliyormuş.

Yani maceralarım devam ediyor. Ya Idaho topraklarına gideceğim ya da polisin benden istediği gibi evde oturup, Zoloft alacağım ve beni aramalarını bekleyeceğim.

Ya da, bilmiyorum işte.

Babam bir çekiliş bağımlısıydı; her hafta posta kutumuza halen küçük ödüller geliyor. Kol saatleri, kahve fincanları, golf havluları, takvimler... Asla büyük ödüller; araba ya da gemi falan olmuyor bunlar. Hep böyle küçük şeyler. Başka bir arkadaşım, Jennifer, kısa süre önce babasını kanserden kaybetti ve o da babasının onu aylar önce dahil ettiği çekilişlerden benzer küçük ödüller alıyor. Her seferinde kalbini acıtan hediyeler bunlar: kolyeler, çeşit çeşit çorbalar, taco sosu, video oyunları ve diş fırçaları.

Teselli ödülleri.

Ölmeden birkaç gece önce babamla, kardeşim ve benim için yaptığı bir ağaç eve dair, şehirlerarası, üç saatlik bir telefon görüşmesi yaptık. Yetiştirdiğim tavuklardan, onlara nasıl kümes yapacağımdan ve her tavuk için koyacağım kuluçka kutusunun tel kafesi olmasının gerekip gerekmediğinden falan bahsettik.

O da hayır, tavuk, yuvasına pislemez dedi.

Havalardan, geceleri havanın ne kadar soğuk olduğundan bahsettik. Yaşadığı ormanlık bölgede yabanhindisi yavruları yumurtadan yeni çıktığında, erkek hindilerin alacakaranlıkta kanatlarını açıp, bütün yavruları nasıl kanatları altına topladığını anlattı. Dişi hindinin koruyamayacağı kadar büyük olan yavruları sıcak tutmak için yapıyormuş bunu.

Ben de ona hiçbir erkek hayvanın bu kadar koruyup kollayıcı olamayacağını söyledim.

Şimdi babam öldü ve tavuklarım yuvalarına kavuştular.

Şimdi bana hem babam hem de ben yanılmışız gibi geliyor.

HAMİŞ: Holly Watson'ın beni arayıp haberi verdiği günün ertesinde kardeşim Güney Afrika'dan gelecekti. Bazı mutat banka ve vergi meselelerini halletmeye geliyordu; bunun yerine, polisin babamıza ait olabileceğini söylediği cesedi teşhis etmek için Idaho'ya gittik. Silahla vurulmuş olan ceset, Kendrick, Idaho yakınlarında bir dağda, yıkık bir garajda bir kadın cesedinin yanında bulunmuştu. 1999 yazıydı. *Dövüş Kulübü* filminin gösterime girdiği yaz. Babamın Spokane yakınlarındaki dağ evine gidip, bir tren kazasından sonra sakat kalan babamın sırtındaki iç içe geçmiş iki omurgayı gösteren röntgen filmlerini bulmaya çalıştık.

Babamın dağ evi çok güzeldi; yüzlerce dönümlük arazide yabanhindileri, muslar ve geyikler her yerdeydi. Eve çıkan yola yeni bir levha konmuştu. Yolun kenarındaki büyük bir taşın hemen yanındaydı. Üzerinde "Kısmet Taşı" yazıyordu. Levhanın ne anlama geldiğini hiç bilmiyorduk.

Biz daha röntgen filmlerini bulamadan, polisler arayıp bulunan cesedin babamıza ait olduğunu söyledi. Onlara daha önce gönderdiğimiz diş kayıtlarını kullanmışlardı.

Babamı öldüren Dale Shackleford'un yargılandığı duruşmada, babamın, eski kocasının kendisini ve yanında bulacağı erkeği öldürmekle tehdit ettiğini söyleyen bir kadının verdiği arkadaşlık ilanına cevap verdiği ortaya çıktı. İlanın başlığı "Kısmet"miş. Babam ilana cevap veren beş adamdan biriymiş ve kadın babamı seçmiş.

Latah eyaleti dedektiflerine göre, Shackleford benim onu taciz ettiğimi, ona *Dövüş Kulübü*'nün kopyalarını gönderdiğimi iddia etmiş. Halbuki o tarihte, Ocak 2000'de elimizdeki yegâne kopyalar Oscar Ödülleri gösterim kopyalarıydı.

İlanı veren kadın babamın yanında ölü bulunan Donna Fontaine'miş. Daha ikinci ya da üçüncü görüşmeleriymiş. Babamla hayvanları beslemek üzere onun evine gitmişler, sonrasında da babam onu kendi evine götürüp, "Kısmet Taşı" ile ona sürpriz yapacakmış. Bu, yeni ilişkilerinin adını koyan bir işaret taşı gibiymiş.

Kadının eski kocası onları bekliyormuş ve yol boyunca takip etmiş. Mahkeme kararına göre, kadının kocası, öldürdükten sonra garajda cesetlerini ateşe vermiş. Birbirlerini tanıyalı henüz iki ay bile olmamış.

Dale Shackleford idam cezasını temyize götürüyor.

CHUCK PALAHNIUK: Gerçek adı Charles Michael Palahniuk olan yazar 21 Şubat 1962'de Burbank, Washington'da doğmuştur. Annesi ve babası Chuck on dört yaşındayken ayrılır. Chuck ve kardeşleri annelerinin ebeveyninin sığır çiftliğine yerleşir ve burada büyür. 1980'de Columbia High School'u bitirdikten sonra Oregon Üniversitesi'nde gazetecilik öğrenimi görür. Üniversite yılları boyunca yazar olmayı aklından geçirmez. Geçimini Freightliner adlı şirkette otomobil tamirciliği yaparak sağlamaktayken, 1996'da, arkadaşlarıyla birlikte bir edebiyat grubuna katılır ve burada Project Mayhem (Kargaşa Projesi) adlı kısa hikâyeyi yazar. Söz konusu hikâye üç ay gibi kısa bir süre içinde *Fight Club*'a (1996) [*Dövüş Kulübü*, Çev. Elif Özsayar, Ayrıntı Yay., 2001] dönüşür. İlk romanını yayımlatması kolay olmaz. Pek çok kez reddedilir. Chuck Palahniuk her reddedilişinde daha da "karanlık" yazmaya başlar. Nihayet yayımlanan ilk romanı *Dövüş Kulübü*, özellikle de 1999 yılındaki film uyarlamasının ardından büyük ses getirir ve Pacific Northwest Booksellers Association Award ve Oregon Book Award ödüllerine değer bulunur. *Survivor* (1999) [*Gösteri Peygamberi*, Çev. Funda Uncu, Ayrıntı Yay., 2002]; *Invisible Monsters* (1999) [*Görünmez Canavarlar*, Çev. Funda Uncu, Ayrıntı Yay., 2004]; *Choke* (2001) [*Tıkanma*, Çev. Funda Uncu, Ayrıntı Yay., 2003]; *Lullaby* (2002) [*Ninni*, Çev. Funda Uncu, Ayrıntı Yay., 2007]; *Fugitives and Refugees* (2003) [*Kaçaklar ve Mülteciler*, Çev. Esra Arışan, Ayrıntı Yay., 2005]; *Diary* (2003) [*Günce*, Çev. Funda Uncu, Ayrıntı Yay., 2005]; *Haunted* 2005 [*Tekinsiz*, Çev. Funda Uncu, Ayrıntı Yay., 2009]; *Rant* (2007) [*Çarpışma Partisi*, Çev. Funda Uncu, Ayrıntı Yay., 2010]; *Snuff* (2008) [*Ölüm Pornosu*, Çev. Funda Uncu, Ayrıntı Yay., 2011]; *Pygmy* (2009) [*Pigme*, Çev. Gökçe Çiçek Çetin, Ayrıntı Yay., 2012]; *Tell-All* (2010) ve *Damned* (2011) adlı kitapları kaleme alan Palahniuk, halen Oregon'un Portland şehrinde yaşamını sürdürüyor.

Asilerin,

kaybedenlerin,

hayalperestlerin,

küfürbazların,

günahkârların,

beyaz zencilerin,

aşağı tırmananların,

yola çıkmaktan çekinmeyenlerin,

uçurumdan atlayanların...

dili, sesi

Yeraltı Edebiyatı...